El hombre invisible

La máquina del tiempo

Ilustración de tapa:
Silvio Daniel Kiko

EL HOMBRE INVISIBLE
LA MÁQUINA DEL TIEMPO
es editado por
EDICIONES LEA S.A.
Av. Dorrego 330 C1414CJQ
Ciudad de Buenos Aires, Argentina.
E–mail: info@edicioneslea.com
Web: www.edicioneslea.com

ISBN: 978-987-718-726-7

Primera edición. Impreso en Argentina.
Esta edición se terminó de imprimir en
diciembre de 2021 en Talleres Gráficos Elias Porter

Wells, Herbert George
    El hombre invisible. La máquina del tiempo / Herbert George Wells ; editado por Federico Von
Baumbach. - 1a ed. - Ciudad Autónoma de Buenos Aires : Ediciones Lea, 2021.
    352 p. ; 23 x 15 cm. - (Filo y Contra filo)

    Traducción de: Federico Von Baumbach.
    ISBN 978-987-718-726-7

    1. Narrativa Inglesa. 2. Novelas de Ciencia Ficción. 3. Novelas de Terror. I. Von Baumbach,
Federico, ed. II. Título.
    CDD 823

H. G. Wells

El hombre invisible

La máquina del tiempo

Introducción y edición de
Federico Von Baumbach

Introducción

Mundo Wells I

Lo que cuenta es lo que se escribe
(no cómo se escribe)

"Mi mente se enmarca en un mundo donde un proceso grande de unificación y concentración es posible (un incremento del poder y del alcance gracias a la economía y a la concentración de esfuerzo), un progreso no inevitable, pero interesante y posible. Ese juego me atrajo y me tiene sujeto. Para él necesito un lenguaje, una expresión, lo más sencilla y clara posible".

La carta, de Herbert George Wells, más conocido como H.G. Wells. El destinatario: James Joyce. La fecha, 23 de noviembre de 1928. Las palabras clave de la "constelación epistolar" de Wells hacia el creador del *Ulises:* mente, mundo, progreso, lenguaje, juego. Y podríamos agregar: humanidad.

¿Cuál fue la génesis de humanidad de este escritor y novelista británico, considerado uno de los "padres" de la ciencia ficción, junto con Julio Verne y Hugo Gernsback?

¿Cuál fue entonces la génesis de una mente que creó un mundo con una representación del progreso donde el lenguaje desplegó su juego? Un progreso lúdico futurista de viajes en el tiempo, invisibilidad, invasiones, mecanismos de ingeniería biológica, desplazamientos espaciales, armas nucleares, bombas atómicas y radioactividad. En esencia, un esquema más utópico que fáctico de la Historia Universal, donde "Nuestra verdadera nacionalidad es la humana".

El "hombre (in)visible" capaz de proyectar invenciones de máquinas del tiempo, entre dimensiones pasadas y presentes, congeniadas en guerras de mundos mundiales (tan cercanas a los dos conflictos bélicos que marcaron el siglo veinte), nace en el municipio londinense de Bromley, Inglaterra, en 1866.

1874: el joven Wells sufre un accidente que sería determinante para su acercamiento a la literatura. Al convalecer horas y horas en una cama con una pierna quebrada, la biblioteca paterna de Joseph Wells se transforma en refugio y estimulo intelectual-imaginativo para su formación como literato. La riqueza de las lecturas comienza a modelar el fino contrapunto con la empobrecida clase media baja familiar de origen.

La continuación como lector autodidacta asume un tono académico en 1883, al encontrarse entre los alumnos de la escuela de gramática Midhurst. Al año siguiente, y hasta 1887, obtiene una beca para estudiar Biología en el Royal College of Science, de Londres.

H.G. Wells fue un escritor prolífico; las dos novelas breves publicadas en la presente edición aluden a la primera etapa de la creación literaria del escritor inglés, la de la novela científica. Donde, como señalaba Jorge Luis Borges, "[...] la imaginación aceptaba lo prodigioso, siempre que su raíz fuera científica, no sobrenatural. En cada uno de sus textos hay un solo prodigio; las circunstancias que lo ciñen son minuciosamente grises y cotidianas".

Pero gran parte del corpus de su obra estuvo marcada, justamente la observación borgeana habilita la recuperación conceptual, por la minuciosidad sombría de la experiencia personal y social de la época: la sensibilidad e inteligencia trasladada a la defensa y lucha por los marginados y empobrecidos (Wells y su familia lo fueron) de una realidad formateada por un sistema expulsivo y explotador.

Acaso la más autobiográfica de las escrituras novelísticas sea *Kipps: The Story of a Simple Soul*, trama que se teje con un personaje protagonista que trabaja como aprendiz textil; oficio que el propio Wells desempeñó de 1881 a 1883 en la tienda Southsea Drapery Emporium. Kipps muestra el eterno e inalcanzable deseo de las clases sociales más bajas por un bienestar que siempre se aleja en el horizonte del movimiento de ascenso social.

Dos novelas que completan la trilogía de este núcleo temático son *Love and Mr. Lewisham y Mr. Polly* (en español se tradujo como *La historia de Mr. Polly*).

Y una enumeración sintética, aunque no por eso menos significativa, de abordajes novelísticos-ensayísticos eclécticos que iluminaron con originalidad la prosa de H.G.W, ciudadano del mundo: *Ana Verónica* (focalizada en los movimientos de liberación femeninos y la crítica a la era victoriana del Imperio Británico), *Tono Bungay* (sátira a la sociedad inglesa de finales del siglo diecinueve, y el avance de "los ricos no de cuna"), *Mr. Britling va hasta el fondo* (descripción de los traumas ocurridos en la Primera Guerra Mundial desde la visión reaccionaria de un ciudadano inglés).

¿De los ensayos gradualmente humanistas-pesimistas-destructivos?: *El destino del homo sapiens, La mente a la orilla del abismo, Breve historia del mundo, Esquema de la historia universal.* Los dos últimos títulos, ambiciosos recorridos historiográficos que van desde la Génesis bíblica hasta la caída de la Alemania nazi.

Si Wells cuida de evitar en el estilo de escritura las repeticiones sin funcionalidad retórica; si Wells no observa la belleza del lenguaje en prosa con la única finalidad estética como objetivo; en Wells sí se distingue la ecuación de la supremacía del qué sobre el cómo. Porque el cómo debía ser superado por la profundidad del contenido de la expresión. Fruto de la necesidad, quizá, como le escribía a Joyce en la carta, de una mirada "[...] científica, constructiva y supongo que inglesa".

Mundo Wells II

Un viaje invisible hacia el tiempo profético del hombre

La presente edición, como mencionáramos anteriormente, contiene dos de las novelas breves más importantes del hombre que afirmaba que "las invenciones de Verne eran meramente proféticas y que las suyas eran de ejecución imposible", pensamiento ratificado por Borges, su más escondido y a la vez universal hacedor de admiración: *La máquina del tiempo* (1895) y *El hombre invisible* (1897).

La máquina del tiempo se publicó originalmente por entregas en la revista *The Science School Journal* (de la cual Wells fue uno de los fundadores). Con el título *Los argonautas crónicos.*

La máquina del tiempo, trama que se construye con viajes hacia el pasado o hacia el futuro del año 802.701, es la lucha de clases desde la teoría de Karl Marx, pero trasladada en clave literaria: están los *eloi* y los *morlocks.* Los primeros son la metáfora de empatía más perfecta con los capitalistas, que en su aparente ociosidad y pasividad existencial detentan la crueldad de los poderes opresores. Los segundos son la metáfora de empatía más perfecta con los proletarios, condenados a la supervivencia subterránea de un progreso industrial esmerilado en la detención productiva, y que al momento no tolerable de elevarse a la superficie subvierten– invaden el orden establecido por los *eloi,* ante el espejo de la decadencia de la humanidad:

Los Eloi, como los reyes Carlovingios, habían llegado a ser lindas posibilidades. Poseían todavía la tierra por consentimiento tácito, desde que los Morlocks, subterráneos hacía innumerables generaciones, habían llegado a encontrar intolerable la superficie iluminada por el sol. Y los Morlocks confeccionaban sus vestidos [...] y subvenían a sus necesidades habituales, quizá a causa de la supervivencia de un viejo hábito de servidumbre [...]. Pero, evidentemente, el orden antiguo estaba ya en parte invertido.[1]

En la ecuación de este mundo habitado por dos especies de humanoides confrontados, se encierra la insondable explicación del movimiento espaciotemporal, la significación del sentido ¿funcional, fundacional? de la traslación inventiva industrial personal, porque "Wells no se ocupa de las modificaciones que los viajes determinan en el pasado y en el futuro y emplea una máquina que él mismo no se explica".[2]

La máquina del tiempo se publicó el mismo año que en Francia los hermanos Lumiere daban a luz el nacimiento del cinematógrafo. Unas décadas después, una mítica película del cine mudo alemán, realizada por Fritz Lang, conjugaba ciencia ficción y expresionismo en una trama estructurada a partir de la historia de un poderoso industrial que dirige el

---

1 Fragmento de la novela *La máquina del tiempo.*
2 Prólogo de Adolfo Bioy Casares a la primera edición de la *Antología de la literatura fantástica* (1940).

funcionamiento de la ciudad futurista del 2026, Metrópolis, donde los ricos viven en la parte superior y los esclavos en el inframundo.

¿Influencia de la literatura en el cine? ¿O calculada coincidencia temática?

Entre *La máquina del tiempo* y *El hombre invisible,* Wells editó dos novelas medulares de su trayectoria, que proyectaron las continuaciones de los avances y los cuestionamientos éticos de los poderíos científicos y políticos de la modernidad, desde la hegemonía del Imperio Británico durante la primera mitad del siglo veinte (el esplendor y el resquebrajamiento de corte inglés), hasta los desastres nucleares de la bomba atómica: *La isla del doctor Moreau* (1896) y *La guerra de los mundos* (1898).

* * *

El hombre invisible retoma y profundiza ejes o núcleos temáticos y narrativos desarrollados en *La isla del doctor Moreau:* ¿cuál es el límite ético y moral de la ciencia ante el poder de los descubrimientos que expone a la sociedad? ¿Cuál es el precio que debe pagarse en lo personal por ser diferente, incomparable, inasible, cuando el "hombre invisible es un símbolo, que perdurará mucho tiempo, de nuestra soledad"?

En *El hombre invisible* pueden enumerarse una serie de conceptos que conforman la corporalidad etérea del joven científico Griffin, personaje principal de la trama de la novela.

Robo: Griffin busca dinero para poder financiar su gran descubrimiento: la fórmula que permite hacer invisible a los objetos y las personas, para cumplir el objetivo roba a su padre.

Muerte: el padre de Griffin, al enterarse de lo sucedido, muere.

Experimento: lo acontecido no detiene al científico y prueba la fórmula de la invisibilidad con él mismo, con absoluto éxito.

Ocultamiento: Ropas y vendajes son parte de la vestimenta que otorga la apariencia de una persona "normal": el juego entre la mirada corporal externa de los otros y el vacío interno subjetivo.

Complicidad profesional / reinado del terror: es lo que busca Griffin en el doctor Kemp, según un fragmento de la novela: "[...] había contado con la cooperación de Kemp para llevar adelante su sueño brutal de aterrorizar al mundo".

Traición: su colega Kemp decide delatarlo a la policía, generando la persecución del hombre invisible como desenlace de la historia. Pero el secreto de la invisibilidad permanecerá protegido al interior de más de un libro.

* * *

El apócrifo epitafio de Wells inscripto en su lápida, tan extenso como la cantidad de libros que publicó, podría rezar la frase que a la vez lo condensa humanamente en *La máquina del tiempo*:

"Estamos escapando siempre del momento presente. Nuestras existencias mentales, que son inmateriales y que carecen de dimensiones, pasan a lo largo de la Dimensión del Tiempo con una velocidad uniforme, desde la cuna hasta la tumba".

Hasta la tumba, andarín literario H.G.W.

Herbert George Wells, el hombre que fue capaz de presagiar los mecanismos de las ingenierías imaginativas futuristas-oníricas, cumplidas hoy con la atrocidad de lo fáctico, falleció en Londres, el 13 de agosto de 1946.

El hombre invisible

1
La llegada
del hombre misterioso

Él llegó un día huracanado de principios de febrero, abriéndose a través de un viento cortante y de una densa nevada, la última del año. El desconocido llegó a pie desde la estación del ferrocarril de Bramblehurst. Llevaba en la mano bien enguantada una pequeña maleta negra. Iba envuelto de los pies a la cabeza, el ala del sombrero de fieltro le tapaba todo el rostro y sólo dejaba al descubierto la punta de su nariz. La nieve se había ido acumulando sobre sus hombros y la pechera de su atuendo, y había formado una capa blanca en la parte superior de su carga. Más muerto que vivo, entró tambaleándose en la posada Coach and Horses y, después de soltar su maleta, gritó: "¡Un fuego, por caridad! ¡Una habitación con fuego!". Dio unos golpes en el suelo y se sacudió la nieve. Después siguió a la señora Hall hasta el salón para concertar el precio. Sin más presentaciones, una rápida conformidad y un par de libras sobre la mesa, se alojó en la posada.

La señora Hall encendió el fuego, lo dejó solo y se fue a prepararle algo de comer. Que un cliente se quedara en invierno en Iping era mucha suerte y aún más si no era de esos que regatean. Estaba dispuesta a no desaprovechar la buena fortuna del destino.

Tan rápido como el jamón estuvo preparado y cuando había convencido a Millie, la criada, con unas cuantas expresiones escogidas con destreza, llevó el mantel, los platos y los vasos al salón y se dispuso a poner la mesa con gran esmero. La señora Hall se sorprendió al ver que el visitante todavía seguía con el abrigo y el sombrero, a pesar de que el fuego ardía con fuerza. El huésped estaba de pie, de espaldas a ella, y miraba fijamente cómo caía la nieve en el patio.

Con las manos, enguantadas todavía, en la espalda, parecía estar sumido en sus propios pensamientos. La señora Hall se dio cuenta de que la nieve derretida estaba goteando en la alfombra y le dijo:

—¿Me permite su sombrero y su abrigo para que se sequen en la cocina, señor?

—No —contestó él sin volverse.

No estando segura de haberlo oído, la señora Hall iba a repetirle la pregunta. Él se volvió y, mirando a la señora Hall de reojo, dijo con énfasis:

—Prefiero tenerlos puestos.

La señora Hall se dio cuenta de que llevaba puestas unas grandes gafas azules y de que por encima del cuello del abrigo le salían unas amplias patillas, que le ocultaban el rostro completamente.

—Como quiera el señor —contestó ella—. La habitación se calentará enseguida.

Sin contestar, apartó de nuevo la vista de ella, y la señora Hall, dándose cuenta de que sus intentos de entablar conversación no eran oportunos, dejó rápidamente el resto de las cosas sobre la mesa y salió de la habitación. Cuando volvió, él seguía allí todavía, como si fuese de piedra, encorvado, con el cuello del abrigo hacia arriba y el ala del sombrero goteando, ocultándole completamente el rostro y las orejas. La señora Hall dejó los huevos con jamón en la mesa con fuerza y le dijo:

—La cena está servida, señor.

—Gracias —contestó el forastero sin moverse hasta que ella hubo cerrado la puerta. Después se abalanzó sobre la comida en la mesa.

Cuando volvía a la cocina por detrás del mostrador, la señora Hall empezó a oír un ruido que se repetía a intervalos regulares. Era el batir de una cuchara en un cuenco. "¡Esa chica!", dijo, "se me había olvidado, ¡si no tardara tanto!". Y mientras acabó ella de batir la mostaza, reprendió a Millie por su lentitud excesiva. Ella había preparado los huevos con jamón, había puesto la mesa y había hecho todo mientras que Millie (¡vaya una ayuda!) sólo había logrado retrasar la mostaza. ¡Y había un huésped nuevo que quería quedarse! Llenó el tarro de mostaza y, después de colocarlo con cierta majestuosidad en una bandeja de té dorada y negra, la llevó al salón.

Golpeó la puerta y entró. Mientras lo hacía, se dio cuenta de que el visitante se había movido tan deprisa que apenas pudo vislumbrar un objeto blanco que desaparecía debajo de la mesa. Parecía que estaba recogiendo algo del suelo. Dejó el tarro de mostaza sobre la mesa y advirtió que el visitante se había quitado el abrigo y el sombrero y los había dejado en una silla cerca del fuego. Un par de botas mojadas amenazaban con oxidar la pantalla de acero del fuego. La señora Hall se dirigió con resolución, diciendo con una voz que no daba lugar a una posible negativa:

—Supongo que ahora podré llevármelos para secarlos.

—Deje el sombrero —contestó el visitante con voz apagada. Cuando la señora Hall se volvió, él había levantado la cabeza y la estaba mirando.

Estaba demasiado sorprendida para poder hablar. Él sujetaba una servilleta blanca para taparse la parte inferior de la cara; la boca y las mandíbulas estaban completamente ocultas, de ahí el sonido apagado de su voz. Pero esto no sobresaltó tanto a la señora Hall como ver que tenía la cabeza tapada con las gafas y con una venda blanca, y otra le cubría las orejas. No se le veía nada excepto la punta, rosada, de la nariz. El pelo negro, abundante, que aparecía entre los vendajes le daba una apariencia muy extraña, parecía tener distintas cabelleras. La cabeza era tan diferente a lo que la señora Hall se habría imaginado, que por un momento se quedó paralizada.

Él continuaba sosteniendo la servilleta con la mano enguantada, y la miraba a través de sus inescrutables gafas azules.

–Deje el sombrero –dijo hablando a través del trapo blanco.

Cuando sus nervios se recobraron del susto, la señora Hall volvió a colocar el sombrero en la silla, al lado del fuego.

–No sabía, señor –empezó a decir, pero se detuvo, turbada.

–Gracias –contestó secamente, mirando primero a la puerta y volviendo la mirada a ella de nuevo.

–Haré que los sequen enseguida –dijo llevándose la ropa de la habitación.

Cuando iba hacia la puerta, se volvió para observar la cabeza vendada y a las gafas azules; él todavía se tapaba con la servilleta. Al cerrar la puerta, tuvo un ligero estremecimiento, y en su cara se dibujaban sorpresa y perplejidad. "¡Vaya!, nunca…" iba susurrando mientras se acercaba a la cocina, demasiado preocupada como para pensar en lo que Millie estaba haciendo en ese momento.

El visitante se sentó y escuchó cómo se alejaban los pasos de la señora Hall. Antes de quitarse la servilleta para seguir comiendo, miró hacia la ventana, entre bocado y bocado, y continuó mirando hasta que, sujetando la servilleta, se levantó y corrió las cortinas, dejando la habitación en penumbra. Después se sentó a la mesa para terminar de comer tranquilamente

—Pobre hombre —decía la señora Hall—, habrá tenido un accidente o sufrido una operación, pero ¡qué susto me han dado todos esos vendajes!

Echó un poco de carbón en la chimenea y colgó el abrigo en un secador plegable. "Y, ¡esas gafas!, ¡parecía más un buzo que un ser humano!". Tendió la bufanda del visitante. "Y hablando todo el tiempo a través de ese pañuelo blanco…, quizá tenga la boca destrozada", y se volvió como alguien que acaba de recordar algo: "¡Dios mío, Millie! ¿Todavía no has terminado?".

Cuando la señora Hall volvió para retirar el servicio del almuerzo de la mesa, su idea de que el visitante tenía la boca desfigurada por algún accidente se confirmó, ya que aunque estaba fumando en pipa, no se quitaba la bufanda que le ocultaba la parte inferior de la cara, ni siquiera para llevarse la pipa a los labios. No se trataba de un despiste, ella veía cómo se iba consumiendo. Estaba sentado en un rincón de espaldas a la ventana. Después de haber comido y de haberse calentado un rato en la chimenea, habló a la señora Hall con menos agresividad que antes. El reflejo del fuego rindió a sus grandes gafas una animación que no habían tenido hasta ahora.

—El resto de mi equipaje está en la estación de Bramblehurst —comenzó, y preguntó a la señora Hall si estaba la posibilidad de que se lo trajeran a la posada. Después de escuchar la explicación de la señora Hall, dijo:

—¡Mañana!, ¿no puede ser antes? —Y pareció disgustado cuando le respondieron que no—. ¿Está segura? —continuó diciendo—. ¿No podría ir a recogerlo un hombre con una carreta? La señora Hall aprovechó estas preguntas para entablar conversación.

—Es un camino demasiado empinado el de la cuesta —dijo, como respuesta a la posibilidad de la carreta; después añadió–: Allí volcó un carro hace poco más de un año y murieron un caballero y el cochero. Pueden ocurrir accidentes en cualquier momento, señor.

Sin inmutarse, el visitante contestó: "Tiene razón", sin dejar de mirarla con sus gafas impenetrables.

–Y, sin embargo, tardan mucho tiempo en curarse, ¿no cree usted, señor? Tom, el hijo de mi hermana, se cortó en el brazo con una guadaña al caerse en el campo y, ¡Dios mío!, estuvo tres meses en cama. Aunque no lo crea, cada vez que veo una guadaña me acuerdo de todo aquello, señor.

–Lo comprendo perfectamente –contestó el visitante.

–Estaba tan grave, que creía que iban a operarlo.

El visitante se rio. Fue una carcajada que pareció empezar y acabar en su boca.

–¿En serio? –dijo.

–Desde luego, señor. Y no es para tomárselo a broma, sobre todo los que nos tuvimos que ocupar de él, ya que mi hermana tiene niños pequeños. Había que estar poniéndole y quitándole vendas. Y me atrevería a decirle, señor, que...

–¿Podría acercarme unos fósforos? –dijo de repente el visitante–. Se me ha apagado la pipa.

La señora Hall se sintió un poco molesta. Le parecía grosero por parte del visitante, después de todo lo que le había contado. Lo miró un instante, pero, recordando los dos soberanos, salió a buscarlos.

–Gracias –contestó, cuando le estaba dando los fósforos, y se volvió hacia la ventana. Era evidente que al hombre no le interesaban ni las operaciones ni los vendajes. Después de todo, ella no había querido insinuar nada, pero aquel rechazo había conseguido irritarla, y Millie sufriría las consecuencias aquella tarde.

El desconocido se quedó en el salón hasta las cuatro, sin permitir que nadie entrase en la habitación. Durante la mayor parte del tiempo estuvo quieto, fumando junto al fuego. Dormitando, quizá.

En un par de ocasiones pudo oírse cómo removía las brasas, y por espacio de cinco minutos se oyó cómo caminaba por la habitación. Parecía que hablaba solo. Después se oyó cómo crujía el sillón: se había vuelto a sentar.

2
Las primeras impresiones del señor Teddy Henfrey

Eran las cuatro de la tarde. Estaba oscureciendo y la señora Hall hacía acopio de valor para entrar en la habitación y preguntarle al visitante si le apetecía tomar una taza de té. En ese momento Teddy Henfrey, el relojero, entró en el bar.

–¡Qué tiempo, señora Hall! ¡Como para andar por ahí con unas botas tan ligeras!

La nieve caía ahora con más fuerza.

La señora Hall asintió; se dio cuenta de que el relojero traía su caja de herramientas y se le ocurrió una idea.

–A propósito, señor Teddy –dijo–. Me gustaría que revisara el viejo reloj del salón. Funciona bien, pero la aguja siempre señala las seis.

Y, dirigiéndose al salón, entró después de haber llamado.

Al abrir la puerta, vio al visitante sentado en el sillón delante de la chimenea. Parecía estar medio dormido y tenía la cabeza inclinada. La única luz que había en la habitación era la que daba a la chimenea y la poca iluminación que entraba por la puerta. La señora Hall no podía ver con claridad, además estaba deslumbrada, ya que acababa de encender las luces del bar. Por un momento le pareció ver que el hombre al que ella estaba mirando tenía una enorme boca abierta, una boca increíble, que le ocupaba casi la mitad del rostro. Fue una sensación momentánea: la cabeza vendada, las gafas monstruosas y ese enorme agujero debajo. Enseguida el hombre se agitó en su sillón, se levantó y se llevó la mano al rostro. La señora Hall abrió la puerta de par en par para que entrara más luz y para poder ver al visitante con claridad. Al igual que antes la servilleta, una bufanda como si fuera un pañuelo de seda le cubría ahora el rostro. La señora Hall pensó que seguramente habían sido las sombras.

—¿Le importaría que entrara este señor a arreglar el reloj? —dijo, mientras se recobraba del susto.

—¿Arreglar el reloj? —dijo mirando a su alrededor torpemente y con la mano en la boca—. No faltaría más —continuó, esta vez haciendo un esfuerzo por despertarse.

La señora Hall salió para buscar una lámpara, y el visitante hizo ademán de querer estirarse. Al regresar la señora Hall con la luz al salón, el señor Teddy Henfrey dio un sobresalto, al verse enfrente de aquel hombre recubierto de vendajes.

—Buenas tardes —dijo el visitante al señor Henfrey, que se sintió observado intensamente, como una langosta, a través de aquellas gafas oscuras.

—Espero —dijo el señor Henfrey— que no considere esto como una molestia.

—De ninguna manera —contestó el visitante—. Aunque creía que esta habitación era para uso personal —dijo volviéndose hacia la señora Hall.

—Perdón —dijo la señora Hall—, pero pensé que le gustaría que arreglasen el reloj.

—Sin lugar a dudas —siguió diciendo el visitante—, pero, normalmente, me gusta que se respete mi intimidad. Sin embargo, me agrada que hayan venido a arreglar el reloj

–dijo, al observar cierta vacilación en el comportamiento del señor Henfrey–. Me agrada mucho.

El visitante se volvió y, dando la espalda a la chimenea, cruzó las manos en la espalda, y dijo:

–Ah, cuando el reloj esté arreglado, me gustaría tomar una taza de té, pero, repito, cuando terminen de arreglar el reloj.

La señora Hall se disponía a salir, no había hecho ningún intento de entablar conversación con el visitante, por miedo a quedar en ridículo ante el señor Henfrey, cuando oyó que el forastero le preguntaba si había averiguado algo más sobre su equipaje. Ella dijo que había hablado del asunto con el cartero y que un maletero se lo iba a traer por la mañana temprano.

–¿Está segura de que es lo más rápido, de que no puede ser antes? –dijo él.

Con frialdad, la señora Hall le contestó que estaba segura.

–Debería explicar ahora –añadió el forastero– lo que antes no pude por el frío y el cansancio. Soy un científico.

–¿De verdad? –repuso la señora Hall, impresionada.

–Y en mi equipaje tengo distintos aparatos y accesorios muy importantes.

–No cabe duda de que lo serán, señor –dijo la señora Hall.

–Comprenderá ahora la prisa que tengo por reanudar mis investigaciones.

–Claro, señor.

–Las razones que me han traído a Iping –prosiguió con cierta intención– fueron el deseo de soledad. No me gusta que nadie me moleste, mientras estoy trabajando. Además un accidente…

–Lo suponía –dijo la señora Hall.

–Necesito tranquilidad. Tengo los ojos tan débiles, que debo encerrarme a oscuras durante horas. En esos momentos, me gustaría que comprendiera que una mínima molestia, como por ejemplo que alguien entre de pronto en la habitación, me produciría un gran disgusto.

—Claro, señor —dijo la señora Hall—, y si me permite preguntarle...

—Creo que eso es todo —interrumpió el forastero, indicando que en ese momento debía finalizar la conversación. La señora Hall entonces se guardó la pregunta y su simpatía para mejor ocasión.

Una vez que la señora Hall salió de la habitación, el forastero se quedó de pie, inmóvil, enfrente de la chimenea, mirando airadamente, según el señor Henfrey, cómo este arreglaba el reloj. El señor Henfrey quitó las agujas, la esfera y algunas piezas al reloj, intentaba hacerlo de la forma más lenta posible. Trabajaba manteniendo la lámpara cerca de él, de manera que la pantalla verde le arrojaba distintos reflejos sobre las manos, así como sobre el marco y los engranajes, dejando el resto de la habitación en penumbra. Cuando levantaba la vista, parecía ver pequeñas motas de colores. De naturaleza curiosa, se había extendido en su trabajo con la idea de retrasar su marcha, y así entablar conversación con el forastero. Pero el extraño se quedó allí de pie y quieto, tan quieto que estaba empezando a poner nervioso al señor Henfrey. Parecía estar solo en la habitación, pero, cada vez que levantaba la vista, se encontraba con aquella figura gris e imprecisa, con aquella cabeza vendada que lo miraba con unas enormes gafas azules, entre un amasijo de puntitos verdes. A Henfrey le parecía todo muy misterioso. Durante unos segundos se observaron mutuamente, hasta que Henfrey bajó la mirada. ¡Qué incómodo se encontraba! Le habría gustado decir algo. ¿Qué tal si le comentaba algo sobre el frío excesivo que estaba haciendo para esa época del año? Levantó de nuevo la vista, como si quisiera lanzarle un primer disparo.

—Está haciendo un tiempo —dijo.

—¿Por qué no termina de una vez y se marcha? —le contestó aquella figura rígida sumida en una rabia que apenas podía dominar–. Sólo tiene que colocar la aguja de las horas en su eje, no crea que me está engañando.

–Desde luego, señor, enseguida termino.

Y, cuando el señor Henfrey concluyó su trabajo, se marchó. Lo hizo muy indignado.

"Maldita sea", se decía mientras atravesaba el pueblo torpemente, ya que la nieve se estaba derritiendo. "Uno necesita su tiempo para arreglar un reloj".

Y seguía diciendo: "¿Acaso no se le puede mirar a la cara? Parece ser que no".

"Si la policía lo estuviera buscando, no podría estar más lleno de vendajes".

En la esquina con la calle Gleeson vio a Hall, que se había casado hacía poco con la posadera del Coach and Horses y que conducía la diligencia de Iping a Sidderbridge, siempre que hubiese algún pasajero ocasional. Hall venía de allí en ese momento, y parecía que se había quedado un poco más de lo normal en Sidderbridge, a juzgar por su forma de conducir.

–¡Hola, Teddy! –le dijo al pasar.

–¡Te espera un buen misterio en casa! –le contestó Teddy.

–¿Qué dices? –preguntó Hall, después de detenerse.

–Un tipo muy raro se ha hospedado esta noche en el Coach and Horses –explicó Teddy–. Ya lo verás. Y Teddy continuó dándole una descripción detallada del extraño personaje.

–Parece que va disfrazado. A mí siempre me gusta verle la cara a la gente que tengo delante –le dijo, y continuó–, pero las mujeres son muy confiadas, cuando se trata de extraños. Se ha instalado en tu habitación y no ha dado ni siquiera un nombre.

–¡Qué me estás diciendo! –le contestó Hall, que era un hombre bastante aprehensivo.

–Sí –continuó Teddy–. Y ha pagado por una semana. Sea quien sea no te podrás librar de él antes de una semana. Y, además, ha traído un montón de equipaje, que le llegará mañana. Esperemos que no se trate de maletas llenas de piedras.

Entonces Teddy contó a Hall la historia de cómo un forastero había estafado a una tía suya que vivía en Hastings. Después de escuchar todo esto, el pobre Hall se sintió invadido por las peores sospechas.

—Vamos, levanta, vieja yegua —dijo—. Creo que tengo que enterarme de lo que ocurre.

Teddy siguió su camino mucho más tranquilo después de haberse quitado esa responsabilidad de encima. Cuando Hall llegó a la posada, en lugar de "enterarse de lo que ocurría", lo que recibió fue una reprimenda de su mujer por haberse detenido tanto tiempo en Sidderbridge, y sus tímidas preguntas sobre el forastero fueron contestadas de forma rápida y cortante; sin embargo, la semilla de la sospecha había arraigado en su mente.

—Ustedes las mujeres no saben nada —dijo el señor Hall—, resuelto a averiguar algo más sobre la personalidad del huésped en la primera ocasión que se le presentara. Y después de que el forastero, cerca de las nueve y media, se hubiese ido a la cama, el señor Hall se dirigió al salón y estuvo mirando los muebles de su esposa uno por uno, y se paró a observar una pequeña operación matemática que el forastero había dejado. Cuando se retiró a dormir, dio instrucciones a la señora Hall de inspeccionar el equipaje del extranjero cuando llegase el día siguiente.

—Ocúpate de tus asuntos —le contestó la señora Hall—, que yo me ocuparé de los míos. Estaba dispuesta a contradecir a su marido, pese a que el forastero era decididamente un hombre muy extraño y ella tampoco estaba muy tranquila. A medianoche se despertó soñando con enormes cabezas blancas e inmensas, con larguísimos cuellos e inmensos ojos azules. Pero, como era una mujer sensata, no sucumbió al miedo y se dio vuelta para seguir durmiendo.

3
Las mil y una botellas

Arribó a Iping, como *caído* del cielo, aquel extraño personaje, un nueve de febrero, cuando comenzaba el deshielo. Su equipaje llegó al día siguiente. Y era un equipaje que llamaba la atención. Había un par de baúles, como los de cualquier hombre, pero, además, había una caja llena de libros, de grandes libros, algunos con una escritura ininteligible, y más de una docena de distintas cajas y cajones embalados, que contenían botellas, como pudo comprobar el señor Hall, quien, por curiosidad, estuvo removiendo entre la broza. El forastero, envuelto en su sombrero, abrigo, guantes y en una especie de capa, salió impaciente al encuentro del carruaje del señor Fearenside, mientras el señor Hall estaba charlando con él y se disponía a ayudarle a descargar todo aquello. Al salir, no se dio cuenta de que el señor Fearenside tenía un perro, que en ese momento estaba olfateando las piernas al señor Hall.

—Dense prisa con las cajas —dijo—. He estado esperando demasiado tiempo.

Bajó los escalones y se dirigió a la parte trasera del carruaje con ademán de agarrar uno de los paquetes más pequeños.

Nada más verlo, el perro del señor Fearenside empezó a ladrar y a gruñir y, cuando el forastero terminó de bajar los escalones, se abalanzó sobre él y le mordió una mano.

–Oh, no –gritó Hall, dando un salto hacia atrás, pues tenía mucho miedo a los perros.

–¡Quieto! –gritó a su vez Fearenside, sacando un látigo.

Los dos hombres vieron cómo los dientes del perro se hundían en la mano del forastero, y después de que este le lanzara un puntapié, vieron cómo el perro daba un salto y le mordía la pierna, oyéndose claramente cómo se le desgarraba la tela del pantalón. Finalmente, el látigo de Fearenside alcanzó al perro, y este se escondió, quejándose, debajo de la carreta. Todo ocurrió en medio segundo y sólo se escuchaban gritos.

El forastero se miró rápidamente el guante desgarrado y la pierna e hizo una inclinación en dirección a la última, pero se dio media vuelta y volvió sobre sus pasos a la posada. Los dos hombres escucharon el alejamiento por el pasillo y las escaleras hacia su habitación.

–¡Bruto! –dijo Fearenside, agachándose con el látigo en la mano, mientras se dirigía al perro, que lo miraba desde abajo de la carreta–. ¡Es mejor que me obedezcas y vengas aquí! Hall seguía de pie, mirando.

–Le ha mordido. Será mejor que vaya a ver cómo se encuentra.

Subió detrás del forastero. Por el pasillo se encontró con la señora Hall y le dijo:

–Le ha mordido el perro del carretero.

Subió directamente y, al encontrar la puerta entreabierta, irrumpió en la habitación.

Las persianas estaban bajas y la habitación a oscuras. El señor Hall creyó ver una cosa muy extraña, lo que parecía un brazo sin mano le hacía señas y lo mismo hacía una cara con tres enormes agujeros blancos. De pronto recibió un fuerte golpe en el pecho y cayó de espaldas; al mismo tiempo le cerraron la puerca en las narices y echaron la llave. Todo ocurrió con tanta rapidez, que el señor Hall apenas tuvo tiempo para ver nada. Una oleada de formas y figuras indescifrables, un golpe y, por último, la conmoción. El señor Hall se quedó tendido en la oscuridad, preguntándose qué podía ser aquello que había visto.

Unos cuantos minutos después, se unió a la gente que se había agrupado a la puerta del Coach and Horses. Allí estaba Fearenside, contándolo todo por segunda vez; la señora Hall le decía que su perro no tenía derecho alguno a morder a sus huéspedes; Huxter, el tendero de enfrente, no entendía nada de lo que ocurría, y Sandy Wadgers, el herrero, exponía sus propias opiniones sobre los hechos acaecidos; había también un grupo de mujeres y niños que no dejaban de decir tonterías: −A mí no me hubiera mordido, seguro. −No está bien tener ese tipo de perro. −Y entonces, ¿por qué le mordió?

Al señor Hall, que escuchaba todo y miraba desde los escalones, le parecía increíble que algo tan extraordinario le hubiera ocurrido en el piso de arriba. Además, tenía un vocabulario demasiado limitado como para poder relatar todas sus impresiones.

−Dice que no quiere ayuda de nadie −dijo, contestando a lo que su mujer le preguntaba−. Será mejor que terminemos de descargar el equipaje.

−Habría que desinfectarle la herida −dijo el señor Huxter−, antes de que se inflame.

−Lo mejor sería pegarle un tiro a ese perro −dijo una de las señoras que estaban en el grupo.

De repente, el perro comenzó a gruñir de nuevo.

−¡Vamos! −gritó una voz enfadada. Allí estaba el forastero embozado, con el cuello del abrigo subido y con la frente tapada por el ala del sombrero−. Cuanto antes suban el equipaje, mejor.

Una de las personas que estaba curioseando se dio cuenta de que el forastero se había cambiado de guantes y de pantalones.

–¿Le ha hecho mucho daño, señor? – preguntó Fearenside, y añadió–: Siento mucho lo ocurrido con el perro.

–No ha sido nada –contestó el forastero–. Ni me ha rozado la piel. Dense prisa con el equipaje.

Según afirma el señor Hall, el extranjero maldecía entre dientes.

Una vez que el primer cajón se encontraba en el recinto, según las propias indicaciones del forastero, este se lanzó sobre él con extraordinaria avidez y comenzó a desarmarlo, según iba quitando la paja, sin tener en consideración la alfombra de la señora Hall. Empezó a sacar distintas botellas del cajón, frascos que contenían polvos, botellas pequeñas y delgadas con líquidos blancos y de color, botellas alargadas de color azul con la etiqueta de "veneno", botellas de panza redonda y cuello largo, botellas grandes, unas blancas y otras verdes, botellas con tapones de cristal y etiquetas blanquecinas, botellas taponadas con corcho, con tapones de madera, botellas de vino, botellas de aceite, y las iba colocando en fila en cualquier sitio, sobre la cómoda, en la chimenea, en la mesa que había debajo de la ventana, en el suelo, en la librería. En la farmacia de Bramblehurst no había ni la mitad de las botellas que había allí. Era todo un espectáculo. Todos los cajones estaban llenos de botellas, y, cuando los seis cajones estuvieron vacíos, la mesa quedó cubierta de paja. Además de botellas, lo único que contenían los cajones eran unos cuantos tubos de ensayo y una balanza cuidadosamente empaquetada.

Después de desembalar los cajones, el forastero se dirigió hacia la ventana y se puso a trabajar sin preocuparse lo más mínimo de la paja esparcida, de la chimenea medio apagada o de los baúles y demás equipaje que habían dejado en el piso de arriba.

Cuando la señora Hall le subió la comida, estaba tan absorto en su trabajo, echando gotitas de las botellas en los tubos de ensayo, que no se dio cuenta de su presencia hasta que no había barrido los montones de paja y puesto la bandeja sobre la mesa, quizá con cierto enfado, debido al estado en que había quedado el suelo. Entonces volvió la cabeza y, al verla, la llevó inmediatamente a su posición anterior. Pero la señora Hall se había dado cuenta de que no llevaba las gafas puestas; las tenía encima de la mesa, a un lado, y le pareció que en lugar de las cuencas de los ojos tenía dos enormes agujeros. El forastero se volvió a poner las gafas y se dio media vuelta, mirándola de frente. Iba a quejarse de la paja que había quedado en el suelo, pero él se le anticipó:

—Me gustaría que no entrara en la habitación, sin llamar antes —le dijo en un tono de exasperación característico suyo.

—He llamado, pero al parecer...

—Quizá lo hiciera, pero en mis investigaciones que, como sabe, son muy importantes y me corren prisa, la más pequeña interrupción, el crujir de una puerta..., hay que tenerlo en cuenta.

—Desde luego, señor. Usted puede encerrarse con llave cuando quiera, si es lo que desea.

—Es una buena idea —contestó el forastero.

—Y toda esta paja, señor, me gustaría que se diera cuenta de...

—No se preocupe. Si la paja le molesta, anótemelo en la cuenta.

Y dirigió unas palabras que a la señora Hall le sonaron dudosas.

Allí, de pie, el forastero tenía un aspecto tan extraño, tan agresivo, con una botella en una mano y un tubo de ensayo en la otra, que la señora Hall se asustó. Pero era una mujer decidida, y dijo:

—En ese caso, señor, ¿qué precio cree que sería conveniente?

—Un chelín. Supongo que un chelín sea suficiente, ¿no?

—Claro que es suficiente —contestó la señora Hall, mientras colocaba el mantel sobre la mesa—. Si a usted le satisface esa cifra, por supuesto.

El forastero volvió a sentarse de espaldas, de manera que la señora Hall sólo podía ver el cuello del abrigo. Según la señora Hall, el forastero estuvo trabajando toda la tarde, encerrado en su habitación, bajo llave y en silencio. Pero en una ocasión se oyó un golpe y el sonido de botellas que se entrechocaban y se estrellaban en el suelo, y después se escucharon unos pasos a lo largo de la habitación. Temiendo que algo hubiese ocurrido, la señora Hall se acercó hasta la puerta para escuchar, no atreviéndose a llamar.

–¡No puedo más! –vociferaba el extranjero–. ¡No puedo seguir así! ¡Trescientos mil, cuatrocientos mil! ¡Una gran multitud! ¡Me han engañado! ¡Me va a costar la vida! ¡Paciencia, necesito mucha paciencia! ¡Soy un loco!

En ese momento, la señora Hall oyó cómo la llamaban desde el bar, y tuvo que dejar, de mala gana, el resto del soliloquio del visitante. Cuando volvió, no se oía nada en la habitación, a no ser el crujido de la silla, o el choque fortuito de las botellas. El soliloquio ya había terminado, y el forastero había vuelto a su trabajo.

Cuando, más tarde, le llevó el té, pudo ver algunos cristales rotos debajo del espejo cóncavo y una mancha dorada, que había sido restregada con descuido. La señora Hall decidió llamarle la atención.

–Cárguelo en mi cuenta –dijo el visitante con sequedad–. Y por el amor de Dios, no me moleste. Si hay algún desperfecto, cárguelo a mi cuenta –Y siguió haciendo una lista en la libreta que tenía delante.

–Te diré algo –dijo Fearenside con aire de misterio. Era ya tarde y se encontraba con Teddy Henfrey en una cervecería de Iping.

–¿De qué se trata? –dijo Teddy Henfrey.

–El individuo del que hablas, al que mordió mi perro. Pues bien, creo que es negro. Por lo menos sus piernas lo son. Pude ver lo que había debajo de la rotura de sus pantalones y de su guante. Cualquiera habría esperado un trozo de piel rosada, ¿no? Bien, pues no lo había. Era negro. Te lo digo yo, era tan negro como mi sombrero.

—Sí, sí, bueno —contestó Henfrey, y añadió—: De todas formas es un caso muy raro. Su nariz es tan rosada, que parece que la han pintado.

—Es verdad —dijo Fearenside—. Yo también me había dado cuenta. Y te diré lo que estoy pensando. Ese hombre es moteado, Teddy. Negro por un lado y blanco por otro, a lunares. Es un tipo de mestizos a los que el color no se les ha mezclado, sino que les ha aparecido a lunares. Ya había oído hablar de este tipo de casos con anterioridad. Y es lo que ocurre generalmente con los caballos, como todos sabemos.

4
El señor Cuss habla con el desconocido

He relatado con detalle la llegada del forastero a Iping para que el lector pueda darse cuenta de la expectativa que causó. Y, exceptuando un par de incidentes algo extraños, no ocurrió nada interesante durante su estancia hasta el día de la fiesta del Club. El visitante había tenido algunas escaramuzas con la señora Hall por problemas domésticos, pero, en estos casos, siempre se libraba de ella cargándolo a su cuenta, hasta que a finales de abril empezaron a notarse las primeras señales de su penuria económica. El forastero no le resultaba simpático al señor Hall y, siempre que podía, hablaba de la conveniencia de deshacerse de él; pero mostraba su descontento, ocultándose de él y evitándole, siempre que podía.

—Espera hasta que llegue el verano —decía la señora Hall prudentemente—. Hasta que lleguen los artistas. Entonces, ya veremos. Quizá sea un poco autoritario, pero las cuentas que se pagan puntualmente son cuentas que se pagan puntualmente, digas lo que digas.

El forastero no iba nunca a la iglesia y, además, no hacía distinción entre el domingo y los demás días, ni siquiera se cambiaba de ropa. Según la opinión de la señora Hall, trabajaba en lapsos. Algunos días se levantaba temprano y estaba ocupado todo el tiempo. Otros, sin embargo, se despertaba muy tarde y se pasaba horas hablando en alto, paseando por la habitación mientras fumaba o se quedaba dormido en el sillón, delante del fuego. No mantenía contacto con nadie fuera del pueblo. Su temperamento era muy inestable; la mayor parte del tiempo su actitud era la de un hombre que se encuentra bajo una tensión insoportable, y en un par de ocasiones se dedicó a cortar, rasgar, arrojar o romper cosas en ataques espasmódicos de violencia. Parecía encontrarse bajo una irritación crónica muy intensa. Se acostumbró a hablar solo en voz baja con frecuencia y, aunque la señora Hall lo escuchaba concienzudamente, no conseguía comprender nada de aquello que llegaba a sus oídos.

Durante el día, anómalas veces salía de la posada, pero por las noches solía pasear, completamente cauteloso y sin importarle el frío que hiciese, y elegía los lugares más solitarios y sumidos en sombras de árboles. Sus enormes gafas y la cara vendada debajo del sombrero aparecían a veces de repente en la oscuridad para desagrado de los campesinos que volvían a sus casas. Teddy Henfrey, una noche que salía tambaleándose de la Scarlet Coat a las nueve y media, se asustó al ver la cabeza del forastero (llevaba el sombrero en la mano) alumbrada por un rayo que salía de la puerta de la taberna. Los niños que lo habían visto tenían pesadillas y soñaban con fantasmas, y parece difícil adivinar si él odiaba a los niños más que ellos a él o al revés. La realidad era que había mucho odio por ambas partes.

Era inevitable que una persona de apariencia tan singular fuese el tema de conversación más frecuente en Iping. La opinión sobre la ocupación del forastero estaba muy dividida.

Cuando preguntaban a la señora Hall sobre esta cuestión, respondía explicando con detalle que era un investigador experimental. Pronunciaba las sílabas con cautela, como el que teme que exista alguna trampa. Cuando le preguntaban qué quería decir ser investigador experimental, solía decir con un cierto tono de superioridad que las personas educadas sabían perfectamente lo que era, y luego añadía que descubría cosas.

Su huésped había sufrido un accidente, comentaba, y su cara y sus manos estaban dañadas; al tener un carácter tan sensible, se mantenía reacio al contacto con la gente del pueblo. Además de esta, otra versión de la gente del pueblo era la de que se trataba de un criminal que intentaba escapar de la policía embozándose, para que esta no pudiera verlo, oculto como estaba. Esta idea partió de Teddy Henfrey. Sin embargo, no se había cometido ningún crimen en el mes de febrero. El señor Gould, el asistente que estaba a prueba en la escuela, imaginó que el forastero era un anarquista disfrazado, que se dedicaba a preparar explosivos, y resolvió hacer las veces de detective en el tiempo que tenía libre. Sus operaciones detectivescas consistían en la mayoría de los casos en mirar fijamente al visitante cuando se encontraba con él, o en preguntar cosas sobre él a personas que nunca lo habían visto. No descubrió nada, a pesar de todo esto. Otro grupo era de la opinión del señor Fearenside, aceptando la versión de que tenía el cuerpo moteado, u otra versión con algunas modificaciones; por ejemplo, a Silas Durgan le oyeron afirmar: "Si se dedicara a exhibirse en las ferias, no tardaría en hacer fortuna", y, pecando de teólogo, comparó al forastero con el hombre que tenía un solo talento. Otro grupo lo explicaba todo diciendo que era un loco inofensivo. Esta última teoría tenía la ventaja de que todo era muy simple. Entre los grupos más importantes había indecisos y comprometidos con el tema. La gente de Sussex era poco supersticiosa, y fueron los acontecimientos ocurridos a principios de abril los que hicieron que se empezara a susurrar la palabra sobrenatural entre la gente del pueblo, e, incluso entonces, sólo por las mujeres del pueblo.

Pero, dejando a un lado las teorías, a la gente del pueblo, en general, le desagradaba el forastero. Su irritabilidad, aunque hubiese sido comprensible para un intelectual de la ciudad, resultaba extraña y desconcertante para aquella gente tranquila de Sussex. Las raras gesticulaciones con las que lo sorprendían de vez en cuando, los largos paseos al anochecer con los que se aparecía ante ellos en cualquier esquina, el trato inhumano ante cualquier intento de espiar, el gusto por la oscuridad, que le llevaba a cerrar las puertas, a bajar las persianas y a apagar los candelabros y las lámparas. ¿Quién podía estar de acuerdo con todo ese tipo de cosas? Todos se apartaban, cuando el forastero pasaba por el centro del pueblo, y, cuando se había alejado, había algunos chistosos que se subían el cuello del abrigo y bajaban el ala del sombrero y caminaban nerviosamente tras él, imitando aquella personalidad oculta. Por aquel tiempo había una canción popular titulada "El hombre fantasma". La señorita Statchell la cantó en la sala de conciertos de la escuela (para ayudar a pagar las lámparas de la iglesia), y después, cada vez que se reunían dos o tres campesinos y aparecía el forastero, se podían escuchar los dos primeros compases de la canción. Y los niños pequeños iban detrás de él y le gritaban "¡Fantasma!", y luego salían corriendo.

La curiosidad devoraba a Cuss, el boticario. Los vendajes atraían su interés profesional. Miraba con ojos recelosos las mil y una botellas. Durante los meses de abril y mayo había codiciado la oportunidad de hablar con el forastero. Y por fin, hacia Pentecostés, cuando ya no podía aguantar más, aprovechó la excusa de la elaboración de una lista de suscripción para pedir una enfermera para el pueblo y así hablar con el forastero. Se sorprendió cuando supo que la señora Hall no sabía el nombre del huésped.

—Dio su nombre —mintió la señora Hall—, pero apenas pude oírlo y no me acuerdo.

Pensó que era demasiado estúpido no saber el nombre de su huésped.

El señor Cuss llamó a la puerta del salón y entró.

En el interior se oyó una imprecación.

—Perdone mi intromisión —dijo Cuss, y cerró la puerta, impidiendo que la señora Hall escuchase el resto de la conversación. Ella pudo oír un murmullo de voces durante los siguientes diez minutos, después un grito de sorpresa, un movimiento de pies, el golpe de una silla, una sonora carcajada, unos pasos rápidos hacia la puerta, y apareció el señor Cuss con la cara pálida y mirando por encima de su hombro. Dejó la puerta abierta detrás de él y, sin mirar a la señora Hall, siguió por el pasillo y bajó las escaleras, y ella pudo oír cómo se alejaba corriendo por la carretera. Llevaba el sombrero en la mano. Ella se quedó de pie mirando a la puerta abierta del salón. Después oyó cómo se reía el forastero y cómo se movían sus pasos por la habitación. Desde donde estaba no podía ver la cara. Finalmente, la puerta del salón se cerró y el lugar se quedó de nuevo en silencio.

Cuss cruzó el pueblo hacia la casa de Bunting, el vicario.

—¿Cree que estoy loco? —preguntó Cuss con dureza nada más entrar en el pequeño estudio—. ¿Doy la impresión de estar enfermo?

—¿Qué ha pasado? —preguntó el vicario, que estaba estudiando las páginas gastadas de su próximo sermón.

—Ese tipo, el de la posada.

—¿Y bien?

—Deme algo de beber —dijo Cuss, y se sentó.

Cuando se hubo calmado con una copita de jerez barato —el único que el vicario tenía a su disposición—, le contó la conversación que acababa de tener.

"Entré en la habitación", dijo entrecortadamente, "y comencé pidiéndole que si quería poner su nombre en la lista para conseguir la enfermera para el pueblo. Cuando entré, se metió rápidamente las manos en los bolsillos, y se dejó caer en la silla. Respiró. Le comenté que había oído que se interesaba por los temas científicos. Me dijo que sí, y volvió a respirar de nuevo, con fuerza. Siguió respirando con dificultad todo el tiempo: se notaba que acababa de contraer un resfriado tremendo. ¡No me extraña, si siempre va tan tapado! Seguí explicándole la historia de la enfermera, mirando, durante ese tiempo, a mi alrededor. Había botellas llenas de productos químicos por toda la habitación. Una balanza y tubos de ensayo colocados en sus soportes, y un intenso olor a flor de primavera. Le pregunté que si quería poner su nombre en la lista y me dijo que lo pensaría. Entonces le pregunté si estaba realizando alguna investigación, y si le estaba costando demasiado tiempo. Se enojó y me dijo que sí, que eran muy largas. "Ah, ¿sí?", le dije, y en ese momento se desequilibró. El hombre iba a estallar y mi pregunta lo desbordó. El forastero tenía en sus manos una receta que parecía ser muy valiosa para él. Le pregunté si se la había recetado el médico. "¡Maldita sea!", me contestó. "¿Qué es lo que, en realidad, anda buscando?". Yo me disculpé entonces y me contestó con un golpe de tos. La leyó. Cinco ingredientes. La colocó encima de la mesa y, al volverse, una brisa de aire que entró por la ventana se llevó el papel. Se oyó un crujir de papeles. El forastero trabajaba con la chimenea encendida. Vi un resplandor, y la receta se fue conducto arriba.

–¿Y qué?

–¿Cómo? ¡Que no tenía mano! La manga estaba vacía. ¡Dios mío!, pensé que era una deformidad física. Imaginé que tenía una mano postiza, y supuse que se la había quitado. Pero luego me dije que había algo raro en todo esto. ¿Qué demonios mantiene tiesa la manga, si no hay nada dentro?

De verdad te digo que no había nada dentro. Nada, y pude verle hasta el codo, además la manga tenía un agujero y la luz pasaba a través de él. "¡Dios mío!", me dije. En ese momento él se detuvo. Se quedó mirándome con sus gafas negras y después se miró la manga.

–Y, ¿qué pasó?

–Nada más. No dijo ni una sola palabra, sólo miraba y volvió a meterse la manga en el bolsillo. *Hablábamos de la receta, ¿no?*, me dijo tosiendo, y yo le pregunté: *¿Cómo demonios puede mover una manga vacía? ¿Una manga vacía?*, me contestó. *Sí, sí, una manga vacía*, volví a decirle. *Es una manga vacía, ¿verdad? Usted vio una manga vacía.* Estábamos los dos de pie. Después de dar tres pasos, el forastero se me acercó. Respiró con fuerza. Yo no me moví, aunque desde luego aquella cabeza vendada y aquellas gafas son suficientes para poner nervioso a cualquiera, sobre todo si se te van acercando tan despacio. *¿Dijo que mi manga estaba vacía?*, me preguntó. *Eso dije*, le respondí yo. Entonces él, lentamente, sacó la manga del bolsillo, y la dirigió hacia mí, como si quisiera enseñármela de nuevo. Lo hacía con suma lentitud. Yo miraba. Me pareció que tardaba una eternidad. *¿Y bien?*, me preguntó, y yo le contesté: No hay nada. Está vacía. Tenía que decir algo y estaba empezando a sentir miedo. Pude ver el interior. Extendió la manga hacia mí, lenta, muy lentamente, así, hasta que el puño casi rozaba mi cara. ¡Qué increíble ver una manga vacía que se te acerca de esa manera!, y entonces...

–¿Entonces?

–Entonces algo parecido a un dedo me pellizcó la nariz.

Bunting se rio.

–¡No había nada allí dentro! –dijo Cuss haciendo hincapié en la palabra *allí*–. Me parece muy bien que te rías, pero estaba tan asustado, que le golpeé con el puño, me di la vuelta y salí corriendo de la habitación.

Cuss se calló. Nadie podía dudar de su sinceridad por el pánico que manifestaba. Aturdido, miró a su alrededor y se tomó una segunda copa de jerez. "Cuando le golpeé el puño", siguió Cuss, "te prometo que noté exactamente igual que si golpeara un brazo, ¡pero no había brazo! ¡No había ni rastro del brazo!". El señor Bunting reflexionó acerca de lo que acababa de oír. Miró al señor Cuss con algunas sospechas.

–Es una historia extraordinaria –dijo.– Miró gravemente a Cuss–. Realmente, es una historia extraordinaria.

5
El robo de la vicaría

Los detalles del robo de la vicaría nos llegaron a través del vicario y de su mujer. El robo tuvo lugar en la madrugada del domingo de Pentecostés, el día que Iping dedicaba a la fiesta del Club. Según parece, la señora Bunting se despertó de repente, en medio de la tranquilidad que reina antes del alba, porque tuvo la impresión de que la puerta de su dormitorio se había abierto y después se había vuelto a cerrar. En un principio no despertó a su marido y se sentó en la cama a escuchar. La señora Bunting oyó claramente el ruido de las pisadas de unos pies descalzos que salían de la habitación contigua a su dormitorio y se dirigían a la escalera por el pasillo. En cuanto estuvo segura, despertó al reverendo Bunting, intentando hacer el menor ruido posible. Este, sin encender la luz, se puso las gafas, una bata y las zapatillas y salió al descanso de la escalera para ver si oía algo. Desde allí pudo oír claramente cómo alguien estaba hurgando en su despacho, en el piso de abajo, y, posteriormente, un fuerte estornudo.

En ese momento, volvió a su habitación y, agarrándose con lo que tenía más cerca, su bastón, empezó a bajar las escaleras con el mayor cuidado posible, para no hacer ruido. Mientras tanto, la señora Bunting salió al descanso de la escalera.

Eran alrededor de las cuatro, y la oscuridad de la noche estaba empezando a ceder. La entrada estaba iluminada por un débil rayo de luz, pero la puerta del estudio estaba tan oscura que parecía impenetrable. Todo estaba en silencio, sólo se oían, apenas perceptibles, los crujidos de los escalones bajo los pies del señor Bunting, y unos ligeros movimientos en el estudio. De pronto, se oyó un golpe, se abrió un cajón y se escucharon ruidos de papeles. Después también pudo oírse una imprecación, y alguien encendió una vela, llenando el estudio de una luz amarillenta. En ese momento, el señor Bunting se encontraba en la entrada y pudo observar, por la rendija de la puerta, el cajón abierto y la vela que ardía encima de la mesa, pero no pudo ver a ningún ladrón. El señor Bunting se quedó allí sin saber qué hacer, y la señora Bunting, con la cara pálida y la mirada atenta, bajó las escaleras lentamente, detrás de él. Sin embargo había algo que mantenía el valor del señor Bunting: la convicción de que el ladrón vivía en el pueblo.

El matrimonio pudo escuchar claramente el sonido del dinero y comprendieron que el ladrón había encontrado sus ahorros, dos libras y diez peniques, y todo en monedas de medio soberano cada una. Cuando escuchó el sonido, el señor Bunting se decidió a entrar en acción y, batiendo con fuerza su bastón, se deslizó dentro de la habitación, seguido de cerca por su esposa.

–¡Ríndase! –gritó con fuerza, y de pronto se paró, extrañado. La habitación aparentaba estar completamente vacía.

Sin embargo, ellos estaban convencidos de que, en algún momento, habían oído a alguien que se encontraba en la habitación. Durante un momento se quedaron allí, de pie, sin saber qué decir. Luego, la señora Bunting atravesó la habitación para mirar detrás del biombo, mientras que el señor

Bunting, con un impulso parecido, miró debajo de la mesa del despacho. Después, la señora Bunting descorrió las cortinas, y su marido miró en la chimenea, tanteando con su bastón. Seguidamente, la señora Bunting miró en la papelera y el señor Bunting destapó el recipiente del carbón. Finalmente se pararon y se quedaron de pie, mirándose el uno al otro, como si quisieran obtener una respuesta.

—Podría jurarlo —comentó la señora Bunting.

—Y, si no —dijo el señor Bunting—, ¿quién encendió la vela?

—¡Y el cajón! —dijo la señora Bunting—. ¡Se han llevado el dinero! —Y se apresuró hasta la puerta—. Es de las cosas más extraordinarias...

En ese momento se oyó un estornudo en el pasillo. El matrimonio salió entonces de la habitación y la puerta de la cocina se cerró de golpe.

—Trae la vela —ordenó el señor Bunting, caminando delante de su mujer, y los dos oyeron cómo alguien corría apresuradamente los cerrojos de la puerta.

Cuando abrió la puerta de la cocina, el señor Bunting vio desde la cocina cómo se estaba abriendo la puerta trasera de la casa. La luz débil del amanecer se esparcía por los macizos oscuros del jardín. La puerta se abrió y se quedó así hasta que se cerró de un portazo. Como consecuencia, la vela que llevaba el señor Bunting se apagó. Había pasado algo más de un minuto desde que ellos entraron en la cocina.

El lugar estaba completamente vacío. Cerraron la puerta trasera y miraron en la cocina, en la despensa y, por último, bajaron a la bodega. No encontraron a nadie en la casa.

Las primeras luces del día hallaron al vicario y a su esposa, singularmente vestidos, sentados en el primer piso de su casa, a la luz, innecesaria ya, de una vela que se estaba extinguiendo, maravillados aún por lo ocurrido.

—Querido —dijo Bunting—, allí viene Susie. Espera hasta que haya entrado a la cocina y después sube al dormitorio.

6
Los muebles que enloquecieron

Ocurrió que en la madrugada del día de Pentecostés, el señor y la señora Hall, antes de despertar a Millie para que empezase a trabajar, se levantaron y bajaron a la bodega sin hacer ruido. Querían ver cómo iba la fermentación de la cerveza.

Al entrar, la señora Hall se dio cuenta de que había olvidado traer una botella de pócima de la habitación. Como ella era la más experta en esta materia, el señor Hall subió a buscarla.

Cuando llegó al descanso de la escalera, le sorprendió ver que la puerta de la habitación del forastero estuviera entreabierta. El señor Hall fue a su habitación y encontró la botella donde su mujer le había dicho.

Al volver con la botella, observó que los cerrojos de la puerta principal estaban descorridos y cerrada sólo con el picaporte. En un momento de inspiración se le ocurrió relacionar este hecho con la puerta abierta del forastero y con las sugerencias del señor Teddy Henfrey. Recordó, además, claramente, cómo sostenía una lámpara mientras el señor Hall corría los cerrojos la noche anterior. Al ver todo esto, se detuvo algo asombrado y, con la botella todavía en la mano, volvió a subir. Al llegar, llamó a la puerta del forastero y no obtuvo respuesta. Volvió a llamar, y luego entró.

Como esperaba, la cama, e incluso la habitación, estaban vacías. Y lo que resultaba aún más extraño, incluso para su escasa inteligencia, era que, esparcidas por la silla y los pies de la cama, se encontraban las ropas, o, por lo menos, las únicas ropas que él le había visto, y las vendas del huésped. También su sombrero de ala ancha estaba colgado en uno de los barrotes de la cama.

Hall permanecía allí cuando oyó la voz de su mujer, que surgía de lo más profundo de la bodega, con ese tono característico de los campesinos del oeste de Sussex que denota una gran impaciencia:

–¡George! ¿Es que no vas a venir nunca?

Al oírla, Hall bajó corriendo.

–Janny –le dijo–. Henfrey tenía razón en lo que decía. Él no está en su habitación. Se ha ido. Los cerrojos de la puerta están descorridos.

Al principio la señora Hall no entendió nada, pero, en cuanto se percató, decidió subir a ver por sí misma la habitación vacía. Hall, con la botella en la mano todavía, iba primero.

–Él no está, pero sus ropas sí –dijo–. Entonces, ¿qué está haciendo sin sus ropas? Este es un asunto muy raro.

Mientras subían la escalera de la bodega, les pareció oír cómo la puerta de la entrada se abría y se cerraba más tarde, pero, al no ver nada y estar cerrada la puerta, ninguno de los dos dijo ni una palabra sobre el hecho en ese momento. La señora Hall adelantó a su marido por el camino y fue la primera en llegar. En ese momento alguien estornudó. Hall, que iba unos pasos detrás de su esposa, pensó que era ella la que había estornudado, pues iba delante, y ella tuvo la impresión de que había sido él. La señora Hall abrió la puerta de la habitación, y, al verla, comentó:

–¡Qué curioso es todo esto!

Le pareció escuchar una respiración justo detrás de ella, y, al volverse, se quedó muy sorprendida, ya que su marido se encontraba a unos doce pasos, en el último escalón de la escalera. Sólo al cabo de un minuto estuvo a su lado; ella se adelantó y tocó la almohada y debajo de la ropa.

–Están frías –dijo–. Ha debido levantarse hace más de una hora.

Cuando decía esto, tuvo lugar un acontecimiento extremadamente inusitado: las sábanas empezaron a moverse solas, formando una especie de pico, que cayó a los pies de la cama. Fue como si alguien las hubiera agarrado por el centro y las hubiese echado a un lado de la cama. Inmediatamente, el sombrero se descolgó del barrote de la cama y, describiendo un semicírculo en el aire, fue a parar a la cara de la señora Hall. Después, y con la misma rapidez, saltó la esponja del lavabo, y luego una silla, tirando los pantalones y el abrigo del forastero a un lado y riéndose secamente con un tono muy parecido al del forastero, dirigiendo sus cuatro patas hacia la señora Hall, y como si, por un momento, quisiera afinar la puntería, se lanzó contra ella. La señora Hall gritó y se dio la vuelta, y entonces la silla apoyó sus patas suave pero firmemente en su espalda y les obligó a ella y a su marido a salir de la habitación. Acto seguido, la puerta se cerró con fuerza y alguien cerró. Durante un momento pareció que la silla y la cama estaban ejecutando la danza del triunfo, y, de repente, todo quedó en silencio.

La señora Hall, casi desmayada, cayó en brazos de su marido en el descanso de la escalera. El señor Hall y Millie, que se había despertado al oír los gritos, no sin dificultad, lograron finalmente llevarla abajo y aplicarle lo acostumbrado en estos casos.

–Son espíritus –decía la señora Hall–. Estoy segura de que son espíritus. Lo he leído en los periódicos. Mesas y sillas que dan brincos y bailan...

–Toma un poco más, Janny –dijo el señor Hall–. Te ayudará a calmarte.

–Cierra la puerta y no lo dejes entrar –siguió diciendo la señora Hall–. No dejes que vuelva. Debí haberlo sospechado. Debí haberlo sabido. ¡Con esos ojos fuera de las órbitas y esa cabeza! Y sin ir a misa los domingos. Y todas esas botellas, más de las que alguien pueda tener. Ha metido los espíritus en mis muebles. ¡Mis pobres muebles! En esa misma silla mi madre solía sentarse cuando yo era sólo una niña. ¡Y pensar que ahora se ha levantado contra mí!

–Sólo una gota más, Janny –le repetía el señor Hall–. Tienes los nervios destrozados. Cuando lucían los primeros rayos de sol, enviaron a Millie al otro lado de la calle, para que despertara al señor Sandy Wadgers, el herrero.

El señor Hall le enviaba sus saludos y le mandaba decir que los muebles del piso de arriba se estaban comportando de manera singular. ¿Se podría acercar el señor Wadgers por allí?

Era un hombre muy sabio y lleno de recursos. Cuando llegó, examinó el suceso con seriedad.

–Apuesto lo que sea a que es brujería –dijo el señor Wadgers–. Vas a necesitar bastantes herraduras para tratar con gente de este cariz.

Estaba muy preocupado. Los Hall querían que subiese al piso de arriba, pero él no parecía tener demasiada prisa, prefería quedarse hablando en el pasillo. En ese momento, el ayudante de Huxter se disponía a abrir las persianas del escaparate del establecimiento y lo llamaron para que se uniera al grupo. Naturalmente el señor Huxter también se unió después de unos minutos. El genio anglosajón quedó evidente en aquella reunión: todo el mundo hablaba, pero nadie se decidía a actuar.

–Vamos a considerar de nuevo los hechos –insistió el señor Sandy Wadgers–. Asegurémonos de que, antes de echar abajo la puerta, estaba abierta. Una puerta que no ha sido forzada siempre se puede forzar, pero no se puede rehacer una vez forzada.

Y de forma extraordinaria, la puerta de la habitación se abrió por sí sola y, ante el asombro de todos, apareció la figura embozada del forastero, quien comenzó a bajar las escaleras, mirándolos como nunca antes lo había hecho a través de sus gafas azules. Empezó a bajar rígida y lentamente, sin dejar de mirarlos en ningún momento; recorrió el pasillo y después se detuvo.

–¡Miren allí! –dijo.

Y sus miradas siguieron la dirección que les indicaba aquel dedo enguantado, hasta fijarse en una botella de infusión, que se encontraba en la puerta de la bodega. Después entró en el salón y les cerró la puerta.

No se oyó ni una palabra hasta que se extinguieron los últimos ecos del portazo. Se miraron unos a otros.

–¡Que me cuelguen, si esto no es demasiado! –dijo el señor Wadgers, dejando la alternativa en el aire–. Yo iría y le pediría una explicación –le dijo al señor Hall.

Les llevó algún tiempo convencer al marido de la posadera para que se atreviese a hacerlo. Cuando lo lograron, este llamó a la puerta, la abrió y sólo atinó a decir:

–Perdone...

–¡Váyase al diablo! –le dijo el forastero a los gritos–. Y cierre la puerta cuando salga.

Dio por terminada la conversación con estas últimas palabras.

7
El desconocido se descubre

El desconocido entró en el salón del Coach and Horses alrededor de las cinco y media de la mañana y permaneció allí, con las persianas bajadas y la puerta cerrada, hasta cerca de las doce del mediodía, sin que nadie se atreviera a acercarse después del comportamiento que tuvo con el señor Hall.

No debió comer nada durante ese tiempo. La campanilla sonó tres veces, la última vez con furia y de forma continuada, pero nadie contestó.

–Él y su ¡váyase al diablo! –decía la señora Hall.

En ese momento comenzaron a llegar los rumores del robo en la vicaría, y las piezas sueltas del rompecabezas empezaban a encajar. Hall, acompañado de Wadgers, salió a buscar al señor Shuckleforth, el magistrado, para pedirle consejo. Como nadie se atrevió a subir, no se sabe lo que estuvo haciendo el forastero. De vez en cuando recorría con celeridad la habitación de un lado a otro, y en un par de ocasiones pudo oírse cómo maldecía, rasgaba papeles o rompía cristales con fuerza.

El pequeño grupo de personas asustadas pero curiosas era cada vez más grande. La señora Huxter se unió; algunos jóvenes que lucían chaquetas negras y corbatas de papel imitando piqué, ya que era Pentecostés, también se acercaron preguntándose qué ocurría. El joven Archie Harker, incluso, cruzó el patio e intentó observar por debajo de las persianas. No pudo ver nada, pero los demás creyeron que había visto algo y se le unieron enseguida.

Era el día de Pentecostés más bonito que habían tenido hasta entonces; y a lo largo de la calle del pueblo podía verse una fila de unos doce puestos de feria y uno de tiro al blanco. En una pradera al lado de la herrería podían apreciarse tres vagones pintados de amarillo y de marrón y un grupo muy pintoresco de extranjeros, hombres y mujeres, que estaban levantando un puesto de tiro de cocos. Los caballeros llevaban jerseys azules y las señoras delantales blancos y sombreros a la moda con grandes plumas. Wodger, el de la Purple Fawn, y el señor Jaggers, el zapatero, que, además, se dedicaban a vender bicicletas de segunda mano, estaban colgando una ristra de banderines (con los que, originalmente, se celebraba el jubileo) a lo largo de la calle.

Y, mientras, en la oscuridad artificial del salón, en el que sólo penetraba un débil rayo de luz, el forastero, suponemos que hambriento y asustado, escondido en su incómoda envoltura, miraba sus papeles con las gafas oscuras o hacía sonar sus botellas, pequeñas y sucias y, de vez en cuando, gritaba enfadado contra los niños, a los que no podía ver, pero sí oír, al otro lado de las ventanas. En una esquina, al lado de la chimenea, yacían los cristales de media docena de botellas rotas, y el aire estaba cargado de un fuerte olor a cloro. Esto es lo que sabemos por lo que podía oírse en ese momento y por lo que, más tarde, pudo verse en la habitación.

Hacia el mediodía, el forastero abrió la puerta del salón y se quedó mirando fijamente a las tres o cuatro personas que se encontraban en ese momento en el bar.

–Señora Hall –llamó.

Y alguien se apresuró para avisarla. La señora Hall apareció luego de un instante con la respiración un poco alterada, pero todavía furiosa. El señor Hall aún se encontraba fuera. Ella había reflexionado sobre lo ocurrido y acudió llevando una bandeja con la cuenta sin pagar.

—¿Desea la cuenta, señor? —le dijo.

—¿Por qué no ha mandado que me trajeran el desayuno? ¿Por qué no me ha preparado la comida y contestado a mis llamadas? ¿Cree que puedo vivir sin comer?

—¿Por qué no me ha pagado la cuenta? —le dijo la señora Hall—. Es lo único que quiero saber.

—Le dije hace tres días que estaba esperando un envío.

—Y yo le dije hace dos que no estaba dispuesta a esperar ningún envío. No puede quejarse si ha esperado un poco por su desayuno, pues yo he estado esperando cinco días a que me pagase.

El forastero perjuró brevemente, pero con energía. Desde el bar se oyeron algunos comentarios.

—Le estaría muy agradecida, señor, si se guardara sus groserías —le dijo la señora Hall.

El forastero, de pie, parecía ahora más que nunca un buzo. En el bar se convencieron de que, en ese momento, la señora Hall las tenía todas a favor. Y las palabras que el forastero pronunció después se lo confirmaron.

—Espere un momento, buena mujer —comenzó diciendo.

—A mí no me llame buena mujer —contestó la señora Hall.

—Le he dicho y le repito que aún no me ha llegado el envío.

—¡A mí no me venga ahora con envíos! —siguió la señora Hall.

—Espere, quizá todavía me quede en el bolsillo…

—Usted me dijo hace dos días que tan sólo llevaba un soberano de plata encima.

—De acuerdo, pero he encontrado algunas monedas…

—¿Es verdad eso? —se oyó desde el bar. —Me gustaría saber de dónde las ha sacado —le dijo la señora Hall.

Esto pareció enojar mucho al forastero, quien, dando una patada en el suelo, dijo:

—¿Qué quiere decir?

—Que me gustaría saber dónde las ha encontrado —le contestó la señora Hall.

Y, antes de aceptar un billete o de traerle el desayuno, o de hacer cualquier cosa, tiene que decirme una o dos cosas que yo no entiendo y que nadie entiende y que, además, todos estamos ansiosos por entender. Quiero saber qué le ha estado haciendo a la silla de arriba, y por qué su habitación estaba vacía y cómo pudo entrar de nuevo. Los que se quedan en mi casa tienen que entrar por las puertas, es una regla de la posada, y usted no la ha cumplido, y quiero saber cómo entró, y también quiero saber...

De repente, el forastero levantó la mano enguantada, dio un pisotón en el suelo y gritó: "¡Basta!" con tanta fuerza, que la señora Hall enmudeció al instante.

—Usted no entiende —comenzó a decir el forastero— ni quién soy ni qué soy, ¿verdad? Pues voy a enseñárselo. ¡Vaya que si voy a enseñárselo!

Entonces se tapó la cara con la palma de la mano y luego la apartó. El centro de su rostro se había convertido en un agujero negro.

—Tome —dijo, y dio un paso adelante extendiéndole algo a la señora Hall, que lo aceptó automáticamente, impresionada como estaba por la metamorfosis que estaba sufriendo el rostro del huésped. Después, cuando vio de lo que se trataba, retrocedió unos pasos y, dando un grito, lo soltó. Se trataba de la nariz del forastero, tan rosada y brillante, que rodó por el suelo.

Después se quitó las gafas, mientras lo observaban todos los que estaban en el bar. Se quitó el sombrero y, con un gesto rápido, se desprendió del bigote y de los vendajes. Un escalofrío recorrió a todos los que se encontraban en el bar.

—¡Dios mío! —gritó alguien, a la vez que caían al suelo las vendas.

Aquello era horrible. La señora Hall, horrorizada y boquiabierta, después de dar un grito por lo que estaba viendo, salió corriendo hacia la puerta de la posada. Todo el mundo en el bar corrió. Habían estado esperando cicatrices, una cara horriblemente desfigurada, pero ¡no había nada! Las vendas y la peluca volaron obligando a un muchacho a dar un salto para poder evitarlas. Unos tropezaban contra otros al intentar bajar las escaleras. Mientras tanto, el hombre que estaba allí de pie, queriendo dar una serie de explicaciones incoherentes, no era más que una figura que gesticulaba y que no tenía absolutamente nada que pudiera verse a partir del cuello del abrigo.

La gente del pueblo que estaba fuera oyó los gritos y, cuando miraron, vieron cómo la multitud salía, a empujones, del Coach and Horses. Vieron cómo se caía la señora Hall y cómo el señor Teddy Henfrey saltaba por encima de ella para no pisarla. Después oyeron los terribles gritos de Millie, que había salido de la cocina al escuchar el ruido en el bar y se había encontrado con el forastero sin cabeza.

Al ver todo aquello, los que se encontraban en la calle, el vendedor de dulces, el propietario de la garita del tiro de cocos y su ayudante, el señor de los columpios, varios niños y niñas, elegantes jovencitas, señores bien vestidos e incluso las gitanas con sus delantales se acercaron corriendo a la posada; y, milagrosamente, en un corto período de tiempo una multitud de casi cuarenta personas, que no dejaba de aumentar, se agitaba, silbaba, preguntaba, contestaba y sugería delante del establecimiento del señor Hall. Todos hablaban a la vez y aquello no parecía otra cosa que la torre de Babel. Un pequeño grupo atendía a la señora Hall, que estaba al borde del desmayo. La confusión fue muy grande ante la evidencia de un testigo ocular, que seguía gritando:

—¡Un fantasma!

—¿Qué es lo que ha hecho?

—¿No la habrá herido?

—Creo que se le vino encima con un cuchillo en la mano.

—Te digo que no tiene cabeza, y no es una forma de hablar, me refiero a ¡un hombre sin cabeza!

—¡Tonterías! Eso es un truco de prestidigitador.

—¡Se ha quitado los vendajes!

En su intento de vislumbrar algo a través de la puerta abierta, la multitud había formado un enorme muro, y la persona que estaba más cerca de la posada gritaba:

—Se estuvo quieto un momento, oí el grito de la mujer y se volvió. La chica corrió y él la persiguió. No duró más de diez segundos. Después él volvió con una navaja en la mano y con un pedazo de pan. No hace ni un minuto que ha entrado por aquella puerta. Les digo que ese hombre no tenía cabeza. Ustedes no han podido verlo...

Hubo un pequeño revuelo detrás de la multitud y el que hablaba se paró para dejar paso a una pequeña procesión que se dirigía con resolución hacia la casa. El primero era el señor Hall, completamente rojo y decidido, le seguía el señor Bobby Jaffers, el policía del pueblo, y, acto seguido, iba el astuto señor Wadgers. Caminaban provistos de una autorización judicial para arrestar al forastero.

Las personas seguían dando distintas versiones de los acontecimientos.

—Con cabeza o sin ella —decía Jaffers—, tengo que arrestarlo y lo arrestaré.

El señor Hall subió las escaleras para dirigirse a la puerta del salón. La puerta estaba abierta.

—Agente —dijo—, cumpla usted con su deber.

Jaffers entró, Hall después y, por último, Wadgers. En la penumbra vieron una figura sin cabeza delante de ellos. Tenía un trozo de pan mordisqueado en una mano y un pedazo de queso en la otra.

—¡Es él! –dijo Hall.

—¿Qué demonios es todo esto? –dijo una voz, que surgía del cuello de la figura, en un tono de enojo evidente.

—Es usted un tipo bastante raro, señor –dijo el señor Jaffers–. Pero, con cabeza o sin ella, en la orden especifica cuerpo, y el deber es el deber...

—¡A mí no se me acerque! –dijo la figura, retrocediendo.

De un golpe tiró el pan y el queso, y el señor Hall agarró la navaja justo a tiempo, para que no se clavara en la mesa. El forastero se quitó el guante de la mano izquierda y abofeteó a Jaffers. Un instante después, Jaffers, dejando a un lado todo lo que concernía a la orden de arresto, lo agarró por la muñeca sin mano y por la garganta invisible. El forastero le dio entonces una patada que lo hizo gritar, pero Jaffers siguió sin soltar la presa. Hall deslizó la navaja por encima de la mesa, para que Wadgers la agarrara, y dio un paso hacia atrás, al ver que Jaffers y el forastero iban tambaleándose hacia donde él estaba, dándose puñetazos el uno al otro. Sin darse cuenta de que había una silla en medio, los dos hombres cayeron al suelo con gran estruendo.

—Agárrelo por los pies –dijo Jaffers.

El señor Hall, al intentar seguir las instrucciones, recibió una buena patada en las costillas, que lo inmovilizó un momento, y el señor Wadgers, al ver que el forastero sin cabeza rodaba y se colocaba encima de Jaffers, retrocedió hasta la puerta, cuchillo en mano, tropezando con el señor Huxter y el carretero de Sidderbridge, que acudían para ofrecer ayuda. En ese mismo instante, se cayeron tres o cuatro botellas de la cómoda, y un fuerte olor acre se expandió por toda la habitación.

—¡Me entrego! –gritaba el forastero, a pesar de estar todavía encima de Jaffers.

Poco después se levantaba, apareciendo como una extraña figura sin cabeza y sin manos, pues se había quitado tanto el guante derecho como el izquierdo.

–No merece la pena –dijo, como si estuviese sollozando.

Era especialmente extraño oír aquella voz que surgía de la nada, pero quizá sean los campesinos de Sussex la gente más práctica del mundo. Jaffers también se levantó y sacó un par de esposas.

–Pero… –dijo dándose cuenta de la incongruencia de todo aquel asunto–. ¡Maldita sea! No puedo utilizarlas. ¡No veo!

El forastero se pasó el brazo por el chaleco, y, como si se tratase de un milagro, los botones a los que su manga vacía señalaba se desabrocharon solos. Después comentó algo y se agachó: parecía estar tocándose los zapatos y los calcetines.

–¡Cómo! –dijo Huxter de repente–. Esto no es un hombre. Son sólo ropas vacías. ¡Miren! Se puede ver el vacío dentro del cuello del abrigo y de la ropa. Podría incluso meter mi brazo…

Pero, al extender su brazo, rozó con algo que estaba suspendido en el aire, y lo retiró a la vez que lanzaba una exclamación.

–Le agradecería que no me metiera los dedos en el ojo –dijo la voz de la figura invisible con tono enfadado–. La verdad es que tengo todo: cabeza, manos, piernas y el resto del cuerpo. Lo que ocurre es que soy invisible. Es un fastidio, pero no lo puedo remediar. Y, además, no es razón suficiente para que cualquier estúpido de Iping venga a ponerme las manos encima. ¿No creen?

La ropa, completamente desabrochada y colgando sobre un soporte invisible, se puso en pie, con los brazos en jarras.

Algunos otros hombres del pueblo habían ido entrando en la habitación, que ahora estaba bastante concurrida.

–Con que invisible, ¿eh? –dijo Huxter sin escuchar los insultos del forastero–. ¿Quién ha oído hablar antes de algo parecido?

–Quizá les parezca extraño, pero no es un crimen. No tengo por qué ser asaltado por un policía de esta manera.

–Ah, ¿no? Ese es otro tema –dijo Jaffers–. No hay duda de que es difícil verlo con la luz que hay aquí, pero yo he traído una orden de arresto, y está en regla. Yo no vengo a arrestarlo, porque usted sea invisible, sino por robo. Han robado en una casa y se han llevado el dinero.

–¿Y qué?

–Que las circunstancias señalan...

–¡Deje de decir tonterías! –dijo el hombre invisible.

–Eso espero, señor. Pero me han dado instrucciones.

–Está bien. Iré. Iré con usted, pero sin esposas.

–Es lo reglamentario –dijo Jaffers.

–Sin esposas –insistió el forastero.

–De acuerdo, como quiera –dijo Jaffers.

La figura se sentó, y, antes de que nadie pudiera darse cuenta, se había quitado las zapatillas, los calcetines y había tirado los pantalones debajo de la mesa. Después se volvió a levantar y dejó caer su abrigo.

–¡Eh, espere un momento! –dijo Jaffers, dándose cuenta de lo que, en realidad, ocurría. Le agarró por el chaleco, hasta que la camisa se deslizó y se quedó con la prenda vacía entre las manos–. ¡Agárrenlo! –gritó Jaffers–. En el momento en que se quite todas las cosas...

–¡Que alguien lo agarre! –gritaban todos a la vez, mientras intentaban apoderarse de la camisa, que se movía de un lado para otro, y que era la única prenda visible del forastero.

La manga de la camisa asestó un golpe en la cara a Hall, evitando que este siguiera avanzando con los brazos abiertos, y lo empujó, cayendo de espaldas sobre Toothsome, el sacristán. Un momento después la camisa se elevó en el aire, como si alguien se quitara una prenda por la cabeza. Jaffers la agarró con fuerza, pero sólo consiguió ayudar a que el forastero se desprendiera de ella; le dieron un golpe en la boca y, blandiendo su porra con violencia, asestó un golpe a Teddy Henfrey en toda la cabeza.

–¡Cuidado! –gritaba todo el mundo, resguardándose donde podía y dando golpes por doquier–. ¡Agárrenlo! ¡Que alguien cierre la puerta! ¡No lo dejen escapar! ¡Creo que he agarrado algo, aquí está!

Aquello se había convertido en una segunda Babel. Todos, al parecer, estaban recibiendo golpes, y Sandy Wadger, tan astuto como siempre y la inteligencia agudizada por un terrible puñetazo en la nariz, salió por la puerta, abriendo así el camino. Los demás, al intentar seguirlo, se iban amontonando en el umbral. Los golpes continuaban. Phipps, el unitario, tenía un diente roto, y Henfrey estaba sangrando por una de las orejas. Jaffers recibió un golpe en la mandíbula y, al volverse, recogió algo que se interponía entre él y Huxter y que impidió que se diesen un encontronazo. Notó un pecho musculoso y, en cuestión de segundos, el grupo de hombres sobreexcitados logró salir al vestíbulo, que también estaba abarrotado.

–¡Ya lo tengo! –gritó Jaffers, que se debatía entre todos los demás y que luchaba, con la cara completamente roja, con un enemigo al que no podía ver.

Los hombres se amontonaron, mientras que los dos combatientes se dirigían hacia la puerta de entrada. Al llegar, bajaron rodando la media docena de escalones de la posada. Jaffers seguía gritando con voz resquebrajada, sin soltar su presa y pegándole rodillazos, hasta que cayó pesadamente, dando con su cabeza en el suelo. Sólo en ese momento sus dedos soltaron lo que tenía entre manos.

La gente seguía gritando excitada: "¡Agárrenlo! ¡Es invisible!". Y un joven, que no era conocido en el lugar y cuyo nombre no viene al caso, recogió algo, pero volvió a perderlo, y cayó sobre el cuerpo del policía. Algo más lejos, en medio de la calle, una mujer se puso a gritar al sentir cómo la empujaban, y un perro, al que, aparentemente, le habían dado una patada, corrió aullando hacia el patio de Huxter, y con esto se consumó la transformación del hombre invisible. Durante un rato, la gente siguió asombrada y haciendo gestos, hasta que se extendió el pánico y todos corrieron en distintas direcciones por el pueblo. El único que no se movió fue Jaffers, que se quedó allí, en los escalones de la posada, boca arriba y con las piernas dobladas. Como mirando al cielo.

8
De paso

El octavo capítulo es extremadamente corto y cuenta cómo Gibbins, el naturalista de la comarca, mientras estaba recostado en una pradera, sin que hubiese nadie a un par de millas de distancia, medio dormido, oyó a su lado a alguien que tosía, estornudaba y maldecía; al mirar, no vio nada, pero era indiscutible que allí había alguien. Continuó perjurando con la variedad idiomática característica de un hombre culto. Las maldiciones llegaron a un punto culminante, disminuyeron de nuevo y se perdieron en la distancia, en dirección, al parecer, a Adderdean. Todo terminó con un espasmódico estornudo. Gibbins no había oído nada de lo que había sucedido aquella mañana, pero aquel fenómeno le resultó tan sumamente raro, que consiguió que desapareciera toda su filosófica tranquilidad; se levantó rápidamente y corrió por la colina hacia el pueblo tan rápido como le fue posible.

9
El señor Thomas Marvel

Deberían imaginarse al señor Thomas Marvel como una persona de cara flexible y múltiple, con una enorme nariz redonda, una boca amplia, siempre oliendo a vino y aguardiente, y una barba excéntrica y erizada. Estaba encorvado y sus piernas cortas acentuaban aún más esa inclinación de su figura. Solía llevar un sombrero de seda adornado con pieles y, con frecuencia, en lugar de botones, llevaba cordeles y cordones de zapatos, delatando así su estado de soltero.

El señor Thomas Marvel estaba sentado en la zanja de la carretera de Adderdean, a una milla y media de Iping. Sus pies estaban únicamente cubiertos por unos calcetines mal puestos, que dejaban asomarse unos dedos anchos y tiesos, como las orejas de un perro que está al acecho. Estaba contemplando con tranquilidad un par de botas que tenía delante. Él hacía todo con tranquilidad. Eran las mejores botas que había tenido desde hacía mucho tiempo, pero le quedaban demasiado grandes. Por el contrario, las que se había puesto eran muy buenas para tiempo seco, pero, como tenían una suela muy fina, no valían para caminar por el barro. El señor Thomas Marvel no sabía qué odiaba más, si unas botas demasiado grandes o caminar por terreno húmedo. Nunca se había parado a pensar qué odiaba más, pero hoy hacía un día muy bueno y no tenía otra cosa mejor que hacer. Por eso puso las cuatro botas juntas en el suelo y se quedó mirándolas. Y al verlas allí, entre la hierba, se le ocurrió, de repente, que los dos pares eran muy feos. Por eso no se inmutó al oír una voz detrás de él que decía:

–Son botas.

–Sí, de las que regalan –dijo el señor Thomas Marvel con la cabeza inclinada y mirándolas con desgana–. Y ¡maldita sea si sé cuál de los dos pares es más feo!

–Humm –dijo la voz.

–Las he tenido peores, incluso, a veces, ni he tenido botas. Pero nunca unas tan condenadamente feas, si me permite la expresión. He estado intentando buscar unas botas. Estoy harto de las que llevo. Son muy buenas, pero se ven mucho por ahí. Y, créame, no he encontrado en todo el condado otras botas que no sean iguales. ¡Mírelas bien! Y eso que, en general, es un condado en donde se fabrican buenas botas. Pero tengo mala suerte. He llevado estas botas por el condado durante más de diez años, y luego me tratan como me tratan.

–Es un condado salvaje –dijo la voz– y sus habitantes son unos cerdos.

–¿Usted también opina así? –dijo el señor Thomas Marvel–. Pero, sin duda, ¡lo peor de todo son las botas!

Al decir esto, se volvió hacia la derecha, para comparar sus botas con las de su interlocutor, pero donde habrían tenido que estar no había ni botas ni piernas. Entonces se volvió hacia la izquierda, pero tampoco había ni botas ni piernas. Estaba completamente asombrado.

–¿Dónde está usted? –preguntó mientras se incorporaba, y miraba para todos dados. Pero sólo encontró grandes praderas y, a lo lejos, verdes arbustos movidos por el viento.

—¿Estaré borracho? —se decía el señor Thomas Marvel—. ¿Habré tenido visiones? ¿Habré estado hablando conmigo mismo? ¿Qué...?

—No se asuste —dijo una voz.

—No me utilice para hacer de ventrílocuo —dijo el señor Marvel mientras se ponía de pie—. ¡Y encima me dice que no me asuste! ¿Dónde está usted?

—No se asuste —repitió la voz.

—¡Usted sí que se va a asustar dentro de un momento, está loco! —dijo el señor Thomas Marvel—. ¿Dónde está usted?... ¿No estará usted bajo tierra? —prosiguió el señor Thomas Marvel, después de un intervalo.

No hubo respuesta.

El señor Thomas Marvel estaba de pie, sin botas y con la chaqueta a medio quitar. A lo lejos se oyó un pájaro cantar.

—¡Sólo faltaba el trino de un pájaro! —añadió el señor Thomas Marvel—. No es precisamente un momento para bromas.

La pradera estaba completamente desierta. La carretera, con sus cunetas y sus mojones, también. Tan sólo el canto del pájaro turbaba de quietud el cielo.

—¡Que alguien me ayude! —dijo el señor Thomas Marvel volviéndose a poner el abrigo sobre los hombros—. ¡Es la bebida! Debería haberme dado cuenta antes.

—No es la bebida —señaló la voz—. Usted está completamente sobrio.

—¡Oh, no! —decía el señor Marvel mientras palidecía—. Es la bebida —repetían sus labios, y se puso a mirar alrededor, yéndose hacia atrás—. Habría jurado que oí una voz —concluyó en un susurro.

—Desde luego que la oyó.

—Ahí está otra vez —dijo el señor Marvel, cerrando los ojos y llevándose la mano a la frente con desesperación. En ese momento lo agarraron del cuello y lo zarandearon, dejándolo más aturdido.

—No sea tonto —señaló la voz.

—Me estoy volviendo loco —dijo el señor Thomas Marvel—. Debe haber sido por haberme quedado mirando durante tanto tiempo las botas. O me estoy volviendo loco o es cosa de espíritus.

—Ni una cosa ni la otra —añadió la voz—. ¡Escúcheme!

—Loco de remate —se decía el señor Marvel.

—Un minuto, por favor —dijo la voz, intentando controlarse.

—Está bien. ¿Qué quiere? —dijo el señor Marvel con la extraña impresión de que un dedo lo había tocado en el pecho.

—Usted cree que soy un producto de su imaginación y sólo eso, ¿verdad?

—¿Qué otra cosa podría ser? —contestó Thomas Marvel, rascándose el cuello.

—Muy bien —contestó la voz, con tono de enfado—. Entonces voy a empezar a tirarle piedras hasta que cambie de opinión.

—Pero, ¿dónde está usted?

La voz no contestó. Entonces, como surgida del aire, apareció una piedra que casi le dio al señor Marvel en un hombro. Al volverse, vio cómo una piedra se levantaba en el aire, trazaba un círculo muy complicado, se detenía un momento y caía a sus pies con invisible rapidez. Estaba tan asombrado que no pudo evitarla. La piedra, con un zumbido, rebotó en un dedo del pie y fue a parar a la cuneta. El señor Marvel se puso a dar saltos en un solo pie, gritando. Acto seguido comenzó a correr, pero chocó contra un obstáculo invisible y cayó al suelo sentado.

—¿Y ahora? —dijo la voz, mientras una tercera piedra se elevaba en el aire y se paraba justo encima de la cabeza del señor Marvel—. ¿Soy producto de su imaginación?

El señor Marvel, en lugar de responder, se puso de pie, e inmediatamente volvió a caer al suelo. Se quedó en esa posición.

–Si vuelve a intentar escapar –añadió la voz–, le tiraré la piedra en la cabeza.

–Es curioso –dijo el señor Thomas Marvel, que, sentado, se agarraba el dedo dañado con la mano y tenía la vista fija en la tercera piedra–. No lo entiendo. Piedras que se mueven solas. Piedras que hablan. Me siento. Me rindo.

La tercera piedra cayó al suelo.

–Es muy sencillo –dijo la voz–. Soy un hombre invisible.

–Dígame otra cosa, por favor –dijo el señor Marvel, aún con cara de dolor–. ¿Dónde está escondido? ¿Cómo lo hace? No entiendo nada.

–No hay más que entender –dijo la voz–. Soy invisible. Es lo que quiero hacerle comprender.

–Eso, cualquiera puede verlo. No tiene por qué ponerse así. Y, ahora, deme una señal. ¿Cómo hace para esconderse?

–Soy invisible. Esa es la cuestión y es lo que quiero que entienda.

–Pero, ¿dónde está? –interrumpió el señor Marvel.

–¡Aquí! A unos pasos, enfrente de usted.

–¡Vamos, hombre, que no estoy ciego! Y ahora me dirá que no es más que un poco de aire. ¿Cree que soy tonto?

–Pues es lo que soy, un poco de aire. Usted puede ver a través de mí.

–¿Qué? ¿No tiene cuerpo?… ¿sólo un balbuceo, no es eso?

–No. Soy un ser humano, de materia sólida, que necesita comer y beber, que también necesita abrigarse… Pero, soy invisible, ¿lo ve?, invisible. Es una idea muy sencilla. Soy invisible.

–Entonces, ¿es usted un hombre de verdad?

–Sí, de verdad.

–Entonces deme la mano –dijo el señor Marvel–. Si es de verdad, no le debe resultar extraño. Así que… ¡Dios mío! –dijo–. ¡Me ha hecho dar un salto al agarrarme!

Sintió que la mano le agarraba la muñeca con todos sus dedos y, con timidez, siguió tocando el brazo, el pecho musculoso exploró la cara barbuda. La cara de Marvel expresó su estupefacción.

–¡Es increíble! –dijo Marvel–. Esto es mejor que una pelea de gallos. ¡Es extraordinario! ¡Y, a través de usted, puedo ver un conejo con toda claridad a una milla de distancia! Es invisible del todo, excepto... Y miró atentamente el espacio que parecía vacío–¿No habrá comido pan con queso, verdad? –le preguntó, agarrando el brazo invisible.

–Está usted en lo cierto. Es que mi cuerpo todavía no lo ha digerido.

–Entiendo –dijo el señor Marvel–. Entonces, ¿es usted una especie de fantasma?

–No, desde luego, no es tan maravilloso como cree.

–Para mi modesta persona, es lo suficientemente maravilloso –respondió el señor Marvel–. ¿Cómo puede arreglárselas? ¿Cómo lo hace?

–Es una historia demasiado larga y además...

–Le digo de verdad que estoy muy impresionado –le interrumpió el señor Marvel.

–En estos momentos, quiero decirle que necesito ayuda. Por eso he venido. Tropecé con usted por casualidad cuando vagaba por ahí, loco de rabia, desnudo, impotente. Podría haber llegado incluso al asesinato, pero lo vi a usted y...

–¡Santo cielo! –dijo el señor Marvel.

–Me acerqué por detrás, luego dudé un poco y finalmente...

La expresión del señor Marvel era bastante elocuente.

–Después me detuve y pensé: "Este es". La sociedad también lo ha rechazado. Este es mi hombre. Me volví y...

–¡Santo cielo! –repitió el señor Marvel–. Me voy a desmayar. ¿Podría preguntarle cómo lo hace, o qué tipo de ayuda quiere de mí? ¡Invisible!

–Quiero que me consiga ropa, y un sitio donde resguardarme, y, después, algunas otras cosas. He estado sin ellas demasiado tiempo. Si no quiere, me conformaré, pero ¡tiene que querer!

–Míreme, señor –le dijo el señor Marvel–. Estoy completamente deslumbrado. No me maree más y déjeme que me
vaya. Tengo que tranquilizarme un poco. Casi me ha roto el
dedo del pie. Nada tiene sentido. No hay nada en la pradera.
El cielo no hospeda a nadie. No hay nada para ver en varias
millas, excepto la naturaleza. Y, de pronto, como surgida del
cielo, ¡llega hasta mí una voz! ¡Y luego piedras! Y hasta un
puñetazo. ¡Santo Dios!

–Mantenga la calma –dijo la voz–, tiene que ayudarme.

El señor Marvel respiró con profundidad y sus ojos se
abrieron.

–Lo he elegido a usted –continuó la voz–. Es usted el
único hombre, junto con otros del pueblo, que ha visto a
un hombre invisible. Tiene que ayudarme. Si me ayuda, le
recompensaré. Un hombre invisible es un hombre muy poderoso –y se paró durante un segundo para estornudar con
fuerza–. Pero, si me traiciona, si no hace las cosas como le
digo…

Entonces paró de hablar y tocó al señor Marvel ligeramente en el hombro. Este dio un grito de terror, al notar el
contacto.

–Yo no quiero traicionarlo –dijo el señor Marvel apartán-
dose de donde estaban aquellos dedos–. No vaya a pensar
eso. Yo quiero ayudarle. Dígame, simplemente, lo que tengo
que hacer. Haré todo lo que usted quiere que haga.

10
El señor Thomas Marvel
llega a Iping de visita

Cuando pasó el pánico, la gente del pueblo empezó a sacar conjeturas. Apareció el escepticismo, un escepticismo nervioso y no muy convencido, pero escepticismo. Es mucho más fácil no creer en hombres invisibles; y los que realmente lo habían visto, o los que habían sentido la fuerza de su brazo, podían contarse con los dedos de las dos manos. Y, entre los testigos, el señor Wadgers, por ejemplo, se había refugiado tras los cerrojos de su casa, y Jaffers, todavía aturdido, estaba abatido en el salón del Coach and Horses. En realidad, los grandes acontecimientos, así como los extraños, que superan la experiencia humana, con frecuencia afectan menos a los hombres y mujeres que detalles mucho más pequeños de la vida cotidiana. Iping estaba alegre, lleno de banderines, y todo el mundo se había vestido de gala. Todos esperaban ansiosos que llegara el día de Pentecostés. Por la tarde, incluso los que creían en lo sobrenatural, estaban empezando a disfrutar, al suponer que aquel hombre ya se había ido, y los escépticos bromeaban sobre su existencia. Todos, tanto los que creían como los que no, se mostraban amables ese día.

El jardín de Haysman estaba adornado con una lona, debajo de la cual el señor Bunting y otras señoras preparaban el té; y mientras, los niños de la Escuela Dominical, que no tenían colegio, hacían carreras y jugaban bajo la vigilancia del párroco y de las señoras Cuss y Sackbut. Sin duda, cierta incomodidad flotaba en el ambiente, pero la mayoría tenía el suficiente sentido común para ocultar las preocupaciones sobre lo ocurrido aquella mañana. En la pradera del pueblo se había colocado una cuerda ligeramente inclinada por la cual, mediante una polea, uno podía lanzarse con mucha rapidez contra un saco puesto en el otro extremo y que tuvo mucha aceptación entre los jóvenes. También había columpios y puestos en los que se vendían cocos. La gente paseaba, y, al lado de los columpios, se sentía un fuerte olor a aceite, y un acordeón llenaba el aire con una música sublime. Los miembros del Club, que habían ido a la iglesia por la mañana, iban muy elegantes con sus bandas de color rosa y verde, y algunos, los más alegres, se habían adornado los bombines con cintas de colores. Al viejo Fletcher, con una concepción de la fiesta muy severa, se le podía ver por entre los jazmines que adornaban su ventana o por la puerta abierta (según por donde se mirara), de pie, encima de una tabla colocada entre dos sillas, encalando el techo del vestíbulo de su casa.

A eso de las cuatro de la tarde apareció en el pueblo un extraño personaje que venía de las colinas. Era una persona baja y gorda, que llevaba un sombrero muy usado, y que llegó casi sin respiración. Sus mejillas se hinchaban y deshinchaban alternativamente. Su pecoso rostro expresaba inquietud, y se movía con forzada diligencia. Al llegar, dobló en la esquina de la iglesia y fue directamente hacia Coach and Horses. Entre otros, el viejo Fletcher recuerda haberlo visto pasar y, además, se quedó tan ensimismado con ese paso agitado, que no advirtió cómo le caían unas cuantas gotas de pintura de la brocha, en la manga del traje.

Según el propietario del puesto de cocos, el extraño personaje parecía que iba hablando solo, también el señor Huxter comentó este hecho. Nuestro personaje se paró ante la puerta de Coach and Horses y, de acuerdo con el señor Huxter, dudó bastante antes de entrar. Por fin, subió los escalones y el señor Huxter vio cómo giraba a la izquierda y abría la puerta del salón. El señor Huxter oyó unas voces que salían de la habitación y del bar y que informaban al personaje de su error.

–Esa habitación es privada –dijo Hall.

Y el personaje cerró la puerta con torpeza y se dirigió al bar. Al cabo de unos minutos, reapareció pasándose la mano por los labios con un aire de satisfacción, que, de alguna forma, impresionó al señor Huxter. Se quedó parado un momento y, después, el señor Huxter vio cómo se dirigía furtivamente a la puerta del patio, adonde daban las ventanas del salón. El personaje, después de dudar unos instantes, se apoyó en la puerta y sacó una pipa, y se puso a prepararla. Mientras lo hacía, los dedos le temblaban. La encendió con torpeza y, cruzando los brazos, empezó a fumar con una actitud lánguida, comportamiento al que traicionaban sus rápidas miradas al interior del patio.

El señor Huxter seguía la escena, y la singularidad con la que aquel hombre se comportaba le indujo a mantener su observación.

En ese momento, el forastero se puso de pie y se guardó la pipa en el bolsillo. Acto seguido, desapareció dentro del patio. Enseguida el señor Huxter, imaginando ser testigo de alguna sustracción, dio la vuelta al mostrador y salió corriendo a la calle para interceptar al ladrón. Mientras tanto el señor Marvel salía, con el sombrero ladeado, con un bulto envuelto en un mantel azul en una mano y tres libros atados, con los tirantes del vicario, como pudo demostrarse más tarde, en la otra. Al ver a Huxter, se sobresaltó, giró a la izquierda y empezó a correr.

–¡Al ladrón! –gritó Huxter, corriendo detrás de él.

Las sensaciones del señor Huxter fueron intensas pero breves. Vio cómo el hombre que iba delante de él doblaba en la esquina de la iglesia y corría hacia la colina. Vio las banderas y la fiesta y las caras que se volvían para mirarlo. –¡Al ladrón! –gritó de nuevo, pero, apenas había dado diez pasos, lo agarraron por una pierna de forma misteriosa y cayó al suelo. Le pareció que el mundo se convertía en millones de puntitos de luz y ya no le interesó lo que ocurrió después.

11
En la posada de la señora Hall

Para comprender lo que ocurrió en la posada, hay que volver al momento en el que el señor Huxter vio por vez primera a Marvel.

En ese momento se encontraban en el salón el señor Cuss y el señor Bunting. Hablaban con seriedad sobre los extraordinarios acontecimientos que habían tenido lugar aquella mañana y estaban, con el permiso del señor Hall, examinando las pertenencias del hombre invisible. Jaffers se había recuperado, en parte, de su caída y se había ido a casa por decisión amable de sus amigos. La señora Hall había recogido las ropas del forastero y había ordenado el cuarto. Y, sobre la mesa que había junto a la ventana, donde el forastero solía trabajar, Cuss había encontrado tres libros manuscritos en los que se leía *Diario*.

–¡Un Diario! –dijo Cuss, colocando los tres libros sobre la mesa–. Ahora nos enteraremos de lo ocurrido.

El vicario, que estaba de pie, se apoyó con las dos manos en la mesa.

–Un Diario –repetía Cuss mientras se sentaba y colocaba dos volúmenes en la mesa y sostenía el tercero. Lo abrió–.

¡Humm! No hay ni un nombre en la portada. ¡Qué fastidio! Sólo hay códigos y símbolos.

El vicario se acercó mirando por encima del hombro. Cuss empezó a pasar páginas, sufriendo un repentino desengaño.

–Estoy... ¡no puede ser! Todo está escrito en clave, Bunting.

–¿No hay ningún diagrama –preguntó Bunting–, ningún dibujo que nos pueda ayudar algo?

–Míralo tú mismo –dijo el señor Cuss–. Parte de lo que hay son números, y parte está escrito en ruso o en otra lengua parecida (a juzgar por el tipo de letra), y, el resto, en griego. A propósito, usted sabía griego...

–Claro –dijo el señor Bunting sacando las gafas y limpián-dolas a la vez que se sentía un poco incómodo (no se acordaba ni de una palabra en griego)–. Sí, claro, el griego puede darnos alguna clave.

–Le buscaré un párrafo.

–Prefiero echar un vistazo antes a los otros volúmenes –dijo el señor Bunting limpiando las gafas–. Primero hay que tener una impresión general, Cuss. Después, ya buscaremos las pistas.

Bunting tosió, se puso las gafas, se las ajustó, tosió de nuevo y, después, deseó que ocurriera algo que evitara la terrible humillación. Cuando agarró el volumen que Cuss le tendía, lo hizo con parsimonia y, luego, ocurrió algo.

Se abrió la puerta de repente.

Los dos hombres dieron un salto, miraron a su alrededor y se tranquilizaron al ver una cara sonrosada debajo de un sombrero de seda adornado con pieles.

–Una cerveza –pidió aquella cara y se quedó mirando.

–No es aquí –dijeron los dos hombres al unísono.

–Es por el otro lado, señor –dijo el señor Bunting.

–Y, por favor, cierre la puerta –dijo el señor Cuss, irritado.

–De acuerdo –contestó el intruso con una voz mucho más baja y distinta, al parecer, de la voz ronca con la que había hecho la pregunta–. Tienen razón –volvió a decir el intruso con la misma voz que al principio–, pero, ¡manténganse a distancia!

Y desapareció, cerrando la puerta.

–Yo diría que se trata de un marinero– dijo el señor Bunting–. Son tipos muy curiosos. ¡Manténganse a distancia! Imagino que será algún término especial para indicar que se marcha de la habitación.

–Supongo que debe ser eso –dijo Cuss–. Hoy tengo los nervios deshechos. Vaya susto que me he llevado, cuando se abrió la puerta.

El señor Bunting sonrió como si él no se hubiese asustado.

–Y ahora –dijo– volvamos a esos libros para ver qué podemos encontrar. –Un momento –dijo Cuss, cerrando con llave la puerta–. Así no nos interrumpirá nadie.

Alguien respiró mientras lo hacía.

–Una cosa es indiscutible –dijo Bunting mientras acercaba una silla a la de Cuss–. En Iping han ocurrido cosas muy extrañas estos últimos días, muy extrañas. Y, por supuesto, no creo en esa absurda historia de la invisibilidad.

–Es increíble –dijo Cuss–. Increíble, pero el hecho es que yo lo he visto. Realmente vi el interior de su manga.

–Pero ¿está seguro de lo que ha visto? Suponga que fue el reflejo de un espejo. Con frecuencia se producen alucinaciones. No sé si ha visto alguna vez actuar a un buen prestidigitador…

–No quiero volver a discutir sobre eso –dijo Cuss–. Hemos descartado ya esa posibilidad, Bunting. Ahora, estábamos con estos libros, ¡Ah, aquí está lo que supuse que era griego! Sin duda, las letras son griegas. Y señaló el centro de una página.

El señor Bunting se sonrojó un poco y acercó la cara al libro, como si no pudiera ver bien con las gafas. De repente notó una sensación muy extraña en el cuello. Intentó levantar la cabeza, pero encontró una fuerte resistencia.

Notó una presión, la de una mano pesada y firme, que lo empujaba hasta acercar el mentón a la mesa.

—No se muevan —susurró una voz—, o les levanto los sesos.

Bunting miró la cara de Cuss, ahora muy cerca de la suya, y los dos vieron el horrible reflejo de su perplejidad.

—Siento tener que tratarlos así —continuó la voz—, pero no me queda otro remedio. ¿Desde cuándo se dedican a fisgonear en los papeles privados de un investigador? —dijo la voz, y, las dos caras golpearon contra la mesa y los dientes de ambos rechinaron—. ¿Desde cuándo se dedican a invadir las habitaciones de un hombre desgraciado? —y se repitieron los golpes—. ¿Dónde se han llevado mi ropa? Escuchen —dijo la voz— las ventanas están cerradas y he quitado la llave de la cerradura. Soy un hombre bastante fuerte y tengo una mano dura; además, soy invisible. No cabe la menor duda de que podría matarlos a los dos y escapar con facilidad, si quisiera. ¿Están de acuerdo? Muy bien. Pero ¿si les dejo marchar, me prometerán no intentar cometer ninguna tontería y hacer lo que yo les diga? El vicario y el doctor se miraron. El doctor hizo una mueca.

—Sí —dijo el señor Bunting y el doctor lo imitó. Entonces cesó la presión sobre sus cuellos y los dos se incorporaron.

—Por favor, quédense sentados donde están —dijo el hombre invisible—. Acuérdense de que puedo atizarles. Cuando entré en esa habitación —continuó diciendo el hombre invisible, después de tocar la punta de la nariz de cada uno de los intrusos—, no esperaba hallarla ocupada y, además, esperaba encontrar, aparte de mis libros y papeles, toda mi ropa. ¿Dónde está? No, no se levanten. Puedo ver que se la han llevado. Y, ahora, volviendo a nuestro asunto, aunque los días son bastante cálidos, incluso para un hombre invisible que se pasea por ahí, desnudo, las noches son frescas. Quiero mi ropa y necesito varias otras cosas. Y también quiero esos tres libros.

12
El hombre invisible pierde la paciencia

Es inevitable que la narración se interrumpa en este momento de nuevo, debido a un lamentable motivo, como veremos más adelante. Mientras todo lo descrito ocurría en el salón y mientras el señor Huxter observaba cómo el señor Marvel fumaba su pipa apoyado en la puerta del patio, a poca distancia de allí, el señor Hall y Teddy Henfrey comentaban intrigados lo que se había convertido en el único tema de Iping.

De repente, se oyó un golpe en la puerta del salón, un grito agudo y, luego, un silencio total.

—¿Qué ocurre? —dijo Teddy Henfrey.

—¿Qué ocurre? —se oyó como un eco en el bar.

El señor Hall tardaba en entender las cosas, pero ahora se daba cuenta de que allí pasaba algo.

—Ahí dentro algo va mal —dijo, y salió para dirigirse a la puerta del salón.

Él y el señor Henfrey se acercaron a la puerta para escuchar, preguntándose con los ojos.

–Ahí dentro algo va mal –dijo Hall.

Y Henfrey asintió con la cabeza. Y empezaron a notar un desagradable olor a productos químicos, y se oía una conversación apagada y muy rápida.

–¿Están ustedes bien? –preguntó Hall llamando a la puerta.

La conversación cesó repentinamente; hubo unos minutos de silencio y después siguió la conversación con susurros muy débiles. Luego, se oyó un grito agudo: "¡No, no lo haga!". Acto seguido se oyó el ruido de una silla que cayó al suelo. Parecía que estuviese teniendo lugar una pequeña lucha. Después, de nuevo el silencio.

–¿Qué está ocurriendo ahí? –exclamó Henfrey en voz baja.

–¿Están bien? –volvió a preguntar el señor Hall.

Se oyó entonces la voz del vicario con un tono bastante extraño:

–Estamos bien. Por favor, no interrumpan.

–¡Qué raro! –dijo el señor Henfrey.

–Sí, es muy raro –dijo el señor Hall.

–Ha dicho que no interrumpiéramos –dijo el señor Henfrey.

–Sí, yo también lo he oído –añadió Hall.

–Y he oído un estornudo –dijo Henfrey.

Se quedaron escuchando la conversación, que siguió en voz muy baja y con bastante rapidez.

–No puedo –decía el señor Bunting alzando la voz–. Le digo que no puedo hacer eso, señor.

–¿Qué ha dicho? –preguntó Henfrey.

–Dice que no piensa hacerlo –respondió Hall–. ¿Crees que nos está hablando a nosotros?

–¡Es una vergüenza! –dijo el señor Bunting desde dentro.

–¡Vergüenza! –dijo el señor Henfrey–. Es lo que ha dicho, acabo de oírlo claramente.

–¿Quién está hablando? –preguntó Henfrey.

—Supongo que el señor Cuss —dijo Hall—. ¿Puedes oír algo?

Silencio. No se podía distinguir nada por los ruidos de dentro.

—Parece que estuvieran quitando el mantel —dijo Hall.

La señora Hall apareció en ese momento. Hall le hizo gestos para que se callara. La señora Hall se opuso.

—¿Por qué estás escuchando ahí, a la puerta, Hall? —le preguntó—. ¿No tienes nada mejor que hacer, y más en un día de tanto trabajo?

Hall intentaba hacerle todo tipo de gestos para que se callara, pero la señora Hall no se daba por vencida. Alzó la voz de manera que Hall y Henfrey, más bien cabizbajos, volvieron sigilosamente, gesticulando en un intento de explicación.

Al principio, la señora Hall no quería creer nada de lo que los dos hombres habían oído. Mandó callar a Hall, mientras Henfrey le contaba toda la historia. La señora Hall pensaba que todo aquello no eran más que tonterías, quizá sólo estaban corriendo los muebles.

—Sin embargo, estoy seguro de haberles oído decir ¡es una vergüenza! —dijo Hall.

—Sí, sí; yo también lo oí, señora Hall —dijo Henfrey.

—No puede ser… —comenzó la señora Hall.

—¡Sssh! —dijo Teddy Henfrey—. ¿No han oído la ventana?

—¿Qué ventana? —preguntó la señora Hall.

—La del salón —dijo Henfrey.

Todos se quedaron escuchando atentamente. La señora Hall estaba mirando, sin ver el marco de la puerta de la posada, la calle blanca y ruidosa, y la tienda de Huxter, que estaba iluminada por el sol de junio. De repente, Huxter apareció en la puerta, excitado y haciendo gestos con los brazos.

—¡Al ladrón, al ladrón! —decía, y salió corriendo hacia la puerta del patio, por donde desapareció.

Se oyó un gran escándalo en el salón y cómo cerraban las ventanas.

Hall, Henfrey y todos los que estaban en el bar de la posada salieron atropelladamente a la calle. Y vieron a alguien que daba la vuelta a la esquina, hacia la calle que lleva a las colinas, y al señor Huxter, que facilitaba una complicada cabriola en el aire y terminaba en el suelo. La gente, en la calle, estaba boquiabierta y corría detrás de aquellos hombres.

El señor Huxter estaba aturdido. Henfrey se paró para ver qué le pasaba. Hall y los dos campesinos del bar siguieron corriendo hacia la esquina, gritando frases incoherentes, y vieron cómo el señor Marvel desaparecía, al doblar la esquina de la pared de la iglesia. Parecieron llegar a la conclusión, poco probable, de que era el hombre invisible que se había vuelto visible, y siguieron corriendo tras él. Apenas recorridos unos metros, Hall lanzó un grito de asombro y salió despedido hacia un lado, yendo a dar contra un campesino que cayó con él al suelo. Le habían empujado, como si estuviera jugando un partido de fútbol. El otro campesino se volvió, los miró, y, creyendo que el señor Hall se había caído, siguió con la persecución, pero le colocaron la celada, como le ocurrió a Huxter, y cayó al suelo. Después, cuando el primer campesino intentaba ponerse de pie, volvió a recibir un golpe que habría derribado a un buey.

A la vez que caía al suelo, doblaron la esquina las personas que venían de la pradera del pueblo. El primero en aparecer fue el propietario del puesto de cocos, un hombre fuerte que llevaba un jersey azul; se quedó asombrado al ver la calle vacía, y los tres cuerpos tirados en el suelo. Pero, en ese momento, algo le ocurrió a una de sus piernas y cayó rodando al suelo, llevándose consigo a su hermano y socio, al que pudo agarrar por un brazo en el último momento. El resto de la gente que venía detrás tropezó con ellos, los pisotearon y se desmoronaron encima.

Cuando Hall, Henfrey y los campesinos salieron corriendo de la posada, la señora Hall, que tenía muchos años de experiencia, se quedó en la cantina, pegada a la caja que contenía el dinero. De repente, se abrió la puerta del salón y apareció el señor Cuss, quien, sin mirarla, bajó corriendo las escaleras hacia la esquina, gritando:

—¡Deténganlo! ¡No dejen que suelte el paquete! ¡Sólo síganlo viendo si no suelta el paquete!

No sabía nada de la existencia del señor Marvel, a quien el hombre invisible había entregado los libros y el paquete en el patio. En la cara del señor Cuss podía verse dibujado el enfado y la contrariedad, pero su indumentaria era escasa, llevaba sólo una especie de faldón blanco, que sólo habría quedado bien en Grecia.

—¡Deténganlo! —gritaba—. ¡Tiene mis pantalones y toda la ropa del vicario!

—¡Me ocuparé de él! —le gritó a Henfrey, mientras pasaba al lado de Huxter, en el suelo, y doblaba la esquina para unirse a la multitud. En ese momento le dieron un golpe que lo dejó tumbado de forma indecorosa. Alguien, con todo el peso del cuerpo, le estaba pisando los dedos de la mano. Lanzó un grito e intentó ponerse de pie, pero le volvieron a dar un golpe y cayó, otra vez. En ese momento tuvo la impresión de que no estaba envuelto en una persecución, sino en una huida. Todo el mundo corría de vuelta hacia el pueblo. El señor Cuss volvió a levantarse y le dieron un golpe detrás de la oreja. Corrió, y se dirigió al Coach and Horses, pasando por encima de Huxter, que se encontraba sentado en medio de la calle.

En las escaleras de la posada, oyó, detrás de él, cómo alguien lanzaba un alarido de rabia por encima de los gritos del resto de la gente, y el ruido de una bofetada. Reconoció la voz del hombre invisible. El grito entonado era el de un hombre furioso por el dolor.

El señor Cuss entró corriendo al salón.

—¡Ha vuelto, Bunting! ¡Sálvate! ¡Se ha vuelto loco!

El señor Bunting estaba de pie, al lado de la ventana, intentando taparse con la alfombra de la chimenea y el West Surrey Cazette.

—¿Quién ha vuelto? —dijo, sobresaltándose de tal forma, que casi dejó caer la alfombra.

—¡El hombre invisible! —respondió Cuss, mientras corría hacia la ventana—. ¡Marchémonos de aquí cuanto antes! ¡Se ha vuelto loco, completamente loco!

Al instante, ya había salido al patio.

—¡Cielo santo! —dijo el señor Bunting, quien dudaba sobre qué se podía hacer, pero, al oír una tremenda contienda en el pasillo de la posada, se decidió. Se descolgó por la ventana, se ajustó el improvisado traje como pudo, y avanzó por el pueblo tan rápido como sus piernas, gordas y cortas, se lo permitieron.

Desde el momento en que el hombre invisible lanzó un grito de furia y de la hazaña memorable del señor Bunting, corriendo por el pueblo, es imposible enumerar todos los acontecimientos que tuvieron lugar en Iping. Quizá la primera intención del hombre invisible fuera cubrir la huida de Marvel con la ropa y con los libros. Pero pareció perder la paciencia, nunca tuvo demasiada, cuando recibió un golpe por casualidad y, con azar, se dedicó a pegar a los dos aldeanos por la simple satisfacción de hacer daño.

Ustedes pueden imaginarse las calles de Iping llenas de gente que corría de un lado para otro, puertas que se cerraban con violencia y personas que se peleaban por encontrar sitio donde esconderse. Pueden imaginar cómo perdió el equilibrio la tabla entre las dos sillas que sostenía al viejo Fletcher y sus terribles resultados. Una pareja aterrorizada se quedó en lo alto de un columpio. Una vez pasado el acontecimiento, las calles de Iping se quedaron desiertas, si no tenemos en cuenta la presencia del enfadado hombre invisible, aunque había cocos, lonas y restos de puestos esparcidos por el suelo.

En el pueblo sólo se oían cerrar puertas con llave y correr cerrojos, y, ocasionalmente, se podía ver a alguien que se asomaba por los cristales de alguna ventana.

El hombre invisible, mientras tanto, se divertía, rompiendo todos los cristales de todas las ventanas del Coach and Horses y lanzando una lámpara de la calle por la ventana del salón de la señora Gribble. Y seguramente él cortó los hilos del telégrafo de Adderdean a la altura de la casa de Higgins, en la carretera de Adderdean. Y, después de todo eso, por sus peculiares facultades, quedó fuera del alcance de la percepción humana, y ya nunca se le volvió a oír, ver o sentir en Iping. Simplemente desapareció. Desvaneció.

Durante más de dos horas, nadie se aventuró a salir y recorrer aquella calle desierta. La calle principal de Iping. La calle de la desolación.

13
El señor Marvel
presenta su dimisión

Al atardecer, cuando Iping volvía tímidamente a la normalidad, un hombre bajito, obeso, que llevaba un gastado sombrero de seda, caminaba con esfuerzo por la esquina del hayedo de la carretera de Bramblehurst. Llevaba tres libros atados con una especie de cordón elástico y un bulto envuelto en un mantel azul. Su cara rubicunda mostraba preocupación y cansancio; parecía tener mucha prisa. Le acompañaba una voz que no era la suya, y, de vez en cuando, se estremecía empujado por unas manos a las que no veía.

—Si vuelves a intentar escaparte —dijo la voz—, si vuelves a intentar escapar...

—¡Dios santo! —dijo el señor Marvel—. ¡Pero si tengo el hombro completamente destrozado!

—Te doy mi palabra —dijo la voz—. Te mataré.

—No he intentado escaparme —dijo el señor Marvel, casi llorando—. Le juro que no. No sabía que hubiese una curva en el camino. ¡Eso fue todo! ¿Cómo demonios iba a saber que había una curva? Y me dieron un golpe.

–Y te darán muchos más, si no tienes más cuidado –dijo la voz, y el señor Marvel se calló. Dio un resoplido, y en sus ojos se veía la desesperación–. Ya he tenido bastante permitiendo a esos malnacidos sacar a la luz mi secreto, para dejarte escapar con mis libros. ¡Algunos tuvieron la suerte de poder salir corriendo! ¡Nadie sabía que era invisible! ¿Qué voy a hacer ahora?

–¿Y qué voy a hacer yo? –preguntó el señor Marvel en voz baja.

–Es que todos lo saben. ¡Saldrá en los periódicos! Todos me buscarán; cada uno por su cuenta.–La voz soltó algunas imprecaciones y se calló.

La desesperación del señor Marvel aumentó y aflojó el paso.

–¡Vamos! –dijo la voz.

La cara del señor Marvel cambió de color, poniéndose gris.

–¡No deje caer los libros, estúpido! –dijo secamente la voz, adelantándosele–. Y en realidad –prosiguió– lo necesito. Usted no es más que un instrumento, pero necesito utilizarlo.

–Soy un vulgar instrumento –dijo el señor Marvel.

–Así es –dijo la voz.

–Pero soy el peor instrumento que se puede tener, porque no soy muy fuerte –dijo después de unos tensos momentos de silencio–. No soy fuerte –repitió.

–¿No?

–No. Y tengo un corazón débil. Todo lo ocurrido pasado está, desde luego, pero, ¡maldita sea!, podría haber muerto.

–¿Y qué?

–Que no tengo ni fuerza ni el ánimo para hacer lo que quiere que haga.

–Yo te animaré.

–Mejor sería que no lo hiciera. Sabe que me gustaría destruir sus planes a perder, pero tendré que hacerlo..., soy un pobre desgraciado.

—Desearía morirme —dijo Marvel—. No es justo —añadió más tarde—. Debe admitir, tengo derecho a...

—Vamos —gritó la voz.

El señor Marvel aceleró el paso y, durante un buen rato, los dos hombres caminaron en silencio.

—Esto se me hace muy duro —comenzó el señor Marvel, pero, al ver que no surtía efecto, intentó una nueva táctica—. Y, ¿qué saco yo de todo esto? —comenzó de nuevo, subiendo el tono.

—¡Cállate de una vez! —dijo la voz con un repentino y asombroso vigor—. Yo me ocuparé de ti. Harás todo lo que te diga, y lo harás bien. Ya sé que eres un loco, pero harás...

—Le repito, señor, no soy el hombre adecuado. Con todos mis respetos, creo que...

—Si no te callas, te volveré a retorcer la muñeca —dijo el hombre invisible—. Tengo que pensar.

En ese momento, dos rayos de luz se divisaron entre los árboles, y la torre cuadrada de una iglesia se perfiló en el resplandor.

—Te pondré la mano en el hombro —dijo la voz—, mientras atravesamos el pueblo. Sigue recto y no intentes ninguna locura. Será peor para ti, si intentas algo.

—Ya lo sé —suspiró el señor Marvel—. Claro que lo sé.

La infeliz figura del sombrero de seda atravesó la calle principal de aquel pueblo y desapareció en la oscuridad, pasadas las luces de las casas.

14
En Port Stowe

Eran las diez de la mañana del día siguiente, y el señor Marvel, sin afeitar y muy sucio por el viaje, estaba sentado con las manos en los bolsillos, y los libros, en un banco, junto a la puerta de una posada de las afueras de Port Stowe. Parecía estar nervioso e incómodo. Los libros estaban al lado, atados con un cordel. Habían abandonado el bulto en un pinar, cerca de Bramblehurst, de acuerdo con un cambio en los planes del hombre invisible. El señor Marvel estaba sentado en el banco y, aunque nadie le prestaba ninguna atención, estaba tan agitado que metía y sacaba las manos de sus bolsillos, con movimientos nerviosos, constantemente.

Cuando llevaba sentado casi una hora, salió de la posada un viejo marinero con un periódico, y se sentó a su lado.

—Hace un día espléndido —le dijo el marinero.

El señor Marvel lo miró con cierto recelo.

—Sí —contestó.

—Es el adecuado para esta época del año —dijo el marinero, sin darse por enterado.

—Ya lo creo —dijo el señor Marvel.

El marinero sacó un escarbadientes, que lo mantuvo ocupado un rato. Mientras tanto, se dedicó a observar a aquella figura polvorienta y los libros que tenía al lado. Al acercarse al señor Marvel, había oído el tintineo de unas monedas al caer en un bolsillo. Le llamó la atención el contraste entre el aspecto del señor Marvel y esos signos de opulencia. Y, por este motivo, volvió inmediatamente al tema que le rondaba por la cabeza.

–¿Libros? –preguntó–, rompiendo el palillo de dientes.

El señor Marvel, moviéndose, los miró.

–Sí, sí –dijo–. Son libros.

–En los libros hay cosas extraordinarias –continuó el marinero.

–Ya lo creo –dijo el señor Marvel.

–Y también hay cosas extraordinarias que no se encuentran en los libros –señaló el marinero.

–Es verdad –dijo el señor Marvel, mirando a su interlocutor de arriba abajo.

–También en los periódicos aparecen cosas extraordinarias, por ejemplo –dijo el marinero.

–Por supuesto.

–En este periódico –añadió el marinero.

–¡Ah! –dijo el señor Marvel.

–En este periódico se cuenta una historia –continuó el marinero, mirando al señor Marvel–. Se cuenta la historia de un hombre invisible, por ejemplo.

El señor Marvel hizo una mueca con la boca, se rascó la mejilla y se dio cuenta de que se le ponían coloradas las orejas.

–¡Qué barbaridad! –dijo intentando no darle importancia–. ¿Y dónde ha sido eso, en Austria o en América?

–En ninguno de los dos sitios –dijo el marinero–. Ha sido aquí.

–¡Dios mío! –dijo el señor Marvel, dando un respingo.

–Cuando digo aquí –prosiguió el marinero para tranquilizar al señor Marvel–, no quiero decir en este lugar, sino en los alrededores.

–¡Un hombre invisible! –dijo el señor Marvel–. ¿Y qué ha hecho?

–De todo –añadió el marinero, sin dejar de mirar al señor Marvel–. Todo lo que uno pueda imaginar.

–En cuatro días no he leído ni un periódico –dijo Marvel.

–Dicen que en Iping comenzó todo –continuó el marinero.

–¡Qué me dice! –dijo el señor Marvel.

–Apareció allí, aunque nadie parece saber de dónde venía. Aquí lo dice: "Extraño suceso en Iping". Y dicen en el periódico que han ocurrido cosas fuera de lo común, extraordinarias.

–¡Dios mío! –exclamó el señor Marvel.

–Es una historia increíble. Hay dos testigos, un clérigo y un médico. Ellos pudieron verlo o, a decir verdad, no lo vieron. Dice que estaba hospedado en el Coach and Horses, pero nadie se había enterado de su desgracia, hasta que hubo un altercado en la posada, y el personaje se arrancó los vendajes de la cabeza. Entonces pudieron ver que la cabeza era invisible. Intentaron agarrarlo, pero, según el periódico, se quitó la ropa y consiguió escaparse, tras una desesperada lucha, en la que, según se cuenta, hirió gravemente a nuestro mejor policía, el señor Jaffers. Una historia interesante, ¿no cree usted?, con señales encantadoras.

–Santo Dios –prorrumpió el señor Marvel, mirando nerviosamente a su alrededor y tratando de contar el dinero que tenía en el bolsillo, ayudándose únicamente del sentido del tacto. En ese momento se le ocurrió una nueva idea–. Parece una historia increíble.

–Desde luego. Incluso yo diría que extraordinaria. Nunca había oído hablar de hombres invisibles, pero se oyen tantas cosas que...

–¿Y eso fue todo lo que hizo? –preguntó el señor Marvel, intentando no darle mucha importancia.

—¿No le parece suficiente? —dijo el marinero.

—¿Y no volvió allí? —preguntó Marvel—. ¿Se escapó y no ocurrió nada más?

—¡Claro! —dijo el marinero—. ¿Por qué? ¿No le parece suficiente?

—Sí, sí, por supuesto —dijo Marvel.

—Yo creo que es más que suficiente —señaló el marinero.

—¿Tenía algún cómplice? ¿Dice en el periódico, si tenía alguno? —preguntó, ansioso, el señor Marvel.

—¿Uno solo le parece poco? —contestó el marinero—. No, gracias a Dios, no tenía ningún secuaz. —El marinero movió la cabeza lentamente—. Simplemente con pensar que ese tipo anda por aquí, en el condado, me hace estar intranquilo. Ahora parece que está en libertad y hay síntomas que indican que puede tomar, o ha tomado, la carretera de Port Stowe. ¡Estamos complicados! En estos momentos no nos sirven de nada las hipótesis de que si hubiese ocurrido en América. ¡Basta pensar en lo que puede llegar a hacer! ¿Qué haría usted, si le ataca? Suponga que quiere robar... ¿Quién podría impedírselo? Puede ir donde quiera, puede robar, podría traspasar un cordón de policías con tanta facilidad como usted o yo podríamos escapar de un ciego, incluso con más facilidad, ya que, según dicen, los ciegos pueden oír ruidos que generalmente nadie oye. Y, si se trata de tomar una copa...

—Sí, en realidad, tiene muchas ventajas —dijo el señor Marvel.

—Es verdad —asintió el marinero—. Tiene muchas ventajas.

Hasta ese momento el señor Marvel había estado mirando a su alrededor, intentando escuchar el menor ruido o detectando el movimiento más imperceptible. Parecía que iba a tomar una determinación. Se puso una mano en la boca y tosió. Volvió a mirar y a escuchar a su alrededor; se acercó al marinero y le dijo en voz baja:

–El hecho es que… me he enterado de un par de cosas de ese hombre invisible. Las sé de origen privada.

–¡Oh! –exclamó el marinero, interesado–. ¿Usted sabe…?

–Sí –dijo el señor Marvel–. Yo…

–¿En serio? –exclamó el marinero–. ¿Puedo preguntarle…?

–Se quedará asombrado –dijo el señor Marvel, sin quitarse la mano de la boca–. Es algo increíble.

–¡No me diga! –señaló el marinero.

–El hecho es que… –comenzó el señor Marvel en tono confidencial. Y de repente le cambió la expresión–. ¡Ay! –exclamó levantándose del asiento. En su cara se podía ver reflejado el dolor físico–. ¡Ay! –repitió.

–¿Qué le ocurre? –preguntó el marinero, preocupado.

–Un dolor de muelas –dijo el señor Marvel mientras se llevaba la mano al oído. Agarró los libros–. Será mejor que me vaya –añadió, levantándose de una manera muy curiosa del banco.

–Pero usted iba a contarme ahora algo sobre ese hombre invisible –protestó el marinero.

Entonces el señor Marvel pareció consultar algo consigo mismo.

–Era una broma –dijo una voz.

–Era una broma –dijo el señor Marvel.

–Pero lo dice el periódico –señaló el marinero.

–No deja de ser una burla – dijo el señor Marvel–. Conozco al hombre que inventó esa mentira. De todas formas, no hay ningún hombre invisible.

–Y, ¿entonces el periódico? ¿Quiere hacerme creer que…?

–Ni una palabra –dijo el señor Marvel.

El marinero le miró con el periódico en la mano. El señor Marvel indagó a su alrededor con insistencia.

–Espere un momento –dijo el marinero levantándose y hablando muy despacio–. ¿Entonces quiere decir que…?

–Eso quiero decir –señaló el señor Marvel.

–Entonces, ¿por qué me dejó que le contara todas esas tonterías? ¿Cómo permite que un hombre haga el ridículo así? ¿Quiere explicármelo?

El señor Marvel suspiró. El marinero se puso rojo. Apretó los puños.

–He estado hablando diez minutos –dijo–, y usted, viejo estúpido, no ha tenido la más mínima educación para...

–A ver si mide sus palabras –señaló el señor Marvel.

–¿Que mida mis palabras? Menos mal que...

–Vamos –dijo una voz, y, de repente, hizo dar media vuelta al señor Marvel, y este empezó a alejarse.

–Eso, será mejor que se vaya –dijo el marinero.

–¿Quién se va? –dijo el señor Marvel, y se fue retirando mientras daba unos extraños saltos hacia atrás y hacia adelante. Cuando ya llevaba una distancia recorrida, empezó un monólogo de protestas y recriminaciones.

–Imbécil –gritó el marinero, que estaba con las piernas separadas y los brazos en jarras, mirando cómo se alejaba aquella figura–. Ya te enseñaré yo, ¡ignorante! ¡Burlarse de mí! Está aquí, ¡en el periódico!

El señor Marvel le contestó con alguna incoherencia hasta que se perdió en una curva de la carretera. El marinero se quedó allí, en medio del camino, hasta que el carro del carnicero lo obligó a apartarse.

"Esta comarca está llena de cretinos –se dijo–. Sólo quería confundirme, en eso consistía su juego sucio; pero está en el periódico".

Y más tarde escucharía otro fenómeno extraño que tuvo lugar no lejos de donde él se encontraba. Parece ser que vieron el puño de una mano lleno de monedas –nada más y nada menos– que iba, sin dueño visible, siguiendo el muro que hace esquina con St. Michael Lane. Lo había visto otro marinero aquella mañana. Este marinero intentó atrapar el dinero, pero, cuando se abalanzó, recibió un golpe y, después, al levantarse, el dinero se había desvanecido en el aire. Nuestro marinero estaba dispuesto a creer todo, pero aquello era demasiado. Sin embargo, después volvió a recapacitar.

La historia del dinero volador era cierta. En todo el vecindario, en el Banco de Londres, en las cajas de las tiendas y de las posadas, que tenían las puertas abiertas por el tiempo soleado que hacía, había desaparecido el dinero. El dinero flotaba por la orilla de los muros y por los lugares menos iluminados, desapareciendo de la vista de los hombres. Y había terminado siempre, aunque nadie lo hubiese descubierto, en los bolsillos de ese hombre nervioso con sombrero de seda, que se sentó en la posada de las afueras de Port Stowe.

Diez días después, cuando la historia de Burdock había perdido interés, el marinero relacionó todos los sucesos y comenzó a comprender lo cerca que había estado del hombre invisible.

15
El hombre que corría

Al anochecer, el doctor Kemp estaba sentado en su estudio, en el mirador de la colina que da a Burdock. Era una habitación pequeña y acogedora. Tenía tres ventanas que daban al norte, al sur y al oeste, y estanterías llenas de libros y publicaciones científicas. Había también una amplia mesa de trabajo y, bajo la ventana que daba al norte, un microscopio, platinas, instrumentos de precisión, algunos cultivos y, esparcidas por todas partes, distintas botellas, que contenían reactivos. La lámpara del doctor estaba encendida, a pesar de que el cielo estaba todavía iluminado por los rayos del crepúsculo. Las persianas, levantadas, ya que no había peligro de que nadie se asomara desde el exterior y hubiese que bajarlas. El doctor Kemp era un joven alto y delgado, de cabellos rubios y un bigote casi blanco, y esperaba que el trabajo que estaba realizando le permitiese entrar en el círculo académico de la Royal Society, al que él daba mucha importancia.

En un momento en que estaba distraído de su trabajo, sus ojos se quedaron mirando la puesta de sol detrás de la colina que tenía enfrente. Estuvo sentado así, quizá durante un buen rato, con la pluma en la boca, admirando los colores dorados que surgían de la cima de la colina, hasta que se sintió atraído por la figura de un hombre, completamente negra, que corría por la colina hacia él. Era un hombre bajo, que llevaba un sombrero enorme y que corría tan deprisa que apenas se le distinguían las piernas.

—Debe de ser uno de esos locos —dijo el doctor Kemp—. Como ese torpe que esta mañana al doblar la esquina chocó conmigo, y gritaba: "¡El hombre invisible, señor!". No puedo imaginar quién los haya poseído. Parece que estuviéramos en el siglo trece.

Se levantó, se acercó a la ventana y miró a la colina; la figura negra que subía corriendo.

—Parece tener mucha prisa —dijo el doctor Kemp—, pero no adelanta demasiado.

Como si llevara plomo en los bolsillos, se acercaba al final de la pendiente.

—¡Un poco más de esfuerzo! —dijo el doctor Kemp.

Un instante después, aquella figura se ocultaba detrás de la casa que se encontraba en lo alto de la colina. El hombre se hizo otra vez visible, y así tres veces más, según pasaba por delante de las tres casas que siguieron a la primera, hasta que una de las terrazas de la colina lo ocultó definitivamente.

—Son todos unos imbéciles —dijo el doctor Kemp, girando sobre sus talones y volviendo a la mesa de trabajo.

Sin embargo, los que vieron de cerca al fugitivo y percibieron el terror que reflejaba su rostro, empapado de sudor, no compartieron el desdén del doctor. En cuanto al hombre, este seguía corriendo y sonaba como una bolsa repleta de monedas que se balancea de un lado para otro. No miraba ni a izquierda ni a derecha, sus ojos dilatados miraban colina abajo, donde las luces se estaban empezando a encender y donde había mucha gente en la calle. Tenía la boca torcida por el agotamiento, los labios llenos de una saliva espesa y su respiración se hacía cada vez más ronca y ruidosa. A medida que pasaba, todos se le quedaban mirando, preguntándose incómodos cuál podría ser la razón de su huida. En ese momento, un perro que jugaba en lo alto de la colina lanzó un aullido y corrió a esconderse. Todos notaron algo, una especie de viento, unos pasos y el sonido de una respiración jadeante que pasaba a su lado.

La gente empezó a gritar y a correr. La noticia se difundió en toda la colina. La multitud gritaba en la calle antes de que Marvel llegara. Todos se metieron rápidamente en sus casas y cerraron las puertas. Marvel lo estaba oyendo e hizo un último y desesperado esfuerzo. El miedo se le había adelantado y, en un momento, se había apoderado de todo el pueblo.

–¡Que viene el hombre invisible! ¡El hombre invisible!

16
En la taberna de los Jolly Cricketers

El Jolly Cricketers estaba al final de la colina, donde empezaba el camino. El tabernero estaba apoyado en el mostrador con sus brazos, enormes y rosados, mientras hablaba de caballos con un cochero anémico. Al mismo tiempo, un hombre de negra barba vestido de gris se estaba comiendo un bocadillo de queso, bebía Burton y conversaba en americano con un policía que estaba fuera de servicio.

–¿Qué son esos gritos? –preguntó el cochero, saliéndose de la conversación e intentando ver lo que ocurría en la colina, por encima de la persiana, sucia y amarillenta, de la ventana de la posada. Fuera, alguien pasó corriendo.

–Quizá sea un incendio –dijo el posadero.

Los pasos se aproximaron, corrían con esfuerzo. En ese momento, la puerta de la posada se abrió con violencia. Y apareció Marvel, llorando y desaliñado. Había perdido el sombrero y el cuello de su chaqueta estaba medio arrancado. Entró en la posada y, dándose media vuelta, intentó cerrar la puerta, que estaba entreabierta y sujeta por una correa.

–¡Ya viene! –gritó desencajado–. ¡Ya llega! ¡El hombre invisible me persigue! ¡Por amor de Dios! ¡Ayúdenme! ¡Socorro! ¡Socorro!

–Cierren las puertas –dijo el policía–. ¿Quién viene? ¿Por qué corre?

Se dirigió hacia la puerta, quitó la correa, y dio un portazo. El americano cerró la otra puerta.

–Déjenme entrar –dijo Marvel sin dejar de moverse y llorando, sin soltar los libros–. Déjenme entrar y enciérrenme en algún sitio. Me está persiguiendo. Me he escapado de él y dice que me va a matar, y lo hará.

–Tranquilícese, está usted a salvo –le dijo el hombre de la barba negra–. La puerta está cerrada. Tranquilícese y cuéntenos de qué se trata.

–Déjenme entrar –dijo Marvel. En ese momento se oyó un golpe que hizo temblar la puerta; fuera, alguien estaba llamando insistentemente v gritando. Marvel dio un grito de terror.

–¿Quién va? –preguntó el policía–. ¿Quién está ahí?

Marvel, entonces, se lanzó contra las paredes, creyendo que eran puertas.

–¡Me matará! Creo que tiene un cuchillo o algo parecido. ¡Por el amor de Dios!

–Por aquí –le dijo el posadero–. Venga por aquí. Y levantó la tabla del mostrador.

El señor Marvel se escondió detrás del mostrador, mientras, fuera, las llamadas no cesaban.

–No abran la puerta –decía el señor Marvel– por favor, ¡no abran la puerta! ¿Dónde podría esconderme?

–¿Se trata del hombre invisible? –preguntó el hombre de la barba negra, que tenía una mano a la espalda–. Va siendo hora de que lo veamos.

Se abrió la ventana de la posada. La gente iba de un lado a otro de la calle corriendo y dando gritos. El policía, que había permanecido encima de un sillón intentando ver quién llamaba a la puerta, se bajó y, arqueando las cejas, dijo:

–Es cierto.

El tabernero, de pie, delante de la puerta de la habitación en donde se había encerrado el señor Marvel, se quedó mirando a la ventana que había cedido; luego se acercó a los otros dos hombres.

Y todo quedó en silencio.

–¡Ojalá tuviera para atraparlo! –dijo el policía dirigiéndose a la puerta–. En el momento que abramos se meterá. No hay forma de.

–¿No cree que tiene demasiada prisa en abrir la puerta? –dijo el cochero.

–¡Corran los cerrojos! –dijo el hombre de la barba negra–. Y si se atreve a entrar... – y enseñó una pistola que llevaba.

–¡Eso no! –dijo el policía–. ¡Sería un asesinato!

–Conozco las leyes –dijo el hombre de la barba–. Voy a apuntarle a las piernas. Saquen los cerrojos.

–No, y menos con un revólver a mis espaldas –dijo el posadero, mirando por encima de las cortinas.

–Está bien –dijo el hombre de la barba negra, y, agachándose con el revólver preparado, los descorrió él mismo. El posadero, el cochero y el policía se quedaron mirando.

–¡Vamos, entre! –dijo el hombre de la barba en voz baja, dando un paso atrás y quedándose de pie, de cara a la puerta, con la pistola en la espalda. Pero nadie entró y la puerta permaneció cerrada. Cinco minutos después, cuando un segundo cochero asomó la cabeza cuidadosamente, estaban todos todavía esperando. En ese momento apareció una cara ansiosa por detrás de la puerta de la trastienda y preguntó:

–¿Están cerradas todas las puertas de la posada? –Era Marvel, y continuó–: Seguro que está merodeando alrededor. Es un diablo.

–¡Dios mío! –exclamó el posadero–. ¡La puerta de atrás! ¡Óiganme! ¡Miren todas las puertas! –Y miró a su alrededor sin esperanza. Entonces, la puerta de la trastienda se cerró de golpe y oyeron cómo giraba la llave–. ¡También está la puerta del patio y la puerta que da a la casa! En la puerta del patio...

El tabernero salió corriendo del bar. Y reapareció con un cuchillo de cocina en la mano.

–La puerta del patio estaba abierta –dijo con desolación.

–Entonces, puede que ya esté dentro –dijo el primer cochero.

–En la cocina no está –dijo el posadero–. La he registrado con este cuchillo en la mano y, además, hay dos mujeres que no creen que haya entrado. Por lo menos, no han notado nada extraño.

–¿Ha atrancado bien la puerta? – dijo el primer cochero.

–Sé muy bien lo que hago –dijo el tabernero.

El hombre de la barba guardó el revólver y, no había terminado de hacerlo, cuando alguien bajó la tabla del mostrador y crujió el cerrojo. Inmediatamente después se rompió el picaporte de la puerta, con un tremendo ruido, y la puerta de la trastienda se abrió de par en par. Todos oyeron moverse a Marvel como una liebre a la que han atrapado, y atravesaron corriendo el bar para acudir en su ayuda. El hombre de la barba disparó y el espejo de la trastienda cayó al suelo.

Cuando el tabernero entró en la habitación, vio a Marvel que se movía, hecho un ovillo, contra la puerta que daba al patio y a la cocina. La puerta se abrió mientras el posadero dudaba qué hacer; entonces arrastraron a Marvel hasta la cocina. Se oyó un grito y un ruido de cacerolas chocando unas con otras. Marvel, boca abajo y arrastrándose obstinadamente en dirección contraria, era conducido a la fuerza hacia la puerta de la cocina, y alguien oyó el cerrojo.

En ese momento el policía, que intentaba adelantarse al tabernero, entró en el lugar seguido de uno de los cocheros y, al intentar sujetar la muñeca del hombre invisible, que tenía agarrado por el cuello a Marvel, recibió un golpe en la cara y se tambaleó, cayendo de espaldas. Se abrió la puerta y Marvel hizo un gran esfuerzo para impedir que lo sacaran fuera. Entonces el cochero, agarrando algo, dijo:

—¡Ya lo tengo!

Después, el posadero empezó a arañar con sus manos coloradas un cuerpo invisible.

—¡Aquí está! —gritó.

El señor Marvel, que se había liberado, se tiró al suelo, e intentó escabullirse entre las piernas de los hombres que se estaban peleando. La lucha continuaba al lado del marco de la puerta, y, por primera vez, se pudo oír la voz del hombre invisible, que lanzó un grito cuando el policía le dio un pisotón. El hombre invisible siguió gritando, mientras repartía golpes. El cochero también gritó en ese momento y se dobló. Le acababan de dar un puñetazo. Fue entonces cuando se abrió la puerta de la cocina que daba a la trastienda y, por ella, escapó el señor Marvel. Después, los hombres que seguían luchando en la cocina se dieron cuenta de que estaban dando trompadas al aire.

—¿Dónde se ha ido? —gritó el hombre de la barba—. ¿Se ha escapado?

—Se ha ido por aquí —dijo el policía, saliendo al patio y quedándose allí, parado.

Un trozo de teja le pasó rozando la cabeza y se estrelló contra los platos que había en la mesa.

—¡Ya le enseñaré yo! —gritó el hombre de la barba negra, y asomó una pieza de acero por encima del hombro del policía, y disparó cinco veces seguidas en dirección al lugar de donde había venido la teja. Mientras disparaba, el hombre de la barba describió un círculo con el brazo, de manera que los disparos llegaron a diferentes partes del patio.

Se hizo silencio.

—Cinco balas. Cinco disparos —dijo el hombre de la barba—. Es lo mejor. Cuatro ases y el comodín. Que alguien me traiga una linterna para buscar el cuerpo.

17
El doctor Kemp
recibe una visita

El doctor Kemp había continuado escribiendo en su estudio hasta que los disparos le hicieron levantarse de la silla. Se oyeron los disparos encadenados.

—¡Vaya! —dijo el doctor Kemp, volviéndose a colocar la pluma en la boca y prestando atención—. ¿Quién habrá permitido pistolas en Burdock? ¿Qué estarán haciendo esos idiotas ahora?

Se dirigió a la ventana que daba al sur, la abrió y se asomó. Al hacerlo, vio la hilera de ventanas con luz, las lámparas de gas encendidas y las luces de las casas con sus tejados y patios negros, que componían la ciudad de noche.

—Parece que hay gente en la parte de abajo de la colina —dijo—, en la posada.

Y se quedó allí, mirando. Entonces sus ojos se dirigieron mucho más allá, para fijarse en las luces de los barcos y en el resplandor del embarcadero, un pequeño pabellón iluminado, como una gema amarilla. La luna, en cuarto creciente, parecía estar colgada encima de la colina situada en el oeste, y las estrellas, muy claras, tenían un brillo casi tropical.

Pasados cinco minutos, durante los cuales su mente había estado haciendo especulaciones acerca de las condiciones sociales futuras y había perdido la noción del tiempo, el doctor Kemp, con un suspiro, cerró la ventana y volvió a su escritorio.

Una hora más tarde, llamaron. Había estado escribiendo con torpeza y con intervalos de abstracción desde que sonaran los disparos. Se sentó. Oyó cómo la muchacha contestaba a la llamada y esperó sus pasos en la escalera, pero la muchacha no apareció.

—Me pregunto quién podría ser —dijo el doctor Kemp.

Intentó continuar trabajando, pero no pudo. Se levantó y bajó al descanso de la escalera, tocó el timbre del servicio y se asomó a la baranda para llamar a la muchacha, en el momento en que esta aparecía en el vestíbulo.

—¿Era una carta? —le preguntó.

—No. Alguien debió llamar y salió corriendo, señor —contestó ella.

"No sé qué me pasa esta noche, estoy intranquilo", dijo. Volvió al estudio y, esta vez, se concentró en lo que deseaba hacer.

Los únicos ruidos que se oían en toda la habitación eran el tic–tac del reloj y el movimiento de la pluma sobre el papel; la única luz era la de una lámpara, que daba directamente sobre su mesa de trabajo.

Eran las dos de la madrugada cuando el doctor Kemp terminó su trabajo. Se levantó, bostezó y bajó para irse a dormir. Se había quitado la chaqueta y el chaleco, y sintió que tenía sed. Agarró una vela y descendió al comedor para prepararse un whisky con soda.

La profesión del doctor Kemp lo había convertido en un hombre muy observador. Cuando pasó de nuevo por el vestíbulo, de vuelta a su habitación, se dio cuenta de que había una mancha oscura en el linóleo, al lado del felpudo ubicado a los pies de la escalera. Siguió por las escaleras y, de repente, se le ocurrió pensar qué sería aquella mancha. Aparentemente, algo en su inconsciente se lo estaba preguntando. Sin pensarlo dos veces, dio media vuelta y volvió al vestíbulo con el vaso en la mano. Dejó el whisky con soda en el suelo, se arrodilló y tocó la mancha. Sin sorprenderse, se percató de que tenía el tacto y el color de la sangre cuando se está secando.

El doctor Kemp tomó otra vez el vaso y subió a su habitación, mirando alrededor e intentando buscar una explicación a aquella mancha de sangre. Al llegar al descanso de la escalera, se detuvo muy sorprendido. Había visto algo. El picaporte de la puerta de su propia habitación estaba manchado de sangre.

Se miró la mano y estaba limpia. Entonces recordó que había abierto la puerta de su habitación cuando bajó del estudio y, por consiguiente, no había tocado el picaporte. Entró en la habitación con el rostro bastante sereno, quizá con un poco más de decisión de lo normal. Su mirada inquisitiva. Lo primero que vio fue la cama. La colcha estaba llena de sangre y habían revuelto las sábanas. No se había dado cuenta antes, porque se había dirigido directamente al tocador. La ropa de la cama estaba hundida, como si alguien, recientemente, hubiese estado sentado allí.

Después tuvo la extraña impresión de oír a alguien que le decía en voz baja: "¡Cielo santo! ¡Es Kemp!". Pero el doctor Kemp no creía en las voces.

El doctor Kemp se quedó allí, de pie, mirando las sábanas revueltas. ¿Aquello había sido una voz? Miró de nuevo a su alrededor, pero no vio nada raro, excepto la cama desordenada y manchada de sangre. Entonces, oyó claramente que algo se movía en la habitación, cerca del lavatorio. Sin embargo, todos los hombres, incluso los más educados, tienen algo de supersticiosos. Lo que generalmente se llama miedo se apoderó entonces del doctor Kemp. Cerró la puerta de la habitación, se dirigió al baño y dejó allí el vaso. De pronto, sobresaltado, vio, entre él y el mueble, un trozo de venda de hilo, enrollada y manchada de sangre, suspendida en el aire. Se quedó mirando, sorprendido. Era un vendaje vacío. Un vendaje bien hecho, pero vacío. Cuando iba a aventurarse a tocarlo, algo se lo impidió y una voz le dijo desde muy cerca:

–¡Kemp!

–¿Qué...? –dijo Kemp, con la boca abierta.

–No te pongas nervioso –dijo la voz–. Soy un hombre invisible.

Kemp no contestó, simplemente miraba el vendaje.

–Un hombre invisible –repitió la voz.

La historia que aquella mañana él había ridiculizado, volvía ahora a la mente de Kemp. En ese momento, no parecía estar ni muy asustado ni demasiado asombrado. Kemp se terminó de dar cuenta mucho más tarde.

–Creí que todo era mentira –. En lo único que pensaba era en lo que había dicho aquella mañana–. ¿Lleva usted puesta una venda? –dijo.

–Sí –dijo el hombre invisible.

–¡Oh! –dijo Kemp, dándose cuenta de la situación–. ¿Qué estoy diciendo? –continuó–. Esto es una tontería. Debe tratarse de algún truco.

Dio un paso atrás y, al extender la mano para tocar el vendaje, rozó con unos dedos invisibles. Retrocedió, al tocarlos, y su cara cambió de color.

–¡Tranquilízate, Kemp, por el amor de Dios! Necesito que me ayudes. Para, por favor.

Le sujetó el brazo con la mano y Kemp la golpeó.

–¡Kemp! –gritó la voz–. ¡Tranquilízate, Kemp! –repitió sujetándole con más fuerza.

A Kemp le entraron unas ganas frenéticas de liberarse de su opresor.

La mano del brazo vendado le agarró el brazo y sintió un fuerte empujón, que le tiró encima de la cama. Intentó gritar, pero le metieron una punta de la sábana en la boca. El hombre invisible le tenía inmovilizado con todas sus fuerzas, pero Kemp tenía los brazos libres e intentaba golpear con todas sus fuerzas.

–¿Me dejarás que te explique todo de una vez? –le dijo el hombre invisible, sin soltarle, a pesar del puñetazo que recibió en las costillas–. ¡Déjalo ya, por Dios, o acabarás haciéndome cometer una locura! ¿Todavía crees que es una mentira? –gritó el hombre invisible al oído de Kemp.

Kemp siguió debatiéndose un instante hasta que, finalmente, se quedó quieto.

–Si gritas, te romperé la cara –dijo el hombre invisible, destapándole la boca–. Soy un hombre invisible. No es ninguna locura ni tampoco es magia. Soy realmente un hombre invisible. Necesito que me ayudes. No me gustaría hacerte daño, pero si sigues comportándote así, no me quedará más remedio. ¿No me recuerdas, Kemp? Soy Griffin, del colegio universitario.

–Deja que me levante –le pidió Kemp–. No intentaré hacerte nada. Deja que me tranquilice.

Kemp se sentó y se llevó la mano al cuello.

–Soy Griffin, del colegio universitario. Me he vuelto invisible. Sólo soy un hombre como cualquiera, un hombre al que tú has conocido, que se ha vuelto invisible.

–¿Griffin? –preguntó Kemp.

–Sí, Griffin –contestó la voz–. Un estudiante más joven que tú, casi albino, de uno ochenta de estatura, bastante fuerte, con la cara rosácea y los ojos rojizos... Soy aquel que ganó la medalla en química.

–Estoy aturdido –dijo Kemp–. ¿Qué tiene que ver todo esto con Griffin?

–¿No lo entiendes? ¡Yo soy Griffin!

–¡Es horrible! –dijo Kemp, y añadió–: Pero, ¿qué hay que hacer para que un hombre se vuelva invisible?

—No hay que hacer nada, es un proceso lógico y fácil de comprender.

—¡Pero es horrible! —dijo Kemp—. ¿Cómo...?

—¡Ya sé que es horrible! Pero ahora estoy herido, tengo muchos dolores y estoy cansado. ¡Por el amor de Dios, Kemp! Tú eres un hombre bueno. Dame algo de comer y algo de beber y déjame que me siente aquí.

Kemp miraba cómo se movía el vendaje por la habitación y después vio cómo arrastraba una silla hasta la cama. La silla crujió y por lo menos una cuarta parte del asiento se hundió. Kemp se restregó los ojos y se llevó la mano al cuello.

—Esto acaba con los fantasmas —dijo, y se rio estúpidamente.

—Así está mejor. Gracias a Dios, te vas haciendo a la idea.

—O me estoy volviendo loco —dijo Kemp, frotándose los ojos con los nudillos.

—¿Puedo beber un poco de whisky? Me muero de sed.

—A mí no me da esa impresión. ¿Dónde estás? Si me levanto, podría chocar contigo. ¡Ya está! Muy bien. ¿Un poco de whisky? Aquí tienes. ¿Y, ahora, cómo te lo doy?

La silla crujió y Kemp sintió que le quitaban el vaso de la mano. Él soltó el vaso haciendo un esfuerzo, su instinto lo empujaba a no hacerlo. El vaso se quedó en el aire a unos centímetros de la silla. Kemp se quedó mirando con infinita perplejidad.

—Esto es... esto tiene que ser hipnotismo. Me has debido hacer creer que eres invisible.

—No digas tonterías —dijo la voz.

—Es una locura.

—Escúchame un momento.

—Yo —dijo Kemp— concluía esta mañana demostrando que la invisibilidad...

—¡No te preocupes de lo que demostraste!... Estoy muerto de hambre —dijo la voz—, y la noche es fría para un hombre que no lleva nada encima.

—¿Quieres algo de comer? —preguntó Kemp.

El vaso de whisky se inclinó.

—Sí —dijo el hombre invisible bebiendo un poco—. ¿Tienes una bata?

Kemp comentó algo en voz baja. Se dirigió al armario y sacó una bata de color rojo oscuro.

—¿Te sirve esto? —dijo, y se lo arrebataron.

La prenda permaneció un momento como colgada en el aire, luego se aireó misteriosamente, se abotonó y se sentó en la silla.

—Algo de ropa interior, calcetines y unas zapatillas me vendrían muy bien —dijo el hombre invisible—. Ah, y comida también.

—Lo que quieras, pero ¡es la situación más absurda que me ha ocurrido en mi vida!

Kemp abrió unos cajones para sacar las cosas que le habían pedido y después bajó a registrar la despensa. Volvió con carne fría y un poco de pan. Lo colocó en una mesa y lo puso ante su invitado.

—No te preocupes por los cubiertos —dijo el visitante, mientras una chuleta se quedó en el aire, y oía masticar.

—¡Invisible! —dijo Kemp, y se sentó en una silla.

—Siempre me gusta ponerme algo encima antes de comer —dijo el hombre invisible con la boca llena, comiendo con avidez—. ¡Es una manía!

—Imagino que lo de la muñeca no es nada serio —dijo Kemp.

—No —dijo el hombre invisible.

—Todo esto es tan raro y extraordinario...

—Cierto. Pero es más raro que entrara en tu casa para buscar una venda. Ha sido mi primer golpe de suerte. En cualquier caso, pienso quedarme a dormir esta noche. ¡Tendrás que soportarme! Es una molestia toda esa sangre por ahí, ¿no crees? Pero me he dado cuenta de que se hace visible cuando se coagula. Llevo en la casa tres horas.

—Pero, ¿cómo ha ocurrido? —dijo Kemp con tono desesperado—. ¡Estoy confundido! Todo este asunto no tiene sentido.

—Es bastante razonable —dijo el hombre invisible—. Perfectamente razonable.

El hombre invisible alcanzó la botella de whisky. Kemp miró cómo la bata se la bebía. Un vestigio de luz entraba por el hombro derecho, y formaba un triángulo lumínico con las costillas de su costado izquierdo.

—Y ¿qué eran esos disparos? —dijo—. ¿Cómo empezó todo?

—Empezó porque un hombre, completamente loco, una especie de cómplice mío, ¡maldita sea!, intentó robarme el dinero. Y es lo que ha hecho.

—¿Es también invisible?

—No.

—¿Y qué más?

—¿Podría comer algo más antes de contártelo todo? Estoy hambriento y me duele todo el cuerpo, ¡encima quieres que te cuente mi historia!

Kemp se levantó.

—¿Fuiste tú el que disparó? —dijo.

—No, no fui yo —dijo el visitante—. Un loco al que nunca había visto empezó a disparar al azar. Muchos tenían miedo, y todos me temían. ¡Malditos! ¿Podrías traerme algo más de comer, Kemp?

—Voy a bajar a ver si encuentro algo más de comer —dijo Kemp—. Pero me temo que no haya mucho.

Después de comer, muchísimo, el hombre invisible pidió un cigarro. Antes de que Kemp encontrara un cuchillo, el hombre invisible había mordido el extremo de manera salvaje, y lanzó una maldición al desprenderse, por el mordisco, la capa exterior.

Era extraño verlo fumar; la boca, la garganta, la faringe, los orificios de la nariz se hacían visibles con el humo.

—¡Fumar es un placer! —decía mientras aspiraba el humo—. ¡Qué suerte he tenido al estar en tu casa, Kemp! Tienes que ayudarme. ¡Qué coincidencia haber dado contigo! Estoy en un apuro. Creo que me he vuelto loco. ¡Si supieras en todo lo que he estado pensando! Pero todavía podemos hacer cosas juntos. Déjame que te cuente...

El hombre invisible se sirvió un poco más de whisky con soda. Kemp se levantó, observó alrededor y trajo un vaso para él de la habitación contigua.

—Es todo una locura, pero imagino que también puedo beber contigo.

—No has cambiado mucho en estos doce años, Kemp. ¡Nada! Sigues tan frío y metódico... Como te decía, ¡tenemos que trabajar juntos!

—Pero, ¿cómo ocurrió todo? —insistió Kemp—. ¿Cómo te volviste invisible?

—Por el amor de Dios, déjame fumar en paz. Después te lo contaré todo.

Pero no se lo contó aquella noche. La muñeca del hombre invisible iba de mal en peor. Le subió la fiebre, estaba exhausto. En ese momento volvió a recordar la persecución por la colina y la pelea en la posada. Hablaba de Marvel, luego se puso a fumar mucho más deprisa y en su voz se empezó a observar el enojo. Kemp intentó relacionar todo como pudo.

—Tenía miedo de mí, yo notaba que me temía —repetía una y otra vez el hombre invisible—. Quería librarse de mí, siempre le rondaba esa idea. ¡Qué tonto he sido! ¡Qué imbécil! Debí haberlo matado.

—¿De dónde sacaste el dinero? —interrumpió Kemp.

El hombre invisible guardó silencio antes de contestar.

—No te lo puedo contar esta noche —le dijo.

Se oyó un gemido. El hombre invisible se inclinó hacia adelante agarrándose con manos invisibles su cabeza invisible.

—Kemp —dijo—, hace casi tres días que no duermo, sólo ocasionalmente una hora, o menos. Necesito dormir.

–Está bien, quédate en mi habitación, en esta habitación.

–¿Pero cómo voy a dormir? Si me duermo, se escapará. Aunque, ¡qué más da!

–¿Es grave esa herida? –preguntó Kemp.

–No, no es nada, sólo un rasguño y sangre. ¡Oh, Dios! ¡Necesito dormir!

–¿Y por qué no lo haces?

El hombre invisible pareció quedarse mirando a Kemp.

–Porque no quiero dejarme atrapar por ningún hombre –dijo lentamente.

Kemp se sobresaltó.

–¡Pero qué tonto soy! –dijo el hombre invisible dando un golpe en la mesa–. Te acabo de dar la idea.

18
El hombre invisible duerme

Exhausto y herido como estaba, el hombre invisible rechazó la palabra que Kemp le daba, asegurándole que su libertad sería respetada en todo momento. Examinó las dos ventanas de la habitación, subió las persianas y las abrió para confirmar, como le había dicho Kemp, que podía escapar por ellas. Fuera, era una noche tranquila y la luna nueva se estaba orientando en la colina. Después examinó las llaves del dormitorio y las dos puertas del armario para convencerse de la seguridad de su libertad. Y se quedó satisfecho. Estuvo de pie, al lado de la chimenea, y Kemp oyó como un esbozo de bostezo.

—Siento mucho —empezó el hombre invisible— no poderte contar todo esta noche, pero estoy agotado. No cabe duda de lo grotesco del caso. ¡Es algo horrible! Pero, créeme, Kemp, es posible. Yo mismo he hecho el descubrimiento. En un principio quise guardar el secreto, pero me he dado cuenta de que no puedo. Necesito tener un socio. Y tú, podemos hacer tantas cosas juntos. Pero mañana. Ahora Kemp, creo que, si no duermo un poco, me moriré.

Kemp, de pie en el centro de la habitación, se quedó mirando a toda aquella ropa sin cabeza.

—Imagino que ahora tendré que dejarte —dijo—. Es increíble. Otras tres cosas más como esta, que cambien todo lo que yo creía, y me vuelvo completamente loco. Pero ¡esto es real! ¿Necesitas algo más de mí?

—Sólo que me des las buenas noches —le dijo Griffin.

—Buenas noches —dijo Kemp, mientras estrechaba una mano invisible.

Después, se dirigió directamente a la puerta y la bata salió corriendo detrás de él.

—Escúchame bien —le dijo la bata inasible—. No intentes poner ninguna traba y no intentes capturarme, o de lo contrario...

Kemp cambió de expresión.

—Creo que te he dado mi palabra —dijo.

Kemp cerró la puerta detrás de él con toda suavidad. Nada más hacerlo, cerraron con la llave. Después, mientras la expresión de asombro todavía podía leerse en el rostro de Kemp, se oyeron unos pasos rápidos, que se dirigieron al armario y también cerró. Kemp se dio una palmada en la frente: "¿Estaré soñando? ¿El mundo se ha vuelto loco o, por el contrario, yo me he vuelto loco?" Acto seguido se rio y puso una mano en la puerta cerrada: "¡Me han echado de mi dormitorio por algo completamente absurdo!", dijo.

Se acercó a la escalera y miró las puertas cerradas. "¡Es un hecho! ", dijo, tocándose con los dedos el cuello dolorido. "Un hecho innegable, pero...".

Sacudió la cabeza sin esperanza alguna, se dio la vuelta y bajó las escaleras. Kemp encendió la lámpara del comedor, sacó un cigarrillo y se puso a andar de un lado para otro por la habitación, haciendo gestos. De vez en cuando se ponía a discutir consigo mismo.

"¡Es invisible!

"¿Hay algo tan extraño como un animal invisible? En el mar, sí. ¡Hay miles, incluso millones! Todas las larvas, todos los seres microscópicos, las medusas. ¡En el mar hay muchas más cosas invisibles que visibles! Nunca se me había ocurrido. ¡Y también en las charcas! Todos esos pequeños seres que viven en ellas, todas las partículas transparentes, que no tienen color. ¿Pero en el aire? ¡Por supuesto que no!

"No puede ser.

"Pero... después de todo... ¿Por qué no puede ser?

"Si un hombre estuviera hecho de vidrio, también sería invisible".

Entonces reflexionó mucho más profundamente. Antes de que volviera a decir una palabra, la ceniza de tres cigarrillos se había extendido por toda la alfombra. Después, se levantó de su sitio, salió de la habitación y se dirigió a la sala de visitas, donde encendió una lámpara de gas. Era una habitación pequeña, porque el doctor Kemp no recibía visitas y allí era donde tenía todos los periódicos del día. El periódico de la mañana estaba tirado y descuidadamente abierto. Lo recogió, le dio la vuelta y empezó a leer el relato sobre el "Extraño suceso en Iping", que el marinero de Port Stowe le había contado a Marvel. Kemp lo leyó rápidamente.

–¡Embozado! –dijo Kemp–. ¡Disfrazado! ¡Ocultándose! Nadie debía darse cuenta de su desgracia. ¿A qué diablos está jugando?

Soltó el periódico y sus ojos siguieron buscando otro. –¡Ah! –dijo– y agarró el *St. James Gazette*, que estaba intacto, como cuando llegó–. Ahora nos acercaremos a la verdad –dijo Kemp.– Tenía el periódico abierto y a dos columnas. El título era: Un pueblo entero de Sussex se vuelve loco.

–¡Cielo santo! –dijo Kemp–, mientras leía el increíble artículo sobre los acontecimientos que habían tenido lugar en Iping la tarde anterior, que ya hemos descrito en su momento. El artículo del periódico de la mañana se reproducía íntegro en la página siguiente. Kemp volvió a leerlo.

Bajó corriendo la calle dando golpes. Jaffers quedó sin sentido. El señor Huxter, con un dolor impresionante, todavía no puede describir lo que vio. El vicario completamente humillado. Una mujer enferma por el miedo que pasó. Ventanas rotas. Pero esta historia debe ser una completa invención. Demasiado buena para no publicarla.

Soltó el periódico y se quedó mirando sin ver nada realmente.

—¡Tiene que ser una invención! Volvió a recoger el periódico y lo releyó todo.

—Pero, ¿en ningún momento citan al vagabundo? ¿Por qué demonios iba persiguiendo a un vagabundo?

Después de hacerse estas preguntas, se dejó caer en su sillón de cirujano.

—No sólo es invisible —se dijo—, ¡también está loco! ¡Es un homicida!

Cuando aparecieron los primeros rayos de luz que se mezclaron con la luz de la lámpara de gas y el humo del comedor, Kemp seguía dando vueltas por la habitación, intentando comprender lo que todavía le parecía increíble.

Estaba demasiado excitado para poder dormir. Por la mañana, los sirvientes, todavía presa del sueño, lo encontraron allí y atribuyeron su estado a la excesiva dedicación al estudio. Entonces, les dio instrucciones explícitas de que prepararan un desayuno para dos personas y lo llevaran al estudio. Luego les dijo que se quedaran en la planta baja y en el primer piso. Todas estas instrucciones les parecieron raras. Acto seguido, siguió paseándose por la habitación hasta que llegó el periódico de la mañana. En él se comentaba, pero se decían muy pocas cosas nuevas del asunto, aparte de la confirmación de los sucesos de la noche anterior, y un artículo, muy mal escrito, sobre un suceso extraordinario ocurrido en Port Burdock. Era el resumen que Kemp necesitaba acerca de lo ocurrido en el Jolly Cricketers; ahora ya aparecía el nombre de Marvel. "Me obligó a estar a su lado durante veinticuatro horas", testificaba Marvel. Se añadían también algunos hechos de menor importancia en la historia de Iping, destacando el corte de los hilos del telégrafo del pueblo. Pero no había nada que revelase la relación entre el hombre invisible y el vagabundo, ya que el señor Marvel no había dicho nada acerca de los tres libros ni el dinero que llevaba encima. La atmósfera de incredulidad se había disipado y los periodistas y curiosos se estaban ocupando del tema.

Kemp leyó todo el relato y envió después a la muchacha a buscar todos los periódicos de la mañana que encontrara.

–¡Es invisible! –dijo–. Y está pasando de tener rabia a convertirse en un maniático. ¡Y la cantidad de cosas que puede hacer y que ha hecho! Y está arriba, tan libre como el aire. ¿Qué podría hacer yo? Por ejemplo, ¿sería faltar a mi palabra si…? ¡No, no puedo!

Se dirigió a un desordenado escritorio que había en una esquina de la habitación y anotó algo. Rompió lo que había empezado a escribir y escribió una nota nueva. Cuando terminó la leyó y consideró que estaba bien. Después la metió en un sobre y lo dirigió al Coronel Adye, Port Burdock.

El hombre invisible se despertó, mientras Kemp escribía la nota. Se despertó de mal humor, y Kemp, que estaba alerta a cualquier ruido, oyó sus pisadas arriba y cómo estas iban de un lado para otro por toda la habitación. Después oyó cómo se caía al suelo una silla y, más tarde, el lavatorio. Kemp, entonces, subió corriendo las escaleras y llamó a la puerta.

19
Algunos principios
fundamentales

—¿Qué está pasando aquí? —dijo Kemp, cuando el hombre invisible le abrió la puerta.

—Nada.

—Pero, ¡maldita sea! ¿Y esos golpes?

—Un arrebato —dijo el hombre invisible—. Me olvidé de mi brazo y me duele mucho.

—¿Y estás siempre expuesto a que te ocurran esas cosas?

—Sí.

Kemp cruzó la habitación y recogió los cristales de un vaso roto.

—Se ha publicado todo lo que has hecho —dijo Kemp, de pie, con los cristales en la mano—. Todo lo que pasó en Iping y lo de la colina. El mundo ya conoce la existencia del hombre invisible. Pero nadie sabe que estás aquí —El hombre invisible empezó a maldecir—. Se ha publicado tu secreto. Imagino que un secreto es lo que había sido hasta ahora. No conozco tus planes, pero, desde luego, estoy ansioso por ayudarte.

El hombre invisible se sentó en la cama.

—Tomaremos el desayuno arriba —dijo Kemp con calma, y quedó encantado al ver cómo su extraño invitado se levantaba de la cama bien dispuesto. Kemp abrió camino por la estrecha escalera que conducía al mirador.

—Antes de que hagamos nada más —le dijo Kemp—, me tienes que explicar con detalle el hecho de tu invisibilidad.

Se había sentado, nervioso, cerca de la ventana, con la intención de mantener una larga conversación. Pero las dudas del avance de todo aquel asunto volvieron a desvanecerse, cuando se fijó en el sitio donde estaba Griffin: una bata sin manos y sin cabeza, que, con una servilleta que se sostenía milagrosamente en el aire, se limpiaba unos labios invisibles.

—Es bastante simple y creíble —dijo Griffin, y dejó a un lado la servilleta ladeando la cabeza invisible sobre una mano invisible también.

—Sin duda, sobre todo para ti, pero... —dijo Kemp, riéndose.

—Sí, claro; al principio, me pareció algo maravilloso. Pero ahora... ¡Dios mío! ¡¿Todavía podemos hacer grandes cosas?! Empecé cuando estuve en Chesilstowe.

—¿Cuando estuviste en Chesilstowe?

—Me fui allí después de dejar Londres. ¿Sabes que dejé medicina para dedicarme a la física, no? Bien, eso fue lo que hice. La luz. La luz me fascinaba.

—Comprendo.

—¡La densidad óptica! Es un tema plagado de enigmas. Un tema cuyas soluciones se te escapan de las manos. Pero, como tenía veintidós años y estaba lleno de entusiasmo, me dije: a esto dedicaré mi vida. Merece la pena. Ya sabes lo locos que somos a los veintidós años.

—Lo éramos entonces y lo somos ahora —dijo Kemp.

—¡Como si saber un poco más fuera una satisfacción para el hombre! Me puse a trabajar como un negro. No llevaba ni seis meses trabajando y pensando sobre el tema, cuando descubrí algo sobre una de las ramas de mi investigación. ¡Me quedé deslumbrado! Descubrí un principio fundamental sobre pigmentación y refracción, una fórmula, una expresión geométrica que incluía cuatro dimensiones. Los locos, los hombres vulgares, incluso algunos matemáticos vulgares, no saben nada de lo que algunas expresiones generales pueden llegar a significar para un estudiante de física molecular. En los libros, esos que el vagabundo ha escondido, hay escritas maravillas, milagros. Pero esto no era un método, sino una idea que conduciría a un método, a través del cual sería posible, sin cambiar ninguna propiedad de la materia, excepto, a veces, los colores, disminuir el índice de refracción de una sustancia, sólida o líquida, hasta que fuese igual al del aire, todo esto en lo que concierne a propósitos prácticos.

–¡Eso es muy raro! –dijo Kemp–. Todavía no lo tengo muy claro. Entiendo que de esa manera se puede perder una piedra preciosa, pero llegar a conseguir la invisibilidad de las personas...

–Precisamente –dijo Griffin–. Recapacita. La visibilidad depende de la acción que los cuerpos visibles ejercen sobre la luz. Déjame que te exponga los hechos como si no los conocieras. Así me comprenderás mejor. Sabes que un cuerpo absorbe la luz, o la refleja, o la refracta, o hace las dos cosas al mismo tiempo. Pero, si ese cuerpo ni la refleja, ni la refracta, ni absorbe la luz, no puede ser visible. Imagínate, por ejemplo, una caja roja y opaca; tú la ves roja, porque el color absorbe parte de la luz y refleja todo el resto, toda la parte de la luz que es de color rojo, y eso es lo que tú ves. Si no absorbe ninguna porción de luz, pero la refleja toda, verás entonces una caja blanca brillante. ¡Una caja de plata! Una caja de diamantes no absorbería mucha luz ni tampoco reflejaría demasiado en la superficie general, sólo en determinados puntos, donde la superficie fuera favorable, se reflejaría y refractaría, de manera que tú tendrías ante ti una caja llena de reflejos y transparencias brillantes, una especie de esqueleto de la luz. Una caja de cristal no sería tan brillante ni podría verse con tanta nitidez como una caja de diamantes, porque habría menos refracción y menos reflexión. ¿Lo entiendes? Desde algunos puntos determinados tú podrías ver a través de ella con toda claridad. Algunos cristales son más visibles que otros. Una caja de cristal de roca siempre es más brillante que una caja de cristal normal, del que se usa para las ventanas. Una caja de cristal común muy fino sería difícil de ver, si hay poca luz, porque absorbería muy poca luz y, por tanto, no habría apenas refracción o reflexión. Si metes una lámina de cristal común blanco en agua o, lo que es mejor, en un líquido más denso que el agua, desaparece casi por completo, porque no hay apenas refracción o reflexión en la luz que pasa del agua al cristal; a veces, incluso, es nula. Es casi tan imposible de ver como un explosión de gas de carbón o de hidrógeno en el aire. ¡Y, precisamente, por esa misma razón...!

–Claro –dijo Kemp–, eso lo saben todos.

–Existe otro hecho que también sabrás. Si se rompe una lámina de cristal y se convierte en polvo, se hace mucho más visible en el aire; se convierte en un polvo blanco opaco. Esto es así, porque, al ser polvo, se multiplican las superficies en las que tiene lugar la refracción y la reflexión. En la lámina de cristal hay solamente dos superficies; sin embargo, en el polvo, la luz se refracta o se refleja en la superficie de cada grano que atraviesa. Pero, si ese polvillo blanco se introduce en el agua, desaparece al instante. El polvo de cristal y el agua tienen, más o menos, el mismo índice de refracción, la luz sufre muy poca refracción o reflexión al pasar de uno a otro elemento. El cristal se hace invisible, si lo introduces en un líquido o en algo que tenga, más o menos, el mismo índice de refracción; algo que sea transparente se hace invisible, si se lo introduce en un medio que tenga un índice de refracción similar al suyo. Y, si te detienes a pensarlo un momento, verías que el polvo de cristal también se puede hacer invisible, si su índice de refracción pudiera hacerse igual al del aire; en ese caso, tampoco habría refracción o reflexión al pasar de un medio a otro.

—Sí, sí, claro —dijo Kemp—, pero ¡un hombre no está hecho de polvo de cristal!

—No —contestó Griffin—, ¡porque es todavía más transparente!

—¡Tonterías!

—¿Y eso lo dice un médico? ¡Qué rápido nos olvidamos de todo! ¿En tan sólo diez años has olvidado todo lo que aprendiste sobre física? Piensa en todas las cosas que son transparentes y que no lo parecen. El papel, por ejemplo, está hecho a base de fibras transparentes, y es blanco y opaco por la misma razón que lo es el polvo de cristal. Mételo en aceite, llena los intersticios que hay entre cada partícula con aceite, para que sólo haya refracción y reflexión en la superficie, y este se volverá igual de transparente que el cristal. Y no solamente el papel, también la fibra de algodón, la fibra de hilo, la de lana, la de madera y la de los huesos, Kemp, y la de la carne, Kemp, y la del cabello, Kemp, y las de las uñas y los nervios, Kemp, todo lo que constituye el hombre, excepto el color rojo de su sangre y el pigmento oscuro del cabello, está hecho de materia transparente e incolora. Es muy poco lo que permite que nos podamos ver los unos a los otros. En su mayor parte, las fibras de cualquier ser vivo no son más opacas que el agua.

—¡Dios mío! —gritó Kemp—. ¡Claro que sí, desde luego! ¡Y yo esta noche no podía pensar más que en larvas y en medusas!

—¡Estás empezando a comprender! Yo había estado pensando en todo esto un año antes de dejar Londres, hace seis años. Pero no se lo dije a nadie. Tuve que realizar mi trabajo en condiciones pésimas. Oliver, mi profesor de Universidad, era un científico sin escrúpulos, un periodista por instinto, un ladrón de ideas. ¡Siempre estaba fisgoneando! Ya conoces lo sombrío del mundo de los científicos. Simplemente decidí no publicarlo, para no dejar que compartiera mi honor. Seguí trabajando y cada vez estaba más cerca de conseguir que mi fórmula sobre aquel experimento fuese una realidad. No se lo dije a nadie, porque quería que mis investigaciones causasen un gran efecto, una vez que se conocieran, y, de esta forma, hacerme famoso de golpe. Me dediqué al problema de los pigmentos, porque quería llenar algunos vacíos. Y, de repente, por casualidad, hice un descubrimiento en fisiología.

—¿Y?

—El color rojo de la sangre se puede convertir en blanco, es decir, incoloro, ¡sin que esta pierda ninguna de sus funciones!

Kemp, asombrado, lanzó un grito de incredulidad. El hombre invisible se levantó y empezó a dar vueltas por el estudio.

—Haces bien asombrándote. Recuerdo aquella noche. Era muy tarde. Durante el día me molestaba aquel grupo de estudiantes imbéciles, y, a veces, me quedaba trabajando hasta el amanecer. La idea se me ocurrió de repente y con toda claridad. Estaba solo, en la paz del laboratorio, y con las luces que brillaban en silencio. ¡Se puede hacer que un animal, una materia, sea transparente! "¡Puede ser invisible!", me dije, dándome cuenta, rápidamente, de lo que significaba ser un albino y poseer esos conocimientos. La idea era muy tentadora. Dejé lo que estaba haciendo y me acerqué a la ventana para mirar las estrellas. "¡Puedo ser invisible!", me repetí a mí mismo. Hacer eso significaba ir más allá de la magia. Entonces me imaginé, sin ninguna duda, claramente, lo que la invisibilidad podría significar para el hombre: el misterio, el poder, la libertad. En aquel momento, no vi ninguna desventaja. ¡Tan sólo había que pensar! Y yo, que no era más que un pobre profesor que enseñaba a unos locos en un colegio de provincias, podría, de pronto, convertirme en… esto. Y ahora te pregunto, Kemp, si tú o cualquiera no se habría lanzado a desarrollar aquella investigación. Trabajé durante tres años y cada dificultad con la que tropezaba traía consigo, como mínimo, otra. ¡Y había tantísimos detalles! Y debo añadir cómo me exasperaba mi profesor, un profesor de provincias, que siempre estaba fisgoneando. "¿Cuándo va a publicar su trabajo?", era la pregunta continua. ¡Y los estudiantes, y los medios tan escasos! Durante tres años trabajé en esas circunstancias… Y después de tres años de trabajar en secreto y con desesperación, comprendí que era imposible terminar mis investigaciones. Inadmisible.

—¿Por qué? —dijo Kemp.

—Por el dinero —dijo el hombre invisible, mirando de nuevo por la ventana. De pronto, se volvió—. Robé a mi padre. Pero el dinero no era suyo y se pegó un tiro.

20
En la casa de Great Portland Street

Durante un momento, Kemp se quedó sentado en silencio, mirando a la figura sin cabeza, de espaldas a la ventana. Después, habiéndosele pasado algo por la mente, se levantó, agarró al hombre invisible por un brazo y lo apartó de la ventana.

—Estás cansado —le dijo—. Mientras yo sigo sentado, tú no paras de dar vueltas por la habitación. Siéntate en mi sitio.

Él se colocó entre Griffin y la ventana más cercana. Griffin se quedó un rato en silencio y, luego, de repente, siguió contando su historia:

—Cuando ocurrió esto, yo ya había dejado mi casa de Chesilstowe. Esto fue el pasado diciembre. Alquilé una habitación en Londres; una habitación muy grande y sin amueblar en una casa de huéspedes, en un barrio pobre cerca de Great Portland Street. Llené la habitación con los aparatos que compré con el dinero de mi padre; mi investigación se iba desarrollando con regularidad, con éxito, incluso acercándose a su fin. Yo me sentía como el hombre que acaba de salir del bosque en el que estaba perdido y que, de repente, se encuentra con que ha ocurrido una tragedia. Fui a enterrar a mi padre. Mi mente se centraba en mis investigaciones, y no hice nada para salvar su reputación. Recuerdo el funeral, un coche fúnebre barato, una ceremonia muy corta, aquella ladera azotada por el viento y la escarcha y a un viejo compañero suyo, que leyó las oraciones por su alma: un viejo encorvado, vestido de negro, que lloraba. Recuerdo mi vuelta a la casa vacía, atravesando lo que antes había sido un pueblo y estaba ahora lleno de construcciones a medio hacer, convertido en una horrible ciudad. Todas las calles desembocaban en campos profanados, con montones de escombros y con una tupida maleza húmeda. Me recuerdo a mí mismo como una figura negra y lúgubre, caminando por la acera brillante y resbaladiza; y aquella extraña sensación de desapego que aprecié por la poca respetabilidad y el mercantilismo sórdido de aquel lugar. No sentí pena por mi padre. Me pareció que había sido la víctima de su sentimentalismo alocado. La hipocresía social requería mi presencia en el funeral, pero, en realidad, no era asunto mío. Pero, mientras recorría High Street, toda mi vida anterior volvió a mí por un instante, al encontrarme con una chica a la que había conocido diez años antes. Nuestras miradas se cruzaron. Algo me obligó a volverme y hablarle. Era una persona bastante mediocre. Aquella visita a esos viejos lugares fue como un sueño. Entonces no me di cuenta de que estaba solo, de que me había alejado del mundo para sumergirme en la desolación. Advertí mi falta de compasión, pero lo achaqué a la estupidez de las cosas, en general. Al volver a mi habitación, volví también a la realidad. Allí estaban todas las cosas que conocía y a las que amaba. Allí estaban mis aparatos y mis experimentos preparados y esperándome. No me quedaba nada más que una dificultad: la planificación de los últimos detalles. Tarde o temprano acabaré explicándote todos aquellos complicados procesos, Kemp. No tenemos por qué tocar este tema ahora. La mayoría de estos, excepto algunas lagunas que ahora recuerdo, están escritos en clave en los libros que ha escondido el vagabundo. Tenemos que atraparlo. Tenemos que recuperar los libros. Pero la fase principal era la de colocar el objeto transparente, cuyo índice de refracción había que rebajar, entre dos centros que esparciesen una especie de radiación etérea, algo que te explicaré con mayor profundidad en otro momento. No, no eran vibraciones del tipo Rontgen. No creo que las vibraciones a las que me refiero se hayan descrito nunca, aunque son bastante claras. Necesitaba dos dínamos pequeños, que haría funcionar con un simple motor de gas. Hice mi primer experimento con un trozo de lana blanca. Fue una de las cosas más extrañas que he visto, el parpadeo de aquellos rayos suaves y blancos y después ver cómo se desvanecía su silueta como una columna de humo. Apenas podía creer que lo había conseguido. Sostuve con la mano aquel vacío y allí me encontré el trozo tan sólido como siempre. Quise hacerlo más difícil y lo tiré al suelo. Tuve problemas para volver a encontrarlo. Entonces asumí una curiosa experiencia. Oí maullar detrás de mí y, al volverme, vi una gata blanca, flaca y muy sucia, que estaba en el alféizar de la ventana. Se me ocurrió una idea. "Lo tengo todo preparado", me dije acercándome a la ventana. La abrí y llamé a la gata con mimos. Ella se acercó ronroneando. El pobre animal estaba hambriento, y le di un poco de leche. Después se dedicó a oler por toda la habitación, evidentemente con la idea de establecerse allí. El trozo de lana invisible pareció asustarle un poco. ¡Tenías que haberla visto con el lomo completamente enarcado! La coloqué encima de la almohada de la cama y le di mantequilla para que se lavara por dentro.

—¿Y la utilizaste en tu experimento?

—Claro. ¡Pero no creas que es una broma drogar a un gato! El proceso falló.

—¿Falló?

—Sí, falló por una doble causa. Una, por las garras, y, la otra, ese pigmento, ¿cómo se llama?, que está detrás del ojo de un gato. ¿Te acuerdas tú?

—El tapetum.

—Eso es, el tapetum. No pude conseguir que desapareciera. Después de suministrarle una pócima decolorante para la sangre y hacer otros preparativos, le di opio y la coloqué, junto con la almohada sobre la que dormía, en el aparato. Y, después de obtener que el resto del cuerpo desapareciera, no lo conseguí con los ojos.

—¡Qué extraño!

—No puedo explicármelo. La gata estaba, desde luego, vendada y atada; la tenía inmovilizada. Pero se despertó cuando todavía estaba atontada, y empezó a maullar lastimosamente. En ese momento alguien se acercó y llamó a la puerta. Era una vieja que vivía en el piso de abajo y que sospechaba que yo hacía vivisecciones; una vieja alcohólica, que lo único que poseía en este mundo era un gato. Agarré un poco de cloroformo y se lo di a oler a la gata; después, abrí la puerta. "¿Ha oído maullar a un gato?", me dijo. "¿Está aquí mi gata?". "No, señora, aquí no está", le respondí con toda amabilidad. Pero ella se quedó con la duda e intentó observar por la habitación. Le debió parecer un tanto insólito: las paredes desnudas, las ventanas sin cortinas, una cama con ruedas, con el motor de gas en marcha, los dos puntos resplandecientes y, por último, el intenso olor a cloroformo en el aire. Al final, se debió dar por satisfecha y se marchó.

—¿Cuánto tiempo duró el experimento? — preguntó Kemp.

—El del gato unas tres o cuatro horas. Los huesos, los tendones y la grasa fueron los últimos en desaparecer, y también la punta de los pelos de color. Y, como te dije, la parte trasera del ojo, aunque de materia irisada, no terminó de desaparecer del todo. Ya había anochecido fuera mucho antes de que terminara el proceso, y, al final, no se veían más que los ojos oscuros y las garras. Paré el motor de gas, toqué al gato, que estaba todavía inconsciente, y lo desaté. Después, notándome cansado, lo dejé durmiendo en la almohada invisible y me fui a la cama. No podía quedarme dormido. Estaba tumbado, despierto, pensando una y otra vez en el experimento, o soñaba que todas las cosas a mi alrededor iban desapareciendo, hasta que todo, incluso el suelo, desaparecía, sumergiéndome en una horrible pesadilla. A eso de las dos, el gato empezó a maullar por la habitación. Intenté hacerlo callar con palabras, y, después, decidí soltarlo. Recuerdo el sobresalto que experimenté, cuando, al encender la luz, sólo vi unos ojos verdes y redondos y nada a su alrededor. Le habría dado un poco de leche, pero ya no me quedaba más. No se estaba quieto, se sentó en el suelo y se puso a maullar al lado de la puerta. Intenté agarrarlo con la idea de sacarlo por la ventana, pero no se dejaba atrapar. Seguía maullando por la habitación. Luego abrí la ventana, haciéndole señales para que se fuera. Al final creo que lo hizo. Nunca más lo volví a ver. Después, Dios sabe cómo, me puse a pensar otra vez en el funeral de mi padre, en aquella ladera deprimente y azotada por el viento, hasta que amaneció. Por la mañana, como no podía dormir, cerré la puerta de mi habitación detrás de mí y salí a pasear por aquellas calles.

—¿Quieres decir que hay un gato invisible deambulando por ahí? —dijo Kemp.

—Si no lo han matado —contestó el hombre invisible.

—Claro, ¿por qué no? —dijo Kemp—. Perdona, no quería interrumpirte.

—Probablemente lo hayan matado —dijo el hombre invisible—. Sé que cuatro días más tarde aún estaba vivo, estaba en una verja de Great Tichtfield Street, porque vi a un numeroso grupo de gente, alrededor de aquel lugar, intentando adivinar de dónde provenían maullidos que estaban oyendo.

Se quedó en silencio durante un buen rato, y continuó con la historia.

—Recuerdo la última mañana antes de mi metamorfosis. Debí subir por Portland Street. Recuerdo los carteles de Albany Street, y los soldados que salían a caballo; me vi sentado al sol en lo alto de Primrose Hill, sintiéndome enfermo y extraño. Era un día soleado de enero, uno de esos días agradables y helados que precedieron a la nieve este año. Mi mente agotada intentó hacerse una idea de la situación y establecer un plan de acción. Me sorprendí al darme cuenta, ahora que tenía la meta al alcance de la mano, de lo poco convincente que parecía mi intento. La verdad es que estaba agotado. El intenso cansancio, después de cuatro años de trabajo seguido, me había incapacitado para tener cualquier sentimiento. Me sentía apático, e intenté, en vano, recobrar aquel entusiasmo de mis primeras investigaciones, la pasión por el descubrimiento, que me había permitido, incluso, superar la muerte de mi padre. Nada parecía tener importancia para mí. En cualquier caso, vi claramente que aquello era un estado de ánimo pasajero, por el trabajo excesivo y por la necesidad que tenía de dormir; advertía posible recuperar todas mis fuerzas, ya fuera con drogas o con cualquier otro medio. Lo único que distinguía claro en mi mente era que tenía que terminar aquello. Todavía me ronda la obsesión. Aquello tenía que acabarlo pronto, porque me estaba quedando sin dinero. Mientras estaba en la colina, miré a mi alrededor; había niños jugando y niñas que los miraban. Me puse a pensar, entonces, en las increíbles ventajas que podría tener un hombre invisible en este mundo. Después de un rato, volví a casa, comí algo y me tomé una dosis bastante fuerte de estricnina; me metí en la cama, que estaba sin hacer, vestido como estaba. La estricnina es un tónico perfecto, Kemp, para acabar con la debilidad del hombre.

–Pero es diabólica –dijo Kemp–. Es la fuerza bruta en una botella.

–Me desperté con un vigor enorme y bastante irritable, ¿sabes?

–Sí, ya conozco esa faceta y sus efectos.

–Y, nada más despertarme, alguien estaba llamando a la puerta. Era mi patrón, un viejo judío polaco que llevaba puesto un abrigo largo y gris y unas zapatillas llenas de grasa; venía con aire amenazador y haciéndome preguntas. Estaba convencido de que yo había estado torturando a un gato aquella noche (la vieja no había perdido el tiempo). Insistía en que quería saberlo todo. Las leyes del país contra la vivisección son muy severas, y podía hacerme una denuncia. Yo negué la existencia del gato. Después dijo que las vibraciones del motor de gas se sentían en todo el edificio. Esto, desde luego, era verdad. Se metió en la habitación y empezó a fisgonearlo todo, mirando por encima de sus gafas de plata alemana; en ese momento me invadió cierto temor de que pudiese averiguar algo sobre mi secreto. Intenté quedarme entre él y el aparato de concentración que yo mismo había preparado, y esto no hizo más que aumentar su curiosidad. ¿Qué estaba tramando? ¿Por qué estaba siempre solo y me mostraba esquivo? ¿Era legal lo que hacía? ¿Era peligroso? Yo pagaba la renta normal. La suya había sido siempre una casa muy respetable, en un barrio de bastante mala reputación, pensé yo. A mí, de pronto, se me acabó la paciencia. Le dije que saliera de la habitación. Él empezó a protestar, explicándome que tenía derecho a entrar. Al oírle, lo agarré por el cuello; sentí que algo se desgarraba y lo eché al pasillo. Di un portazo, cerré la puerta con llave y me senté. Estaba temblando. Una vez fuera, el viejo empezó a armar escándalo. Yo me despreocupé, y, luego de un rato, se había marchado. Este hecho me llevaba a tomar una rápida decisión. Yo no sabía qué iba a hacer aquel viejo, ni siquiera a qué tenía derecho. Cambiarme a otra habitación sólo habría significado retrasar mis experimentos; además, sólo disponía de veinte libras, en su mayoría en el banco, y no podía permitirme aquel lujo de la mudanza. ¡Tenía que desaparecer! No podía hacer otra cosa. Después de lo ocurrido vendrían las preguntas y entrarían a registrar mi habitación. Sólo pensando en la posibilidad de que mi investigación pudiera interrumpirse en su punto culminante, me entró una especie de furia y me puse en acción. Agarré mis tres libros de notas y mi libreta de cheques —el vagabundo lo tiene todo ahora— y me dirigí a la oficina de correos más cercana para que lo mandaran todo a una casa de correo en Great Portland Street. Intenté salir sin hacer ruido. Al volver, vi cómo el patrón subía lentamente las escaleras. Supongo que habría oído la puerta al cerrarse. Te habrías reído mucho, si le hubieras visto cómo se sentó en el descanso de la escalera, cuando se dio cuenta de que yo subía corriendo detrás de él. Me miró cuando pasé por su lado y yo di tal portazo que tembló toda la casa. Después oí cómo arrastraba los pies hasta el piso donde yo estaba, dudaba un momento y optaba por seguir bajando. A partir de entonces, me puse a hacer todos los preparativos. Lo hice todo aquella tarde y aquella noche. Cuando todavía me encontraba bajo la influencia, empalagosa e hipnótica, de las drogas que decoloraban la sangre, llamaron a la puerta con insistencia. Dejaron de llamar, y unos pasos se fueron para luego volver y empezar a llamar de nuevo. Intentaron, más tarde, meter algo por debajo de la puerta… un papel azul. En ese momento, rabioso, me levanté y abrí la puerta de par en par "¿Qué quiere ahora?", pregunté. Era mi patrón, que traía una orden de expulsión o algo por el estilo. Al darme el papel, creo que debió ver algo raro en mis manos y, levantando los ojos, se quedó mirándome. Permaneció boquiabierto y dio un grito. A continuación soltó la vela y el papel y salió corriendo a oscuras, por el oscuro pasillo, escaleras abajo. Cerré la puerta, y me acerqué al espejo. Entonces comprendí su miedo. Mi cara estaba blanca, blanca como el mármol. Fue todo horrible. Yo no esperaba aquel dolor tan fuerte. Fue una noche de atormentada angustia, de dolores y mareos. Apreté los dientes, a pesar de que mi piel estaba ardiendo. Todo el cuerpo me ardía. Y me quedé allí tumbado, como muerto. Ahora comprendo por qué el gato se puso a maullar de aquella manera hasta que le administré cloroformo. Por suerte, vivía solo y no tenía a nadie que me atendiera en la habitación. Hubo veces en que sollozaba y me quejaba. Otras, hablaba solo. Pero resistí. Perdí el conocimiento y me desperté, sin fuerzas, en la oscuridad. Los dolores habían cesado. Pensé que me estaba muriendo, pero no me importaba. Nunca olvidaré aquel amanecer, y el extraño horror que sentí, al ver que mis manos se habían vuelto de cristal, un cristal como manchado, y al advertir cómo cada vez eran más claras y delgadas, a medida que el día avanzaba, hasta que al final logré ver el desorden en que estaba mi cuarto. Lo veía a pesar de que cerraba mis párpados, ya transparentes. Mis miembros se tornaron de cristal, los huesos y las arterias desaparecieron, y los nervios, pequeños y blancos, también desaparecieron, aunque fueron los últimos en hacerlo. Apreté los dientes y seguí así hasta el final. Cuando todo terminó, sólo quedaban las puntas de las uñas, blanquecinas, y la mancha marrón de algún ácido en mis dedos. Traté de ponerme de pie. Al principio era incapaz de hacerlo, me sentía como un niño caminando con unas piernas que no podía ver. Estaba muy débil y tenía hambre. Me acerqué al espejo y me miré sin verme, sólo quedaba un poco de pigmento detrás de la retina de mis ojos, pero era mucho más tenue que la niebla. Puse las manos en la mesa y tuve que tocar el espejo con la frente. Con una fuerza de voluntad enorme, me arrastré hasta los aparatos y completé el proceso. Dormí durante el resto de la mañana, tapándome los ojos con las sábanas, para no ver la luz; al mediodía, me desperté, al oír que alguien llamaba a la puerta. Había recuperado todas mis fuerzas. Me senté en la cama y creí oír unos susurros. Me levanté y, haciendo el menor ruido posible, empecé a desmantelar el aparato y a dejar sus distintas partes por toda la habitación, para no dar lugar a sospechas. En ese momento, se volvieron a oír los golpes en la puerta y unas voces, primero la de mi patrón y, luego, otras dos. Para ganar tiempo, les contesté. Recogí el trozo de lana invisible y la almohada y abrí la ventana para tirarlos. Cuando estaba abriéndola, dieron un tremendo golpe en la puerta. Alguien se había lanzado contra ella con la idea de romper la cerradura, pero los cerrojos, que yo había colocado con anterioridad, impidieron que se viniera abajo. Aquello me puso furioso. Empecé a temblar y a actuar con la máxima rapidez. Recogí un poco de papel y algo de paja, y lo puse todo junto en medio de la habitación. Abrí el gas en el momento en que grandes golpes hacían retumbar la puerta. Yo no encontraba las velas y empecé a dar puñetazos a la pared, lleno de rabia. Volví a abrir las llaves del gas, salté por la ventana y me escondí en la cisterna del agua, a salvo e invisible y temblando de rabia, para ver qué iba a ocurrir. Rompieron un panel de la puerta y, acto seguido, corrieron los cerrojos y se quedaron allí de pie, con la puerta abierta. Era el patrón, acompañado de sus dos hijastros, dos hombres jóvenes y robustos, de unos veintitrés o veinticuatro años. Detrás de ellos se encontraba la vieja de abajo. Puedes imaginarte sus caras de asombro, al ver que la habitación estaba vacía. Uno de los jóvenes corrió hacia la ventana, la abrió y se asomó por ella. Sus ojos y su cara barbuda y de labios gruesos estaban cerca de mi cara. Estuve a punto de darle un golpe, pero me contuve a tiempo. Él estaba mirando a través de mí, y también lo hicieron los demás, cuando se acercaron adonde él estaba. El viejo se separó de ellos y miró debajo de la cama y, después, todos se abalanzaron sobre el armario. Estuvieron discutiendo un rato en hebreo y en dialecto londinense de los barrios bajos. Terminaron diciendo que yo no les había contestado, que se lo habían imaginado todo. Mi rabia se tornó, entonces, en regocijo, mientras estaba sentado en la ventana, mirando a aquellas cuatro personas, cuatro, porque la vieja había entrado en la habitación buscando a su gato, que intentaban comprender mi comportamiento. El viejo, por lo que pude comprender de aquella jerga suya, estaba de acuerdo con la anciana en que yo practicaba vivisecciones. Los hijastros, por el contrario, explicaban y decían, en un inglés desvirtuado, que yo era electricista, y basaban su postura en aquellos dinamos y radiadores. Estaban todos nerviosos, temiendo que yo regresara, aunque, como comprobé más tarde, habían corrido los cerrojos de la puerta de abajo. La vieja se dedicó a fisgonear dentro del armario y debajo de la cama, mientras uno de los jóvenes miraba chimenea arriba. Uno de los inquilinos, un vendedor ambulante que había alquilado la habitación de enfrente, junto con un carnicero, apareció; lo llamaron y empezaron a explicarle todo lo ocurrido con frases incoherentes. Entonces, al ver los radiadores, se me ocurrió que, si caían en manos de una persona con conocimiento del tema, podría llegar a delatarme; aproveché esa oportunidad para entrar en la habitación y lanzar el dinamo contra el aparato y, así, romperlos los dos a la vez. Cuando aquellas personas estaban tratando de explicarse este último hecho, me deslicé fuera de la habitación y bajé las escaleras con mucho cuidado. Me metí en una de las salas y esperé a que bajasen, comentando y discutiendo los acontecimientos, un poco decepcionados al no haber encontrado ninguna "cosa terrible". Estaban un poco perplejos, ya que no sabían en qué situación se encontraban respecto a mí. Después, volví a subir a mi habitación con una caja de fósforos, prendí fuego al montón de papeles y puse las sillas y la cama encima, dejando que el gas se encargara del resto con un tubo de caucho. Observé la habitación y me marché.

–¿Prendiste fuego la casa? –exclamó Kemp.

–Sí, sí, la incendié. Era la única manera de borrar mis huellas, y, además, estoy seguro de que estaba asegurada. Después, descorrí los cerrojos de la puerta de abajo y salí a la calle. Era invisible y me estaba empezando a dar cuenta de las extraordinarias ventajas que me ofrecía serlo. Empezaban a rondarme por la cabeza todas las cosas maravillosas que podía realizar con absoluta impunidad.

21
En Oxford Street

Cuando bajé las escaleras tuve grandes dificultades, porque no podía verme los pies; tropecé dos veces y notaba cierta
torpeza al agarrarme a la baranda. Sin embargo, pude caminar mejor evitando mirar hacia abajo. Estaba completamente
exaltado, como el hombre que ve y que camina sin hacer
ningún ruido, en una ciudad de ciegos. Me entraron ganas
de bromear, de asustar a la gente, de darle una palmada en la
espalda a alguien, de tirarle el sombrero, de aprovecharme de
mi extraordinaria ventaja. Apenas acababa de salir a Great
Portland Street (mi antigua casa estaba cerca de una tienda
de telas), cuando recibí un golpe muy fuerte en la espalda; al
volverme, vi a un hombre con una canasta con sifones, que
miraba con asombro su carga. Aunque el golpe me hizo daño,
no pude aguantar una carcajada, al ver la expresión de su
rostro. "Lleva el diablo en la cesta", le dije, y se la arrebaté de
las manos. Él la soltó sin oponer resistencia. Y yo alcé aquel
peso en el aire. Pero en la puerta de una taberna había un
cochero y el idiota quiso recoger la canasta y, para esto, me
dio una bofetada en la oreja. Dejé la carga en el suelo y le di

un puñetazo, entonces me di cuenta de lo que había generado cuando empecé a oír gritos y noté que me pisaban, y vi gente que salía de las tiendas y se dirigían hacia donde yo estaba, y vehículos que se paraban allí. Maldije mi locura, me apreté contra una ventana y me preparé para escapar de aquella confusión. En un momento, vi cómo me rodeaba la gente, que, inevitablemente, me descubriría. Di un empujón al hijo del carnicero que, por fortuna, no se volvió para ver el vacío con el que se habría encontrado, y me escondí detrás del carruaje del cochero. No sé cómo acabó aquel conflicto. Crucé la calle, aprovechando que, en ese momento, no pasaba nadie y, sin tener en cuenta la dirección, por miedo a que me descubrieran por el incidente, me metí entre la multitud que suele haber a esas horas en Oxford Street. Intenté entremezclarme, pero era demasiada gente. Me empezaron a pisar los talones. Entonces me bajé a la calzada, pero era demasiado dura y me hacían daño los pies; un cabriolé, que venía a poca velocidad, me clavó el varal en un hombro, recordándome la serie de contusiones que ya había sufrido; me aparté de su camino, evité chocar contra un cochecito de niño con un movimiento rápido y me encontré justo detrás del cabriolé. En ese momento me sentí salvado, ya que, como el carruaje iba lentamente, me puse detrás, temblando de miedo y asombrado de ver cómo habían dado vuelta las cosas. No sólo temblaba de miedo, sino que tiritaba de frío. Era un hermoso día de enero y yo andaba por ahí desnudo, pisando la capa de barro que cubría la calzada, que estaba completamente helada. Ahora me parece una locura, pero no se me había ocurrido que, invisible o no, estaba expuesto a las inclemencias del tiempo y a todas sus consecuencias. De pronto, se me ocurrió una brillante idea. Di la vuelta al coche y me metí dentro. De esta manera, tiritando, asustado y estornudando (esto último era un síntoma claro de resfriado), me llevaron por Oxford Street hasta pasar Tottenham Court Road. Mi estado de ánimo era bien distinto a aquel con el que había salido diez minutos antes, como puedes imaginarte. Y, además, ¡aquella invisibilidad! En lo único que pensaba era en cómo iba a salir del lío en el que me había metido. Circulábamos lentamente, hasta que llegamos cerca de la librería Mudie, en donde una mujer, que salía con cinco o seis libros con una etiqueta amarilla, hizo señas al carruaje para que se detuviera; yo salté justo a tiempo para no chocarme con ella, esquivando un vagón de tranvía, que pasó rozándome. Me dirigí hacia Bloomsbury Square con la intención de dejar atrás el Museo y, así, llegar a un distrito más tranquilo. Estaba completamente helado, y aquella extraña situación me había desquiciado tanto que empecé a correr llorando. De la esquina norte de la plaza, de las oficinas de la Sociedad de Farmacéuticos, salió un perro pequeño y blanco que, olisqueando el suelo, se dirigía hacia mí. Hasta entonces no me había dando cuenta, pero la nariz es para el perro lo que los ojos para el hombre. Igual que cualquier hombre puede ver a otro, los perros perciben su olor. El perro empezó a ladrar y a dar brincos, y me pareció que lo hacía sólo para hacerme ver que se había dado cuenta de mi presencia. Crucé Great Russell Street, mirando por encima del hombro, y ya había recorrido parte de Montague Street cuando me di cuenta de hacia dónde me dirigía. Oí música, y, al mirar para ver de dónde venía, vi a un grupo de gente de Russell Square. Todos llevaban jerseys rojos y, en vanguardia, la bandera del Ejército de Salvación. Aquella multitud venía cantando por la calle, y me pareció imposible pasar. Temía retroceder de nuevo y alejarme de mi camino, así que, guiado por un impulso espontáneo, subí los escalones blancos de una casa que estaba en frente de la valla del Museo, y me quedé allí esperando a que pasara la multitud. Felizmente para mí, el perro también se paró al oír la banda de música, dudó un momento y, finalmente, se volvió corriendo hacia

Bloomsbury Square. La banda seguía avanzando, cantando, con inconsciente ironía, un himno que decía algo así como "¿Cuándo podremos verle el rostro?", y me pareció que tardaron una eternidad en pasar. Pom, pom, pom, resonaban los tambores, haciendo vibrar todo a su paso, y, en ese momento, no me había dando cuenta de que dos muchachos se habían parado a mi lado. "Mira" dijo uno. "¿Que mire qué?", contestó el otro. "Mira, son las huellas de un pie descalzo, como las que se hacen en el barro". Miré hacia abajo y vi cómo dos muchachos que se habían parado observaban las marcas de barro que yo había dejado en los escalones recién limpiados. La gente que pasaba los empujaba y les daba codazos, pero su condenada imaginación hacía que siguieran allí parados. "¿Cuándo le veremos la cara?", mientras seguían cantando con el acompañamiento de la banda musical. "Apuesto lo que sea a que un hombre descalzo ha subido estos escalones", dijo uno, "y no ha vuelto a bajarlos. Además un pie está sangrando". La mayoría del Ejército de Salvación había pasado. "Mira, Ted", dijo el más joven, señalando a mis pies y con cierta sorpresa en la voz. Yo miré y vi cómo se perfilaba su silueta, débilmente, con las salpicaduras del barro. Por un instante, me quedé paralizado. "Qué raro", dijo el mayor. "¡Esto es muy extraño! Parece el fantasma o la sombra de un pie, ¿no te parece?". Estuvo dudando y se decidió a alargar el brazo para tocar aquello. Un hombre se acercó para ver lo que quería agarrar y luego lo hizo una niña. Si hubiera tardado un minuto más en saber qué hacer, habría conseguido tocarme, pero di un paso y el niño retrocedió, soltando una exclamación. Después, con un rápido movimiento, salté al pórtico de la casa vecina. El niño más pequeño, que era muy inteligente, se dio cuenta de mi movimiento, y, antes de que yo bajara los escalones y me encontrara en la acera, él ya se había recobrado de su asombro momentáneo y gritaba que los pies habían saltado el muro. Rápidamente dieron la vuelta y vieron mis huellas en el último escalón de la acera. "¿Qué pasa?", preguntó alguien. "Que hay unos pies, ¡mire! ¡Unos pies que corren solos!". Todas las personas que había en la calle, excepto mis tres perseguidores, iban detrás del Ejército de Salvación, y esto me impedía, tanto a mí como a ellos, correr en esa dirección. Durante un momento, sorprendidos, todos se preguntaban unos a otros. Después de derribar a un muchacho, logré cruzar la calle y, más tarde, corrí por Russell Square. Detrás de mí iban seis o siete personas siguiendo mis huellas, asombrados. No tenía tiempo para dar explicaciones, si no quería que aquel montón de gente me atrapase. Di la vuelta a dos esquinas, y crucé tres veces la calle, volviendo sobre mis propias huellas y, al mismo tiempo que mis pies se iban calentando y secando, las huellas, húmedas, iban desapareciendo. Al final, tuve un momento de respiro, que aproveché para quitarme el barro de los pies con las manos y, así, me salvé. Lo último que vi de aquella persecución fue un grupo de gente, quizá una docena de personas, que estudiaban con infinita perplejidad una huella, que se secaba rápidamente, y que yo había dejado en un charco de Tavistock Square. Una huella tan aislada e incomprensible para ellos como el descubrimiento solitario de Robinson Crusoe. La carrera me había servido para entrar en calor y caminaba mucho mejor por las calles menos frecuentadas que había por aquella zona. La espalda se me había endurecido y me dolía bastante, y también la garganta, desde que el cochero me diera el manotazo. El mismo cochero me había hecho un arañazo en el cuello; los pies me dolían mucho y, además, rengueaba, porque tenía un corte. Vi a un ciego y en ese momento me aparté. Tenía miedo de la sutileza de su intuición. En un par de ocasiones me choqué, dejando a la gente asombrada por las maldiciones que les decía. Después me cayó algo en la cara, y, mientras cruzaba la plaza, noté un velo muy fino de copos de nieve, que volaban lentamente.

Me había resfriado y, a pesar de todo, no podía evitar estornudar de vez en cuando. Y cada perro que veía con la nariz levantada, olfateando, significaba para mí un verdadero terror. Después vi a un grupo de hombres y niños que corrían gritando. Había un incendio. Corrían en dirección a mi antiguo hospedaje; al volverme para mirar calle abajo, vi una masa de humo negro por encima de los tejados y de los cables de teléfono. Estaba ardiendo mi casa. Toda mi ropa, mis aparatos y mis posesiones, excepto la libreta de cheques y los tres libros que me esperaban en Great Portland Street, estaban allí. ¡Se estaba quemando todo! Había quemado mis cosas y no podía volverme atrás. Todo aquel lugar estaba en llamas.

El hombre invisible dejó de hablar y se quedó pensativo. Kemp miró nerviosamente por la ventana.

–¿Y qué más? –dijo–. Continúa.

22
En el emporio

Así fue como el mes de enero pasado, cuando empezaba a caer la nieve, ¡y si me hubiera caído encima, me habría delatado!, agotado, helado, dolorido, tremendamente desgraciado, y todavía a medio convencer de mi propia invisibilidad, empecé esta nueva vida con la que me he comprometido. No tenía ningún sitio donde ir, ningún recurso, y nadie en el mundo en quien confiar. Revelar mi secreto significaba delatarme, convertirme en un espectáculo para la gente, una rareza humana. Sin embargo, estuve tentado de acercarme a cualquier persona que pasara por la calle y ponerme a su merced, pero veía claramente el terror y la crueldad que despertaría cualquier explicación por parte mía. No tracé ningún plan mientras estuve en la calle. Sólo quería resguardarme de la nieve, abrigarme y calentarme. Entonces podría pensar en algo, aunque, incluso para mí, hombre invisible, todas las casas de Londres, en fila, estaban bien cerradas, atrancadas y con los cerrojos corridos. Sólo veía una cosa clara: tendría que pasar la noche bajo la fría nieve; pero se me ocurrió una idea brillante. Di la vuelta por una de las calles que van desde Gower Street a Tottenham Court Road, y me encontré con que estaba delante de Omnium, un establecimiento donde se puede comprar de todo. Imagino que conoces ese lugar. Venden carne, ultramarinos, ropa de cama, muebles, trajes, cuadros al óleo, de todo. Es más una serie de tiendas que una tienda. Pensé encontrar las puertas abiertas, pero estaban cerradas. Mientras estaba delante de aquella puerta, grande, se paró un carruaje, y salió un hombre de uniforme, que llevaba la palabra "Omnium" en la gorra. El hombre abrió la puerta. Conseguí entrar y empecé a recorrer la tienda. Entré en una sección en la que vendían cintas, guantes, calcetines y cosas de ese estilo, y de allí pasé a otra sala mucho más grande, que estaba dedicada a cestos de picnic y muebles de mimbre. Sin embargo, no me sentía seguro. Había mucha gente que iba de un lado para otro. Estuve merodeando inquieto hasta que llegué a una sección muy grande, que estaba en el piso superior. Había montones y montones de camas y un poco más allá un sitio con todos los colchones enrollados, unos encima de otros. Ya habían encendido las luces. Decidí quedarme donde estaba, observando con precaución a dos o tres clientes y empleados, hasta que llegara el momento de cerrar. Después, pensé, podría robar algo de comida y ropas y, disfrazado, merodear para examinar todo lo que tenía a mi alcance; quizá, dormir en alguna cama. Me pareció un plan aceptable. Mi idea era la de procurarme algo de ropa para tener una apariencia admisible, aunque iba a tener que ir prácticamente oculto; conseguir dinero y después recobrar mis libros y mi paquete, alquilar una habitación en algún sitio y, una vez allí, pensar en algo que me permitiera disfrutar de las ventajas que, como hombre invisible, tenía sobre el resto de los hombres. Pronto llegó la hora de cerrar; no había pasado una hora desde que me subí a los colchones, cuando vi cómo bajaban las persianas de las vidrieras y cómo todos los clientes se dirigían hacia la puerta. Acto seguido, un animado grupo de jóvenes empezó a ordenar, con una diligencia increíble, todos los objetos. A medida que el sitio se iba quedando vacío, dejé mi escondite y empecé a merodear, con precaución, por las secciones menos solitarias de la tienda. Me quedé sorprendido, al ver la rapidez con la que aquellos hombres y mujeres guardaban todos los objetos que se habían expuesto durante el día. Las cajas, las telas, las cintas, las cajas de dulces de la sección de alimentación, las muestras, absolutamente todo se colocaba, se doblaba, se metía en cajas, y a lo que no se podía guardar, le echaban una sábana encima. Por último, colocaron todas las sillas arriba de los mostradores, despejando el suelo. Después de terminar, cada uno de aquellos jóvenes se dirigía a la salida con una expresión de alegría en el rostro, como nunca antes había visto en ningún empleado de ninguna tienda. Luego aparecieron varios muchachos echando serrín y provistos de cubos y de escobas. Tuve que hacerme a un lado para no interponerme en su camino, y, aun así, me echaron serrín en un tobillo. Mientras deambulaba por las distintas secciones, con las sábanas cubriéndolo todo y a oscuras, oía el ruido de las escobas. Y, finalmente, una hora después, o quizá un poco más de que cerraran, pude oír cómo cerraban. El lugar quedó en silencio. Yo me vi caminando entre la enorme complejidad de tiendas, galerías y escaparates. Estaba completamente solo. Todo estaba muy tranquilo. Recuerdo que, al pasar cerca de la entrada que daba a Tottenham Court Road, oí las pisadas de los peatones. Me dirigí primero al lugar donde se vendían calcetines y guantes. Estaba a oscuras; tardé un poco en encontrar fósforos, pero finalmente los encontré en el cajón de la caja registradora. Después tenía que conseguir una vela. Tuve que desenvolver varios paquetes y abrir numerosas cajas y cajones, pero al final pude encontrar lo que buscaba. En la etiqueta de una caja decía: calzoncillos y camisetas de lana; después tenía que conseguir unos calcetines, anchos y cómodos; luego me dirigí a la sección de ropa y me puse unos pantalones, una chaqueta, un abrigo y un sombrero bastante flexible, una especie de sombrero de clérigo, con el ala inclinada hacia abajo. Entonces, empecé a sentirme de nuevo como un ser humano; y enseguida pensé en la comida. Arriba había una cantina, donde pude comer un poco de carne fría. Todavía quedaba un poco de café en la cafetera, así que encendí el gas y lo volví a calentar. Con esto me quedé sentí bien. A continuación, mientras buscaba mantas (al final, tuve que conformarme con un montón de edredones), llegué a la sección de alimentación, donde encontré chocolate y fruta escarchada, más de lo que podía comer, y vino blanco de Borgoña. Al lado de esta, estaba la sección de juguetes, y se me ocurrió una idea genial. Encontré unas narices artificiales, sabes, de esas de mentira, y pensé también en unas gafas negras. Pero los grandes almacenes no tenían sección de óptica. Además tuve dificultades con la nariz; pensé, incluso, en pintármela. Al estar allí, pensé en pelucas, máscaras y cosas por el estilo. Por último, me dormí entre un montón de edredones, donde estaba muy cómodo y caliente. Los últimos pensamientos que tuve, antes de dormirme, fueron los más agradables que había tenido desde que sufrí la transformación. Estaba físicamente sereno, y eso se reflejaba en mi mente. Pensé que podría salir del establecimiento sin que nadie reparara en mí, con toda la ropa que llevaba, tapándome la cara con una bufanda blanca; pensaba en comprarme unas gafas, con el dinero que había robado, y así completar mi disfraz. Todas las cosas increíbles que me habían ocurrido durante los últimos días pasaron por mi mente en completo desorden. Vi al viejo judío, dando voces en la habitación, a sus dos hijastros asombrados, la cara angulosa de la vieja que preguntaba por su gata. Volví a experimentar la extraña sensación de ver cómo desaparecía el trozo de tela, y, volví a la ladera azotada por el viento, en donde aquel viejo cura mascullaba lloriqueando: "Lo que es de las cenizas, a las cenizas; lo que es de la tierra, a la tierra", y la tumba abierta de mi padre. "Tú también", dijo una voz y, de repente, noté cómo me empujaban hacia la tumba. Me debatí, grité, llamé a los acompañantes, pero continuaban escuchando el servicio religioso; lo mismo ocurría al viejo clérigo, que proseguía murmurando sus oraciones, sin vacilar un instante. Me di cuenta entonces de que era invisible y de que nadie me podía oír, que fuerzas sobrenaturales me tenían agarrado. Me debatía sin sentido, algo me llevaba hasta el borde de la fosa; el ataúd se hundió al caer y yo encima de él; luego empezaron a tirarme paladas de tierra. Nadie me prestaba atención, nadie se daba cuenta de lo que me ocurría. Empecé a debatirme con todas mis fuerzas y, finalmente, me desperté. Estaba amaneciendo y el lugar estaba inundado por una luz grisácea y helada, que se filtraba por los bordes de las persianas de los escaparates. Me senté y me pregunté qué hacía yo en aquel espacioso lugar lleno de mostradores, rollos de tela apilados, montones de edredones y almohadas, y columnas de hierro. Después, cuando pude acordarme de todo, oí unas voces que conversaban. Al final de la sala, envueltos en la luz de otra sección, en la que ya habían subido las persianas, vi a dos hombres que se aproximaban. Me puse de pie, mirando a mi alrededor, buscando un sitio por donde escapar. El ruido que hice delató mi presencia. Imagino que sólo vieron una figura que se alejaba rápidamente. "¿Quién anda ahí?", gritó uno, y el otro: "¡Alto!". Yo doblé una esquina y me choqué de frente, ¡imagínate, una figura sin rostro!, con un chico esquelético de unos quince años. El muchacho dio un grito, lo empujé, doblé otra esquina y, por una feliz inspiración, me tumbé detrás de un mostrador. Entonces vi cómo pasaban unos pies corriendo y oí voces que gritaban: "¡Vigilen las puertas!", y se preguntaban qué pasaba y daban una serie de consejos sobre cómo atraparme. Allí, en el suelo, estaba completamente aterrado. Y, por muy raro que parezca, no se me ocurrió quitarme la ropa de encima, cosa que debería haber hecho. Imagino que me había familiarizado con la idea de salir con ella puesta. Después, desde el otro extremo de los mostradores, oí cómo alguien gritaba: "¡Aquí está!". Me puse en pie de un salto, recogí una de las sillas del mostrador y se la tiré al loco que había gritado. Luego me volví y, al doblar una esquina, me choqué con otro, lo tiré al suelo y me lancé escaleras arriba. El dependiente recobró el equilibrio, dio un grito, y se puso a seguirme. En la escalera había amontonadas vasijas de colores brillantes. ¿Qué son? ¿Cómo se llaman?

—Jarrones —dijo Kemp. —Eso es, vasijas artísticas.

Bien, cuando estaba en el último escalón, me volví, agarré uno de esos jarrones y se lo rompí en la cabeza a aquel idiota cuando venía hacia mí. Todo el montón de jarrones se vino abajo y pude oír gritos y pasos que llegaban de todos lados. Me dirigí a la cafetería y un hombre vestido de blanco, que parecía un cocinero, y que estaba allí, se puso a perseguirme. En un último y desesperado intento, corrí y me encontré rodeado de lámparas y de objetos de ferretería. Me escondí detrás del mostrador y esperé al cocinero. Cuando pasó delante, le di un golpe con una lámpara. Se cayó, me agaché detrás del mostrador y empecé a quitarme la ropa tan rápido como pude. El abrigo, la chaqueta, los pantalones y los zapatos me los quité sin ningún problema, pero tuve algunos inconvenientes con la camiseta, ya que las de lana se pegan al cuerpo como una segunda piel. Oí cómo llegaban otros hombres; el cocinero estaba inmóvil en el suelo al otro lado del mostrador, se había quedado sin habla, no sé si porque estaba aturdido o porque tenía miedo, y yo tenía que intentar escapar. Luego oí una voz que gritaba: "¡Por aquí, policía!" Yo me encontraba de nuevo en la zona dedicada a las camas, y vi que al fondo había un gran número de armarios. Me metí entre ellos, me tiré al suelo y logré, por fin, después de infinitos esfuerzos, liberarme de la camiseta. Me sentí un hombre libre otra vez, aunque jadeando y asustado, cuando el policía y tres de los dependientes aparecieron, doblando una esquina. Se acercaron corriendo al lugar en donde había dejado la camiseta y los calzoncillos, y recogieron los pantalones. "Se está deshaciendo de lo robado", dijo uno. "Debe estar en algún sitio, por aquí". Pero, en cualquier caso, no lograron encontrarme. Me los quedé mirando un rato mientras me buscaban, y maldije mi mala suerte por haber perdido mi ropa. Después subí a la cafetería, tomé un poco de leche que encontré y me senté junto al fuego a reconsiderar mi situación. Al poco tiempo, llegaron dos empleados y empezaron a charlar, excitados, sobre el asunto, demostrando su imbecilidad. Pude escuchar el recuento, exagerado, de los estragos que había causado y algunas teorías sobre mi posible escondite. En aquel momento dejé de escuchar y me dediqué a pensar. La primera dificultad, y más ahora que se había dado la voz de alarma, era la de salir, fuese como fuese, de aquel lugar. Bajé al sótano para ver si tenía suerte y podía preparar un paquete y franquearlo, pero no entendía muy bien el sistema de comprobación. Cerca de las once, viendo que la nieve se estaba derritiendo, y que el día era un poco más cálido que el anterior, decidí que ya no tenía nada que hacer en los grandes almacenes y me marché, desesperado por no haber conseguido lo que quería y sin ningún plan de acción definitivo.

23
En Drury Lane

–Te habrás empezado a dar cuenta –dijo el hombre invisible– de las múltiples desventajas de mi situación. No tenía dónde ir, ni tampoco ropa y, además, vestirme era perder mis ventajas y hacer de mí un ser extraño y terrible. Estaba en ayunas, pero, si comía algo, me llenaba de materia sin digerir, y era hacerme visible de la forma más grotesca.

–No se me había ocurrido --dijo Kemp.

–Ni a mí tampoco. Y la nieve me había avisado de otros peligros. No podía salir cuando nevaba, porque me delataba, si me caía encima. La lluvia también me convertía en una silueta acuosa, en una superficie reluciente, una burbuja. Y, en la niebla, sería una burbuja borrosa, un contorno, un destello, como grasiento, de humanidad. Además, al salir, por la atmósfera de Londres, se me ensuciaron los tobillos y la piel se me llenó de motitas de hollín y de polvo. No sabía cuánto tiempo tardaría en hacerme visible por esto, pero era evidente que no demasiado. Y menos en Londres, desde luego. Me dirigí a los suburbios cercanos a Great Portland Street y llegué al final de la calle en la que había vivido. Pero no seguí en esa dirección porque aún había gente frente a las ruinas, humeantes, de la casa que yo había incendiado. Mi primera preocupación era conseguir algo de ropa y todavía no sabía qué iba a hacer con mi cara. Entonces, en una de esas tiendas en las que venden de todo, periódicos, dulces, juguetes, papel de cartas, sobres, tonterías para Navidad y otras cosas por el estilo, vi una colección de máscaras y narices. Así que vi mi problema solucionado y supe qué camino debía tomar. Di la vuelta, evitando las calles más concurridas, me encaminé hacia las calles que pasan por detrás del norte del Strand, porque, aunque no sabía exactamente dónde, recordaba que algunos proveedores de teatro tenían sus tiendas en aquella zona. Hacía frío y un viento cortante soplaba por las calles de la parte norte. Caminaba deprisa para evitar que me adelantaran. Cada cruce era un peligro y tenía que estar atento a los peatones. En una ocasión, cuando iba a sobrepasar a un hombre, al final de Bedford Street, este se volvió y chocó conmigo, sacándome de la acera. Me caí al suelo y casi me atropella un cabriolé. El cochero dijo que, probablemente, aquel hombre había sufrido un ataque repentino. El encontronazo me puso tan nervioso que me dirigí al mercado de Covent Garden y me senté un rato al lado de un puesto de violetas, en un rincón tranquilo. Estaba jadeando y temblaba. Había agarrado otro resfriado y, después de un rato, tuve que salir fuera para no atraer la atención con mis estornudos. Finalmente, encontré lo que buscaba: una tienda pequeña y sucia, en una calleja apartada, cerca de Drury Lane. La tienda tenía un escaparate lleno de trajes de lentejuelas, bisutería, pelucas, zapatillas, dominós y fotografías de teatro. Era una tienda oscura y antigua. La casa que se elevaba encima tenía cuatro pisos, también oscuros y tenebrosos. Miré por el escaparate y, al ver que no había nadie, entré. Al abrir la puerta, sonó una campanilla. La dejé abierta, pasé al lado de un perchero vacío y me escondí en un rincón, detrás de un espejo. Estuve allí un rato sin que apareciera nadie, pero después oí pasos que atravesaban una habitación y un hombre entró en la tienda. Yo sabía perfectamente lo que quería. Me proponía entrar en la casa, esconderme arriba y, aprovechando la primera oportunidad, cuando todo estuviera en silencio, recoger una peluca, una máscara, unas gafas y un traje y salir a la calle. Tendría un aspecto grotesco, pero por lo menos parecería una persona. Y, por supuesto, de forma accidental, podría robar todo el dinero disponible en la casa. El hombre que entró en la tienda era más bien bajo, algo encorvado, cejudo; tenía los brazos muy largos, las piernas muy cortas y arqueadas. Por lo que pude observar, había interrumpido su almuerzo. Empezó a mirar por la tienda, esperando encontrar a alguien, pero se sorprendió al verla vacía, y su sorpresa se transformó en ira. "¡Malditos chicos!", comentó. Salió de la tienda y miró arriba y abajo de la calle. Volvió a entrar, cerró la puerta de una patada y se dirigió, murmurando, hacia su vivienda. Yo salí de mi escondite para seguirlo; al oír el ruido, se detuvo. Yo también lo hice, asombrado por la agudeza de su oído. Pero, después, me cerró la puerta en las narices. Me quedé allí parado dudando qué hacer, pero oí sus pisadas que volvían rápidamente. Se abrió otra vez la puerta. Se quedó mirando dentro de la tienda, como si no se hubiese quedado conforme. Después, sin dejar de murmurar, miró detrás del mostrador y en algunas estanterías. Se quedó parado, como dudando. Como había dejado la puerta de su vivienda abierta, yo aproveché para deslizarme en la habitación contigua. Era una habitación pequeña y algo extraña. Estaba pobremente amueblada, y en un rincón había muchas máscaras de gran tamaño. En la mesa, estaba preparado el desayuno. Y no te puedes imaginar la desesperación, Kemp, de estar oliendo aquel café y tenerme que quedarme de pie, mirando cómo el hombre volvía y se ponía a desayunar. Su comportamiento en la mesa, además, me irritaba. En la habitación había tres puertas; una daba al piso de arriba y otra al piso de abajo, pero las tres estaban cerradas. Además, apenas me podía mover, porque el hombre seguía estando alerta. Donde yo estaba, había una corriente de aire que me daba directamente en la espalda, y, en dos ocasiones, pude aguantarme el estornudo a tiempo. Las sensaciones que estaba experimentando eran curiosas y nuevas para mí, pero, a pesar de esto, antes de que el hombre terminara de desayunar, yo estaba agotado y furioso. Por fin, terminó su desayuno. Colocó los miserables cacharros en la bandeja negra de metal, sobre la que había una tetera y, después de recoger todas las migajas de aquel mantel manchado de mostaza, se lo llevó todo. Su intención era cerrar la puerta tras él, pero no pudo, porque llevaba las dos manos ocupadas; nunca he visto a un hombre con tanta manía de cerrar las puertas. Lo seguí hasta una cocina muy sucia, que hacía las veces de *office* y que estaba en el sótano. Tuve el placer de ver cómo se ponía a lavar los platos y, después, viendo que no merecía la pena quedarse allí y dado que el suelo de ladrillo estaba demasiado frío para mis pies, volví arriba y me senté en una silla, junto al fuego. El fuego estaba muy bajo y, casi sin pensarlo, arrojé un poco más de carbón. Al oír el ruido, se presentó en la habitación y se quedó mirando. Empezó a fisgonear y casi llega a tocarme. Incluso después de este último examen, no parecía del todo satisfecho. Se paró en el umbral de la puerta y observó todo por última vez antes de bajar. Esperé en aquel cuarto una eternidad, hasta que, finalmente, subió y abrió la puerta que conducía al piso de arriba. Esta vez me las arreglé para seguirlo. Sin embargo, en la escalera se volvió a parar de repente, de forma que casi me abalanzo encima de él. Se quedó de pie, mirando hacia atrás, justo a la altura de mi cara, escuchando. "Hubiera jurado...", dijo. Se tocó el labio inferior con aquella mano, larga y peluda y, con su mirada, recorrió las escaleras de arriba abajo.

Luego rezongó y siguió subiendo. Cuando tenía la mano en el picaporte de la puerta, se volvió a parar con la misma expresión de ira en su rostro. Se estaba dando cuenta de los ruidos que yo hacía, al moverme, detrás de él. Aquel hombre debía tener un oído endiabladamente agudo. De pronto, y llevado por la ira, gritó: "¡Si hay alguien en esta casa...!", y dejó ese juramento sin terminar. Se puso la mano en el bolsillo y, no encontrando lo que buscaba, pasó a mi lado corriendo y se lanzó escaleras abajo, haciendo ruido y con aire de querer pelear. Pero esta vez no lo seguí, sino que esperé sentado en la escalera a que volviera. Al momento estaba arriba de nuevo y seguía murmurando. Abrió la puerta de la habitación y, antes de que yo pudiera entrar, me dio con ella en las narices. Decidí, entonces, recorrer con la vista la casa, y a eso le dediqué un buen rato, cuidándome de hacer el menor ruido posible. La casa era muy vieja y tenía un aspecto ruinoso; había tanta humedad, que el papel del desván se caía de a tiras, y estaba infestada de ratas. Algunos de los picaportes de las puertas chirriaban y me daba un poco de miedo girarlos. Varias habitaciones estaban completamente vacías y otras estaban llenas de tablones de teatro, comprados de segunda mano, a juzgar por su apariencia. En la habitación contigua a la suya encontré mucha ropa vieja. Empecé a revolver entre aquella ropa, olvidándome de la agudeza de oído de aquel hombre. Oí pasos cautelosos y miré justo en el momento de verle cómo hurgaba entre aquel montón de ropa y sacaba una vieja pistola. Me quedé quieto, mientras él miraba a su alrededor, boquiabierto y desconfiado. "Tiene que haber sido ella", dijo. "¡Maldita sea!". Cerró la puerta con cuidado e, inmediatamente, oí cómo cerraba con llave. Sus pisadas se alejaron y me di cuenta de que me había dejado encerrado. Durante un minuto me quedé sin saber qué hacer. Me dirigí a la ventana y luego volví a la puerta. Me quedé allí de pie, perplejo. Me empezó a colmar la ira. Pero decidí seguir revolviendo la ropa antes de hacer nada más; al primer intento, tiré uno de los montones que había en uno de los estantes superiores. El ruido hizo que volviera de nuevo, con un aspecto mucho más siniestro que nunca. Esta vez llegó a tocarme y dio un salto hacia atrás, sorprendido, y se quedó asombrado en medio de la habitación. En ese momento se calmó un poco. "¡Ratas!", dijo en voz baja, tapándose los labios con sus dedos. Evidentemente, tenía un poco de miedo. Me dirigí silenciosamente hacia la puerta, fuera de la habitación, pero, mientras lo hacía, una madera del suelo crujió. Entonces aquel espectro infernal empezó a recorrer la casa, pistola en mano, cerrando puerta tras puerta y metiéndose las llaves en el bolsillo. Cuando me di cuenta de lo que intentaba hacer, sufrí un ataque de ira, que casi me impidió controlarme en el intento de aprovechar cualquier oportunidad. A esas alturas yo sabía que se encontraba solo en la casa y, no pudiendo esperar más, le di un golpe en la cabeza.

–¿Le diste un golpe en la cabeza? – dijo Kemp.

–Sí, mientras bajaba las escaleras. Le golpeé por la espalda con un taburete que había en el descanso. Cayó rodando como un saco de patatas.

–¡Pero! Las normas de comportamiento de cualquier ser humano…

–Están muy bien para la gente normal. Pero la verdad era, Kemp, que yo tenía que salir de allí disfrazado y sin que aquel hombre me viera. No podía pensar en otra forma distinta de hacerlo. Le amordacé con un chaleco Luis XIV y le envolví en una sábana.

–¿Que le envolviste en una sábana?

–Sí, hice una especie de hatillo. Era una idea excelente para asustar a aquel idiota y maniatarlo. Además, era difícil que se escapara. Lo había atado con una cuerda. Querido Kemp, no deberías quedarte ahí sentado, mirándome como si fuera un asesino. Tenía que hacerlo. Aquel hombre tenía una pistola. Si me hubiera visto tan sólo una vez, habría podido describirme.

–Pero –dijo Kemp– en Inglaterra... actualmente. Y el hombre estaba en su casa, y tú estabas ro... bando.

–¡Robando! ¡Maldita sea! ¡Y ahora me llamas ladrón! De verdad, Kemp, pensaba que no estabas tan loco como para ser tan anticuado. ¿No te das cuenta de la situación en la que estaba?

–¿Y la suya? –dijo Kemp.

El hombre invisible se puso de pie bruscamente.

–¿Qué estás intentando decirme?

Kemp se puso serio. Iba a empezar a hablar, pero se detuvo.

–Bueno, supongo que, después de todo, tenías que hacerlo –dijo, cambiando rápidamente de actitud–. Estabas en un aprieto. Pero de todos modos...

–Claro que estaba en un aprieto, en un tremendo aprieto. Además, aquel hombre me puso furioso, persiguiéndome por toda la casa, jugueteando con la pistola, abriendo y cerrando puertas. Era desesperante. ¿No me irás a echar la culpa, verdad? ¿No me reprocharás nada?

–Nunca culpo a nadie –dijo Kemp–. Eso es anticuado. ¿Qué hiciste después?

–Tenía mucha hambre. Abajo encontré pan y un poco de queso rancio, lo que bastó para saciar mi apetito. Tomé un poco de coñac con agua y, después, pasando por encima del improvisado paquete, que yacía inmóvil, volví a la habitación donde estaba la ropa. La habitación daba a la calle. En la ventana había unas cortinas de encaje de color marrón muy sucias. Me acerqué a la ventana y miré la calle tras las cortinas. Fuera, el día era muy claro, en contraste con la penumbra de la ruinosa casa en la que me encontraba. Había bastante tráfico: carros de fruta, un cabriolé, un coche cargado con un montón de cajas, el carro de un pescadero. Cuando me volví hacia lo que tenía detrás, tan sombrío, había miles de motitas de colores que me bailaban en los ojos. Mi estado de excitación me llevaba de nuevo a comprender, claramente, mi situación. En la habitación, había cierto olor a benzol, e imagino que lo usaría para limpiar la ropa. Empecé a rebuscar sistemáticamente por toda la habitación. Supuse que aquel jorobado vivía solo en aquella casa desde hacía algún tiempo. Era una persona curiosa. Todo lo que resultaba, a mi parecer, de utilidad, lo iba amontonando y, después, me dediqué a hacer una selección. Encontré una cartera que me pareció que se podía utilizar, un poco de maquillaje, colorete y vendaje. Había pensado pintarme y maquillarme la cara y todas las partes del cuerpo que quedaran a la vista, para hacerme visible, pero encontré la desventaja de que necesitaba aguarrás, otros accesorios y mucho tiempo, si quería volver a desaparecer de nuevo. Al final, elegí una nariz de las que me parecían las mejores, algo grotesca, pero no mucho más que la de algunos hombres, unas gafas oscuras, unos bigotes grisáceos y una peluca; no pude encontrar ropa interior, pero podría comprármela después; de momento, me envolví en un traje de percal y en algunas bufandas de cachemir blanco. Tampoco encontré calcetines, pero las botas del jorobado me venían bastante bien, y eso me resultaba suficiente. En un escritorio de la tienda encontré tres soberanos y unos treinta chelines de plata; en un armario de una habitación interior, encontré ocho monedas de oro. Equipado como estaba, podía salir, de nuevo, al mundo. En este momento me entró una duda curiosa: ¿mi aspecto era realmente... normal? Me miré en un espejo; lo hice con minuciosidad, mirando cada parte de mi cuerpo, para ver si había quedado alguna sin cubrir, pero todo parecía estar bien. Quedaba un poco grotesco, como si hiciera teatro; parecía representar la figura del avaro, pero, desde luego, nada se salía de lo posible. Tomando confianza, llevé el espejo a la tienda, bajé las persianas y, con la ayuda del espejo de cuerpo entero que había en un rincón, me volví a mirar desde distintos puntos de vista. Cuando pasaron unos minutos, por fin me armé de valor, abrí la puerta y salí a la calle, dejando a aquel hombre que escapara de la sábana. Cinco minutos después estaba ya a diez o doce manzanas de la tienda. Nadie parecía fijarse en mí. Me pareció que mi última dificultad se había resuelto. El hombre invisible dejó de hablar otra vez.

–¿Y ya no te has vuelto a preocupar por el jorobado? –preguntó Kemp.

–No –dijo el hombre invisible–. Ni tampoco sé qué ha sido de él. Imagino que acabaría desatándose o saldría de algún otro modo, porque los nudos estaban muy apretados. Se calló de nuevo y se acercó a la ventana.

–¿Qué ocurrió cuando saliste al Strand?

–Oh, una nueva desilusión. Pensé que mis problemas se habían terminado. Pensé también que, prácticamente, podía hacer cualquier cosa impunemente, excepto revelar mi secreto. Es lo que pensaba. No me importaban las cosas que pudieran hacer ni sus consecuencias. Lo único que debía hacer era quitarme la ropa y desaparecer. Nadie podía encontrarme. Podía agarrar dinero donde lo viera. Decidí darme un banquete. Después, alojarme en un buen hotel y comprarme cosas nuevas. Me sentía asombrosamente confiado, no es agradable reconocer que era un idiota. Entré en un sitio y pedí el menú, sin darme cuenta de que no podía comer sin mostrar mi cara invisible. Acabé pidiendo el menú y le dije al camarero que volvería en diez minutos. Me marché de allí furioso. No sé si tú has sufrido una decepción de ese tipo, cuando tienes hambre.

–No, nunca de ese tipo –dijo Kemp–, pero puedo imaginármelo.

–Tendría que haberme enredado a golpes con aquellos tontos. Al final, con la idea fija de comer algo, me fui a otro sitio y pedí un reservado. "Tengo la cara muy desfigurada", le dije. Me miraron con curiosidad, pero, como no era asunto suyo, me sirvieron el menú como yo quería. No era demasiado bueno, pero era suficiente; cuando terminé, me fumé un cigarrillo y empecé a hacer planes. Afuera, empezaba a nevar. Cuanto más lo pensaba, Kemp, más me daba cuenta de lo absurdo que era un hombre invisible en un clima tan frío y sucio y en una ciudad con tanta gente. Antes de realizar aquel loco experimento, había imaginado mil ventajas; sin embargo, aquella tarde, todo era decepción. Empecé a repasar las cosas que el hombre considera deseables. Sin duda, la invisibilidad me iba a permitir conseguirlas, pero, una vez en mi poder, sería imposible disfrutarlas. La ambición... ¿de qué vale estar orgulloso de un lugar cuando no se puede aparecer? ¿De qué vale el amor de una mujer, cuando esta tiene que llamarse necesariamente Dalila? No me gusta la política, ni la sinvergonzonería de la fama, ni el deporte, ni la filantropía. ¿A qué me iba a dedicar? ¡Y para eso me había convertido en un misterio embozado, en la caricatura vendada de un hombre!

Hizo una pausa y, por su postura, pareció estar mirando por la ventana.

–¿Pero cómo llegaste a Iping? –dijo Kemp, ansioso de que su invitado continuara su relato.

–Fui a trabajar. Todavía me quedaba una esperanza. ¡Era una idea que aún no estaba del todo definida! Todavía la tengo en mente y, actualmente, está muy clara. ¡Es el camino inverso! El camino de restituir todo lo que he hecho, cuando quiera, cuando haya realizado todo lo que deseé siendo invisible. Y de esto quiero hablar contigo.

–¿Fuiste directamente a Iping?

–Sí. Simplemente tenía que recuperar mis tres libros y mi talón de cheques, mi equipaje y algo de ropa interior. Además, tenía que encargar una serie de productos químicos para poder llevar adelante mi idea, te enseñaré todos mis cálculos en cuanto recupere mis libros. Ahora recuerdo la nevada y el trabajo que me costó que la nieve no me estropeara la nariz de cartón.

–Y luego –dijo Kemp–; anteayer, cuando te descubrieron, tú a juzgar por los periódicos...

–Sí, todo eso es cierto. ¿Maté a aquel policía?

–No –dijo Kemp–. Se espera una recuperación en poco tiempo.

–Entonces, tuvo suerte. Perdí el control. ¡Esos tontos! ¿Por qué no me dejaban solo? ¿Y el bruto del tendero?

–Se espera que no haya ningún muerto –dijo Kemp.

–Del que no sé nada es del vagabundo –dijo el hombre invisible, con una sonrisa desagradable–. ¡Por el amor de Dios, Kemp, tú no sabes lo que es la rabia! ¡Haber trabajado durante años, haberlo planeado todo, para que después un idiota se interponga en tu camino! Todas y cada una de esas criaturas estúpidas que hay en el mundo se han tropezado conmigo. Si esto continúa así, me volveré loco y empezaré a cortar cabezas. Ellos han hecho que todo me resulte mil veces más difícil.

–No hay duda de que son suficientes motivos para que uno se ponga furioso –dijo Kemp, secamente.

24
El plan que fracasó

—¿Y qué vamos a hacer nosotros ahora? —dijo Kemp, mirando por la ventana.

Se acercó a su huésped mientras le hablaba, para evitar que este pudiera ver a los tres hombres que subían la colina, con una intolerable lentitud, según le pareció.

—¿Qué estabas planeando cuando te dirigías a Port Burdock? ¿Tenías alguna idea?

—Me disponía a salir del país, pero he cambiado de idea, después de hablar contigo. Pensé que sería razonable, ahora que el tiempo es cálido y la invisibilidad posible, ir hacia el sur. Ahora, mi secreto ya se conoce y todo el mundo anda buscando a una persona enmascarada. Desde aquí, hay una línea de barcos que va a Francia. Mi idea era embarcar y correr el riesgo del viaje. Desde allí, me embarcaría un tren para España, o bien para Argelia. Eso no sería difícil. Allí podría ser invisible y podría vivir. Podría, incluso, hacer cosas. Estaba utilizando a aquel vagabundo para que me llevara el dinero y el equipaje, hasta que decidiera cómo enviar mis libros y mis cosas y hacerlos llegar hasta mí.

—Eso queda claro.

—¡Pero entonces el animal decide robarme! Ha escondido mis libros, Kemp, ¡los ha escondido! ¡Si le pongo las manos encima!

—Lo mejor sería, en primer lugar, recuperar los libros.

—¿Pero dónde está? ¿Lo sabes tú?

—Está encerrado en la comisaría de policía por voluntad propia. En la celda más segura.

—¡Canalla! —dijo el hombre invisible.

—Eso retrasará tus planes.

—Tenemos que recuperar los libros. Son vitales.

—Desde luego —dijo Kemp un poco nervioso, preguntándose si lo que oía fuera eran pasos—. Tenemos que recuperarlos. Pero eso no será muy difícil, si él no sabe lo que significan para ti.

—No —dijo el hombre invisible—, pensativo.

Kemp estaba intentando pensar en algo que mantuviera la conversación, pero el hombre invisible siguió hablando.

—El haber dado con tu casa, Kemp —dijo—, cambia todos mis planes. Tú eres un hombre capaz de entender ciertas cosas. A pesar de lo ocurrido, a pesar de toda esa publicidad, de la pérdida de mis libros, de todo lo que he sufrido, todavía tenemos grandes posibilidades, enormes posibilidades... ¿No le habrás dicho a nadie que estoy aquí? —preguntó.

Kemp dudó un momento.

—Claro que no —dijo.

—¿A nadie? —insistió Griffin.

—A nadie.

—Bien.

El hombre invisible se puso de pie y, con los brazos en jarras, comenzó a dar vueltas por la habitación.

—Cometí un error, Kemp, un grave error al intentar llevar este asunto yo solo. He malgastado mis fuerzas, tiempo y oportunidades. Yo solo, ¡es increíble lo poco que puede hacer un hombre solo!, robar un poco, hacer un poco de daño, y se acaba todo. Kemp, necesito a alguien que me ayude y un lugar donde esconderme, un sitio donde poder dormir, comer y estar tranquilo sin que nadie sospeche de mí. Tengo que tener un cómplice. Con un cómplice, comida y alojamiento se pueden hacer mil cosas. Hasta ahora, he seguido unos planes demasiado indefinidos. Tenemos que considerar lo que significa ser libre y, también, lo que no significa. Tiene una ventaja mínima para espiar y para cosas de ese tipo, pues no se hace ruido. Quizá sea de más ayuda para entrar en las casas, pero, si alguien me descubre, me pueden meter en la cárcel. Por otro lado, es muy difícil agarrarme. De hecho, la invisibilidad es útil en dos casos: para escapar y para acercarse a los sitios. Por eso resulta muy útil para cometer asesinatos. Puedo acercarme a cualquiera, independientemente del arma que lleve, y elegir el sitio, pegar como quiera, esquivarlo como quiera, y escapar como quiera.

Kemp se llevó la mano al bigote. ¿Se había movido alguien abajo?

—Y lo que tenemos que hacer, Kemp, es matar.

—Lo que tenemos que hacer es matar —repitió Kemp—. Estoy escuchando lo que dices, Griffin, pero no estoy de acuerdo contigo. ¿Por qué matar?

—No quiero decir matar sin control, sino asesinar de forma sensata. Ellos saben que hay un hombre invisible, lo mismo que nosotros sabemos que existe un hombre invisible. Y ese hombre invisible, Kemp, tiene que establecer ahora su Reinado del Terror. Sí, no cabe duda de que la idea es sobrecogedora, pero es lo que quiero decir: el Reinado del Terror. Tiene que tomar una ciudad como Burdock, por ejemplo, aterrorizar a sus habitantes y dominarla. Tiene que publicar órdenes. Puede realizar esta tarea de mil formas; podría valer, por ejemplo, tirar unos cuantos papeles por debajo de las puertas. Y hay que matar a todo el que desobedezca sus órdenes, y también a todo el que lo defienda.

–¡Bah! –dijo Kemp, que ya no escuchaba a Griffin, sino el sonido de la puerta principal de la casa, que se abría y se cerraba–. Me parece, Griffin –comentó para disimular–, que tu cómplice se encontraría en una situación difícil.

–Nadie sabría que era cómplice –dijo el hombre invisible con ansiedad, y luego:

–¡Sssh! ¿Qué ocurre abajo?

–Nada –dijo Kemp, quien, de repente, empezó a hablar más deprisa y subiendo el tono de voz–. No estoy de acuerdo, Griffin –dijo–. Entiéndeme. No estoy de acuerdo. ¿Por qué sueñas jugar en contra de la humanidad? ¿Cómo puedes esperar alcanzar la felicidad? No te conviertas en un lobo solitario. Haz que todo el país sea tu cómplice, publicando tus resultados. Imagina lo que podrías hacer, si te ayudasen un millón de personas.

El hombre invisible interrumpió a Kemp.

–Oigo pasos que se acercan por la escalera –le dijo en voz baja.

–Tonterías –dijo Kemp.

–Déjame comprobarlo –dijo el hombre invisible, y se acercó a la puerta con el brazo extendido.

Kemp lo dudó un momento e intentó impedir que lo hiciera. El hombre invisible, sorprendido, se quedó parado.

–¡Eres un traidor! –gritó la voz, abriéndose de repente la bata.

El hombre invisible se sentó y empezó a quitarse la ropa. Kemp dio tres pasos rápidos hacia la puerta, y el hombre invisible, cuyas piernas habían desaparecido, se puso de pie dando un grito. Kemp abrió la puerta.

Cuando lo hizo, se oyeron pasos que corrían por el piso de abajo y voces. Con un rápido movimiento, Kemp empujó al hombre invisible hacia atrás, dio un salto fuera de la habitación y cerró la puerta. La llave estaba preparada. Segundos después, Griffin habría podido quedar atrapado, solo, en el estudio, pero algo falló: Kemp había metido la llave apresuradamente en la cerradura, y, al dar un portazo, esta había caído en la alfombra.

Kemp quedó pálido. Intentó sujetar el picaporte de la puerta con las dos manos, y estuvo así, agarrándolo, durante unos segundos, pero la puerta cedió y se abrió unos centímetros. Luego, volvió a cerrarse. La segunda vez, se abrió un poco más y la bata se metió por la abertura. A Kemp lo agarraron por el cuello unos dedos invisibles, y soltó el picaporte de la puerta para defenderse; lo empujaron, tropezó y cayó en un rincón del descanso. Luego, le arrojaron la bata vacía encima.

El coronel Adye, al que Kemp había mandado la carta, estaba subiendo la escalera. El coronel era el Jefe de policía de Burdock. Este se quedó mirando espantado la repentina aparición de Kemp, seguida de los movimientos de aquella bata vacía en el aire. Vio cómo Kemp se caía y se volvía a poner de pie. Lo vio embestir contra algo (siempre hacia adelante) y caer de nuevo, como si fuera un buey.

Fue entonces cuando le dieron, de repente, un golpe muy fuerte. Le pareció que un enorme peso se le echó encima y rodó por las escaleras, con una mano apretándole la garganta y una rodilla presionándole en la ingle. Un pie invisible le pisoteó la espalda y unos pasos ligeros y fantasmales bajaron las escaleras. Oyó cómo, en el vestíbulo, los dos oficiales de policía daban un grito y salían corriendo; después, la puerta de la calle dio un gran portazo.

Se dio la vuelta y se quedó sentado, mirando. Vio a Kemp que se tambaleaba, bajando las escaleras, lleno de polvo y despeinado. Tenía un golpe en la cara, le sangraba el labio y llevaba en las manos una bata roja y algo de ropa interior.

–¡Dios mío! –dijo Kemp–. ¡Se ha escapado!

25
A la caza del hombre invisible

Durante un momento, Kemp fue incapaz de hacer comprender a Adye todo lo que había ocurrido. Los dos hombres se quedaron en el descanso, mientras Kemp hablaba deprisa, todavía con las absurdas ropas de Griffin en la mano. El coronel Adye empezaba a entender el asunto.

—¡Está loco! —dijo Kemp—. No es un ser humano. Es puro egoísmo. Tan sólo piensa en su propio interés, en su salvación. ¡Esta mañana he podido escuchar la historia de su egoísmo! Ha herido a varios hombres y empezará a matar, a no ser que podamos evitarlo. Se extenderá el pánico. Nada ni nadie puede pararlo y ahora se ha escapado ¡completamente furioso!

—Tenemos que capturarlo —dijo Adye—, de eso estoy seguro.

—¿Pero cómo? —gritó Kemp y, de pronto, se le ocurrieron varias ideas—. Hay que empezar ahora mismo. Tiene que emplear a todos los hombres que tenga disponibles. Hay que evitar que salga de esta zona. Una vez que lo consiga, irá por todo el país a su antojo, matando y haciendo daño. ¡Sueña con establecer un Reinado del Terror! Oiga lo que le digo:

un Reinado del Terror. Tiene que vigilar los trenes, las carreteras, los barcos. Pida ayuda al ejército. Telegrafíe para pedir ayuda. Lo único que lo puede retener aquí es la idea de recuperar unos libros que le son de gran valor. ¡Ya se lo explicaré luego! Usted tiene encerrado en la comisaría a un hombre que se llama Marvel...

—Sí, sí, ya lo sé —dijo Adye—. Y también lo de esos libros.

—Hay que evitar que coma o duerma; todo el pueblo debe ponerse en movimiento contra él, día y noche. Hay que guardar toda la comida bajo llave, para obligarle a ponerse en evidencia, si quiere conseguirla. Habrá que cerrarle todas las puertas de las casas. ¡Y que el cielo nos envíe noches frías y lluvia! Todo el pueblo tiene que intentar atraparlo. De verdad, Adye, es un peligro, una catástrofe; si no lo capturamos, me da miedo pensar en las cosas que pueden ocurrir.

—¿Y qué más podemos hacer? —dijo Adye—. Tengo que bajar ahora mismo y empezar a organizarlo todo. Pero, ¿por qué no viene conmigo? Sí, venga usted también. Venga y prepararemos una especie de consejo de guerra. Pidamos ayuda a Hopps y a los gestores del ferrocarril. ¡Venga, es muy urgente! Cuénteme más cosas, mientras vamos para allá. ¿Qué más hay que podamos hacer? Y deje eso en el suelo.

Minutos después, Adye se abría camino escaleras abajo. Encontraron la puerta de la calle abierta y, afuera, a los dos policías, de pie, mirando al vacío.

—Se ha escapado, señor —dijo uno.

—Tenemos que ir a la comisaría central. Que uno de ustedes baje, busque un coche y suba a recogernos. Rápido. Y ahora, Kemp, ¿qué más podemos hacer? —dijo Adye.

—Perros —dijo Kemp—. Hay que conseguir perros. No pueden verlo, pero sí olerlo. Consiga perros.

—De acuerdo —dijo Adye—. Casi nadie lo sabe, pero los oficiales de la prisión de Halstead conocen a un hombre que tiene perros policía. Los perros ya están, ¿qué más?

–Hay que tener en cuenta –dijo Kemp– que lo que come es visible. Después de comer, se ve la comida hasta que la asimila; por eso tiene que esconderse siempre que come. Habrá que registrar cada arbusto, cada rincón, por tranquilo que parezca. Y habrá que guardar todas las armas o lo que pueda utilizarse como un arma. No puede llevar esas cosas durante mucho tiempo. Hay que esconder todo lo que él pueda agarrar para golpear a la gente.

–De acuerdo –dijo Adye–. ¡Lo atraparemos!

–Y en las carreteras… –dijo Kemp, y se quedó dudando un momento.

–¿Sí? –dijo Adye.

–Hay que arrojar cristal en polvo –dijo Kemp–. Ya sé que es muy cruel. Pero piense en lo que puede llegar a hacer.

Adye suspiró varias veces.

–No estoy seguro. Pero tendré preparado cristal en polvo, por si llega demasiado lejos.

–Le prometo que ya no es un ser humano –dijo Kemp–. Estoy seguro de que implantará el Reinado del Terror, una vez que se haya recuperado de las emociones de la huida, como lo estoy de estar hablando con usted ahora. Nuestra única posibilidad de éxito es adelantarnos. Él mismo se ha apartado de la humanidad. Su sangre caerá sobre su cabeza.

26
El asesinato de Wicksteed

El hombre invisible pareció salir de casa de Kemp ciego de ira. Agarró y arrojó a un niño que jugaba cerca de la casa, y lo hizo de manera tan violenta, que le rompió un tobillo. Después, el hombre invisible desapareció durante algunas horas. Nadie sabe dónde fue, ni qué hizo. Pero podemos imaginárnoslo corriendo colina arriba bajo el sol de aquella mañana de junio, hacia los campos que había detrás de Port Burdock, rabioso y desesperado por su mala suerte, refugiándose finalmente, sudoroso y agotado, entre la vegetación de Hintondean, preparando de nuevo algún plan de destrucción hacia los de su misma especie. Parece que se escondió, porque reapareció, de una forma terriblemente trágica, hacia las dos de la tarde.

Uno se pregunta cuál debió de ser el estado de ánimo durante ese tiempo y qué planes tramó. Sin duda, estaría furioso por la traición de Kemp, y aunque podemos entender los motivos que le condujeron al engaño, también podemos imaginar e, incluso, justificar, en cierta medida, la furia que la sorpresa le ocasionó. Quizá recordara la perplejidad que le produjeron sus experiencias de Oxford Street: había contado con la cooperación de Kemp para llevar adelante su sueño brutal de aterrorizar al mundo. En cualquier caso se perdió de vista alrededor del mediodía, y nadie puede decir lo que hizo hasta las dos y media, más o menos. Quizá, esto fuese afortunado para la humanidad, pero, esa inactividad, fue fatal para él.

En aquel momento, ya se había lanzado en su búsqueda un grupo de personas, cada vez mayor, que se repartieron por la comarca. Por la mañana no era más que una leyenda, un cuento de miedo; por la tarde, y debido, sobre todo, a la escueta exposición de los hechos por parte de Kemp, se había convertido en un enemigo tangible al que había que herir, capturar o vencer, y con ese objetivo toda la comarca empezó a organizarse por su cuenta con una rapidez nunca vista. Hasta las dos de la tarde podía haberse marchado de la zona en un tren, pero, después de esa hora, ya no era posible. Todos los trenes de pasajeros de las líneas entre Southampton, Brighton, Manchester y Horsham viajaban con las puertas cerradas y el transporte de mercancías había sido prácticamente suspendido. En un círculo de veinte kilómetros alrededor de Port Burdock, hombres armados con escopetas se estaban organizando en grupos de tres o cuatro. Con perros, recorrían las carreteras y los campos.

Policías de a caballo iban por toda la comarca, deteniéndose en todas las casas para avisar a la gente que cerrara sus puertas y se quedaran dentro, a menos que estuvieran armados; todos los colegios cerraron a las tres, y los niños, asustados y manteniéndose en grupos, corrían a sus casas. La nota de Kemp, que también Adye había firmado, se colocó por toda la comarca entre las cuatro y las cinco de la tarde. En ella se podían leer, breve y claramente, las condiciones en las que se estaba llevando adelante la lucha, la necesidad de mantener al hombre invisible alejado de la comida y del sueño, la necesidad de observar continuamente con toda atención cualquier movimiento. Tan rápida y decidida fue la acción de las autoridades y tan rápida y general la creencia en aquel extraño ser que, antes de la caída de la noche, un área de varios cientos de kilómetros cuadrados estaba en estricto estado de alerta. Y también, antes del anochecer, una sensación de horror recorría toda aquella comarca, que seguía nerviosa. La historia del asesinato del señor Wicksteed se susurraba de boca en boca, rápidamente y con detalle, a lo largo y a lo ancho de la comarca.

Si hacíamos bien en suponer que el refugio del hombre invisible eran los matorrales de Hintondean, tenemos que suponer también que, a primera hora de la tarde, salió de nuevo para realizar algún proyecto que llevara consigo el uso de un arma. No sabemos de qué se trataba, pero la evidencia de que llevaba una barra de hierro en la mano, antes de encontrarse con el señor Wicksteed, es aplastante, al menos para mí.

No sabemos nada sobre los detalles de aquel encuentro. Ocurrió a unos doscientos metros de la casa de Lord Burdock. La evidencia muestra una lucha desesperada: el suelo pisoteado, las numerosas heridas que sufrió el señor Wicksteed, su bastón hecho pedazos; pero es imposible imaginar por qué le atacó, a no ser que pensemos en un deseo homicida. Además, la teoría de la locura es inevitable. El señor Wicksteed era un hombre de unos cuarenta y cinco o cuarenta y seis años; era el mayordomo de Lord Burdock y de costumbres en apariencia inofensivas, la última persona en el mundo que habría provocado a tan terrible enemigo. Parece ser que el hombre invisible utilizó un pedazo de hierro. Detuvo a este hombre tranquilo que iba a comer a la casa, lo atacó, venció su débil resistencia, le rompió un brazo, lo tiró al suelo y le golpeó la cabeza hasta destrozarla.

Debió de haberlo arrancado de la valla antes de encontrarse con su víctima; lo debía de llevar preparado en la mano. Hay detalles, además de los ya expuestos, que merecen ser mencionados. Uno, el hecho de que el pozo no estaba en el camino de la casa del señor Wicksteed, sino a unos doscientos metros. El otro, que, según afirma una niña que se dirigía a la escuela vespertina, vio a la víctima dando unos saltos de manera peculiar por el campo, en dirección al pozo. Según la descripción de la niña, parecía tratarse de un hombre que iba persiguiendo algo por el suelo y dando unos golpecitos con su bastón. Fue la última persona que lo vio vivo. Pasó por delante de los ojos de aquella niña camino de su muerte, y la lucha quedó oculta a los ojos de esta por una ligera depresión del terreno.

Esto, al menos para el autor, hace que el asesinato escape a la absoluta ausencia de motivación. Podemos creer que Griffin había arrancado la barra para que le sirviera, desde luego, como arma, pero sin que tuviera la deliberada intención de utilizarla para matar. Wicksteed pudo cruzarse en su camino y ver aquella barra de hierro, que, inexplicablemente, se movía sola, suspendida en el aire. Sin pensar en el hombre invisible, Port Burdock quedaba a diez kilómetros de allí. Puede ser, incluso, que no hubiera oído hablar del hombre invisible. Uno podría imaginarse, entonces, al hombre invisible alejándose sin hacer ruido, para evitar que se descubriese su presencia en el vecindario, y a Wicksteed, excitado por la curiosidad, persiguiendo al objeto móvil atacándolo.

Sin lugar a dudas, el hombre invisible se pudo haber alejado fácilmente de aquel hombre de mediana edad que lo perseguía, bajo circunstancias normales, pero la posición en que se encontró el cuerpo de Wicksteed hace pensar que tuvo la mala suerte de conducir a su presa a un rincón situado entre un montón de plantas y el pozo. Para los que conocen la extraordinaria irascibilidad del hombre invisible, el resto del relato ya se lo pueden imaginar.

Pero todo esto es sólo una hipótesis. Los únicos hechos reales, ya que las historias de los niños con frecuencia no ofrecen mucha seguridad, son el descubrimiento del cuerpo de Wicksteed muerto, y el de la barra de hierro manchada de sangre, tirada entre las plantas. El abandono de la barra por parte de Griffin sugiere que, en el estado de excitación emocional en el que se encontraba después de lo ocurrido, abandonó el propósito por el que arrancó la barra, si es que tenía alguno. Desde luego, era un hombre egoísta y sin sentimientos, pero, al ver a su víctima, a su primera víctima, ensangrentada y de aspecto penoso, a sus pies, podría haber dejado fluir el remordimiento, cualquiera que fuese el plan de acción que había ideado.

Después del asesinato del señor Wicksteed, parece ser que atravesó la región hacia las colinas. Se dice que un par de hombres que estaban en el campo, cerca de Fern Bottom, oyeron una voz, cuando el sol se estaba ocultando. Estaba quejándose y riendo, sollozando y gruñendo y, de vez en cuando, gritaba. Les debió resultar extraño oírla. Se oyó mejor cuando pasaba por el centro de un campo de árboles y se extinguió en dirección a las colinas.

Aquella tarde el hombre invisible debió aprender acerca de la rapidez con la que Kemp utilizó sus confidencias. Debió encontrar las casas cerradas con llave y atrancadas; debió merodear por las estaciones de tren y rondar cerca de las posadas, y, sin duda, pudo leer la nota y darse cuenta de la campaña que se estaba desarrollando contra él. Según avanzaba la tarde, los campos se llenaban, por distintas partes, de grupos de tres o cuatro hombres, y se oía el ladrido de los perros. Aquellos cazadores de hombres tenían instrucciones especiales para ayudarse mutuamente, en caso de que se encontraran con el hombre invisible. Él los evitó a todos. Nosotros podemos entender, en parte, su furia, no era para menos, porque él mismo había dado la información que se estaba utilizando, inexorablemente, contra suya. Al menos aquel día se desanimó; durante unas veinticuatro horas, excepto cuando tuvo el encuentro con Wicksteed, había sido un hombre perseguido. Por la noche debió comer y dormir, porque, a la mañana siguiente, se encontraba de nuevo activo, con fuerzas, enfadado y malvado, preparado para su última gran batalla contra el mundo.

27
El sitio de la casa de Kemp

Kemp leyó una extraña carta escrita a lápiz en una hoja de papel que estaba sucio.

Has sido muy enérgico e inteligente —decía la carta—, aunque no puedo imaginar lo que pretendes conseguir. Estás en contra mía. Me has estado persiguiendo durante todo el día; has intentado robarme la tranquilidad de la noche. Pero he comido, a pesar tuyo, y, a pesar tuyo, he dormido. El juego está empezando. El juego no ha hecho más que empezar. Sólo queda iniciar el Terror. Esta carta anuncia el primer día de Terror. Dile a tu coronel de policía y al resto de la gente que Port Burdock ya no está bajo el mandato de la Reina. Ahora está bajo mi mandato, ¡el del Terror! Este es el primer día del primer año de una nueva época: el Período del Hombre Invisible. Yo soy El Hombre Invisible I. Empezar será muy fácil. El primer día habrá una ejecución, que sirva de ejemplo, la de un hombre llamado Kemp. La muerte le llegará hoy. Puede encerrarse con llave, puede esconderse, puede rodearse de guardaespaldas o ponerse una armadura, si así lo desea; la Muerte, la Muerte invisible está cerca. Dejémosle que tome precauciones; impresionará a mi pueblo. La muerte saldrá del buzón al mediodía. La carta caerá cuando el cartero se acerque. El juego va a empezar. La Muerte llega. No le ayudes, pueblo mío, si no quieres que la Muerte caiga también sobre ustedes. Kemp va a morir hoy.

Kemp leyó la carta dos veces.

–¡No es ninguna broma! –dijo–. Son sus palabras y habla en serio.

Dobló la página por la mitad y vio al lado de la dirección el sello de correos de Hintondean, y el detalle de mal gusto: *dos peniques a pagar.*

Se levantó sin haber terminado de comer (la carta había llegado en el correo de la una) y subió al estudio. Llamó al ama de llaves y le dijo que se diese una vuelta por toda la casa para asegurarse de que todas las ventanas estaban cerradas y para que cerrase las persianas. Él mismo cerró las persianas del estudio. De un cajón del dormitorio, sacó un pequeño revólver, lo examinó cuidadosamente, y se lo metió en el bolsillo de la chaqueta. Escribió una serie de notas muy breves: una, dirigida al coronel Adye, se la dio a la muchacha para que se la llevara, con instrucciones específicas sobre cómo salir de la casa.

–No hay ningún peligro –le dijo, y añadió mentalmente: "Para ti".

Después de hacer esto, se quedó pensativo un momento; luego, volvió a la comida, que se le estaba enfriando.

Mientras comía, pensaba. Luego, dio un golpe muy fuerte en la mesa.

–¡Lo atraparemos! –dijo–; y yo seré el anzuelo. Ha llegado demasiado lejos.

Subió al estudio, cuidándose de cerrar todas las puertas detrás de él.

–Es un juego –dijo–, un juego muy extraño, pero tengo todos los ases a mi favor, Griffin, a pesar de tu invisibilidad.

Griffin contra el mundo... ¡con una venganza! —se paró en la ventana, mirando a la colina calentada por el sol—. Todos los días tiene que comer, no lo envidio. ¿Habrá dormido esta noche? Habrá sido en algún sitio, por ahí fuera, a salvo de cualquier emergencia. Me gustaría que hiciese frío y que lloviese, en lugar de hacer este calor. Quizá me esté observando en este mismo instante.

Se acercó a la ventana. Algo golpeó secamente los ladrillos afuera, y se sobresalto.

—Me estoy poniendo nervioso—dijo Kemp—, y pasaron cinco minutos antes de que se volviera a acercar a la ventana—. Debe de haber sido algún gorrión —dijo.

En ese momento oyó cómo llamaban a la puerta de entrada y bajó corriendo las escaleras. Abrió, miró con la cadena puesta, la soltó y abrió nuevamente con precaución, sin exponerse. Una voz familiar le dijo algo. Era Adye.

—¡Ha asaltado a la muchacha, Kemp! —dijo desde el otro lado de la puerta.

—¿Qué? —exclamó Kemp.

—Le ha quitado la nota que usted le dio. Tiene que estar por aquí cerca. Déjeme entrar.

Kemp quitó la cadena, y Adye entró, abriendo la puerta lo menos posible. Se quedó de pie en el vestíbulo, mirando con un alivio infinito cómo Kemp aseguraba la puerta de nuevo.

—Le quitó la nota de la mano y ella se asustó terriblemente. Está en la comisaría de policía, completamente histérica. Debe de estar cerca de aquí. ¿Qué quería decirme?

Kemp empezó a maldecir.

—Qué tonto he sido —dijo Kemp—. Debí suponerlo. Hintondean está a menos de una hora de camino de este lugar.

—¿Qué ocurre? —dijo Adye.

–¡Venga y mire! –dijo Kemp, y condujo al coronel Adye a su estudio. Le enseñó al coronel la carta del hombre invisible. Adye la leyó y emitió un suspiro.

–¿Y usted...? –dijo Adye.

–Le proponía tenderle una trampa... soy un tonto –dijo Kemp–, y envié mi propuesta con una criada, pero a él, en lugar de a usted.

Adye, como lo había hecho antes Kemp, empezó a perjurar. –Quizá se marche –dijo Adye.

–No lo hará –dijo Kemp.

Se oyó el ruido de cristales rotos, que venía de arriba. Adye vio el destello plateado del pequeño revólver, que asomaba por el bolsillo de Kemp.

–¡Es la ventana de arriba! –dijo Kemp, y subió corriendo.

Mientras se encontraba en las escaleras, se oyó un segundo ruido.

Cuando entraron en el estudio, se encontraron con que dos de las tres ventanas estaban rotas y los cristales esparcidos por casi toda la habitación. Encima de la mesa, había una piedra enorme. Los dos se quedaron parados en el umbral de la puerta, contemplando el destrozo. Kemp empezó a lanzar maldiciones y, mientras lo hacía, la tercera ventana se rompió con un ruido como el de un disparo. Se mantuvo un momento así, y cayó, haciéndose mil pedazos, dentro de la habitación.

–¿Por qué lo ha hecho? –preguntó Adye.

–Es el comienzo –dijo Kemp.

–¿No hay forma de subir aquí?

–Ni siquiera para un gato –dijo Kemp.

–¿No hay persianas?

–Aquí no, pero sí las hay en todas las ventanas del piso de abajo. ¿Qué ha sido eso?

En el piso de abajo se oyó el ruido de un golpe, y después cómo crujían las maderas.

—¡Maldito sea! —dijo Kemp—. Eso tiene que haber sido... sí, en uno de los dormitorios. Lo va a hacer con toda la casa. Está loco. Las ventanas están cerradas y los cristales caerán hacia fuera.

Se va a cortar los pies.

Se oyó cómo se rompía otra ventana. Los dos hombres se quedaron en el descanso de la escalera, perplejos.

—¡Ya lo tengo! —dijo Adye—. Déjeme un palo o algo por el estilo, e iré a la comisaría para traer los perros. ¡Eso tiene que detenerle! No me llevará más de diez minutos.

Otra ventana se rompió como había sucedido con anterioridad.

—¿No tiene un revólver? —preguntó Adye.

Kemp se metió la mano en el bolsillo, dudó un momento y dijo:

—No, no tengo ninguno... por lo menos que me sobre.

—Se lo devolveré más tarde —dijo Adye—. Usted está a salvo aquí dentro.

Kemp le dio el arma.

—Bueno, vayamos hacia la puerta —dijo Adye.

Mientras se quedaron dudando un momento en el vestíbulo, oyeron el ruido de una ventana de un dormitorio del primer piso que se hacía pedazos. Kemp se dirigió a la puerta y empezó a descorrer los cerrojos, haciendo el menor ruido posible. Estaba un poco más pálido de lo normal. Un momento después, Adye se encontraba ya fuera y los cerrojos volvían a su sitio. Dudó qué hacer durante un momento, sintiéndose mucho más seguro apoyado de espaldas contra la puerta. Después empezó a caminar, erguido, y bajó los escalones. Atravesó el jardín en dirección a la reja. Le pareció que algo se movía a su lado.

—Espere un momento —dijo una voz, y Adye se detuvo y agarró el revólver mucho más fuerte.

—¿Y bien? —dijo Adye, pálido y solemne, con todos los nervios en tensión.

–Hágame el favor de volver a la casa –dijo la voz, con la misma solemnidad con que le había hablado Adye.

–Lo siento –dijo Adye con la voz un poco ronca, y se humedeció los labios con la lengua. Pensó que la voz venía del lado izquierdo y supuso que podría probar suerte, disparando hacia allí.

–¿Adónde va? –dijo la voz–, y los dos hombres hicieron un rápido movimiento, mientras un rayo de sol se reflejó en el bolsillo de Adye.

El coronel desistió de su intento, y añadió:

–Donde vaya –dijo lentamente– es asunto mío.

No había terminado aquellas palabras, cuando un brazo lo agarró del cuello, notó una rodilla en la espalda y cayó hacia atrás. Se incorporó torpemente y malgastó un disparo. Unos segundos después recibía un puñetazo en la boca y le arrebataban el revólver de las manos. En vano intentó agarrar un brazo que se le escurría, trató de levantarse y volvió a caer al suelo.

–¡Maldito sea! –dijo Adye.

La voz soltó una carcajada.

–Le mataría ahora mismo, si no tuviera que malgastar una bala –dijo Adye. Y vio el revólver suspendido en el aire, a unos seis metros de él, apuntándole.

–Está bien –dijo Adye, sentándose en el suelo.

–Levántese –exclamó la voz.

Adye se levantó.

–Escúcheme con atención –ordenó la voz, y continuó con furia–: No intente hacerme trampa. Recuerde que yo puedo ver su cara y usted, sin embargo, no puede ver la mía. Tiene que volver a la casa.

–Él no me dejaría entrar –señaló Adye.

–Es una pena –dijo el hombre invisible–. No tengo nada contra usted.

Adye se humedeció los labios otra vez. Apartó la vista del revólver y, a lo lejos, vio el mar azul oscuro desplegándose bajo los rayos del sol del mediodía, el campo verde, el blanco acantilado y la ciudad activa; de pronto, comprendió lo dulce que era la vida. Sus ojos volvieron al objeto de metal que se sostenía entre el aire y la tierra, a unos pasos de él.

–¿Qué podría yo hacer? –dijo, taciturno.

–¿Y qué podría hacer yo? –preguntó el hombre invisible–. Usted iba a buscar ayuda. Lo único que tiene que hacer ahora es volver atrás.

–Lo intentaré. Pero, si Kemp me deja entrar, ¿me promete que no se abalanzará contra la puerta?

–No tengo nada contra usted –dijo la voz.

Kemp, después de dejar fuera a Adye, había subido rápidamente; ahora se encontraba agachado entre los cristales rotos y miraba cautelosamente hacia el jardín, desde el alféizar de una ventana del estudio. Desde allí, vio como Adye conversaba con el hombre invisible. –¿Por qué no dispara? –se preguntó Kemp. Entonces, el revólver se movió un poco, y el reflejo del sol le dio a Kemp en los ojos, se los cubrió mientras trataba de ver de dónde provenía aquel rayo cegador.

"Está claro", se dijo, "que Adye le ha entregado el revólver".

–Prométame que no se abalanzará sobre la puerta –le estaba diciendo Adye al hombre invisible–. No lleve el juego demasiado lejos, usted lleva las de ganar. Dele una oportunidad.

–Usted vuelva a la casa. Le digo por última vez que no puedo prometerle nada.

Adye pareció tomar una vertiginosa decisión. Se volvió hacia la casa, caminando lentamente con las manos en la espalda. Kemp lo observaba, asombrado. El revólver desapareció, volvió a aparecer y desapareció de nuevo. Después de mirarlo fijamente, se hizo evidente como un pequeño objeto oscuro que seguía a Adye. Entonces todo ocurrió rápidamente. Adye dio un salto atrás, se volvió y se abalanzó sobre aquel objeto, perdiéndolo; luego levantó las manos y cayó al suelo, levantando una especie de humareda azul en el aire. Kemp no oyó el disparo. Adye se retorció en el suelo, se apoyó en un brazo para incorporarse y volvió a caer, inmóvil.

Durante unos minutos, Kemp se quedó mirando el cuerpo inmóvil de Adye. La tarde era calurosa y estaba tranquila; nada parecía moverse en el mundo, excepto una pareja de mariposas amarillas, persiguiéndose la una a la otra por los matorrales que había entre la casa y la carretera. Adye yacía en el suelo, cerca de la verja. Las persianas de todas las casas de la colina estaban bajadas. En una glorieta, se veía una pequeña figura blanca. Aparentemente, era un viejo que dormía. Kemp miró los alrededores de la casa para ver si localizaba el revólver, pero había desaparecido. Sus ojos se volvieron a fijar en Adye. El juego ya había comenzado.

En ese momento, llamaron a la puerta principal, llamaron a la vez al timbre con los nudillos. Las llamadas cada vez eran más fuertes, pero, siguiendo las instrucciones de Kemp, todos los criados se habían encerrado en sus habitaciones. A esto siguió un silencio total. Kemp se sentó a escuchar y, después, empezó a mirar cuidadosamente por las tres ventanas del estudio. Se dirigió a la escalera y se quedó allí escuchando, inquieto. Se armó con el atizador de la chimenea de su habitación y bajó a cerciorarse de que las ventanas del primer piso estaban bien cerradas. Todo estaba tranquilo y en silencio. Volvió al mirador. Adye yacía inmóvil, tal y como había caído. Subiendo por entre las casas de la colina venía el ama de llaves, acompañada de dos policías.

Todo estaba envuelto en un silencio de muerte. Daba la impresión de que aquellas tres personas se estaban acercando demasiado lentamente. Se preguntó qué estaría haciendo su enemigo.

De pronto, se oyó un golpe que venía de abajo, y se sobresaltó. Dudó un instante y decidió volver a bajar. La casa empezó a hacer eco de fuertes golpes y de maderas que se astillaban. Luego oyó otro golpe. Hizo girar la llave y abrió la puerta de la cocina. Cuando lo hacía, volaron hacia él las astillas de las maderas. Se quedó horrorizado. El marco de la ventana estaba todavía intacto, pero sólo quedaban en él pequeños restos de cristales. Las persianas habían sido destrozadas con un hacha, y ahora esta se dejaba caer con violentos golpes sobre el marco de la ventana y las barras de hierro que la defendían. Y desapareció.

Kemp pudo ver el revólver fuera, y cómo este ascendía en el aire. Él se inclinó. El revólver disparó demasiado tarde, y una astilla de la puerta, que se estaba cerrando, le cayó en la cabeza. Cerró con un portazo y puso la llave, y, mientras estaba fuera, oyó a Griffin gritar y reírse. Después se reanudaron los golpes del hacha con aquel acompañamiento de astillas y estruendos.

Kemp se quedó en el pasillo intentando pensar en algo. Dentro de un instante, el hombre invisible entraría en la cocina. Aquella puerta no lo retendría mucho tiempo y entonces...

Volvieron a llamar otra vez. Quizá fuesen los policías. Kemp corrió al vestíbulo, quitó la cadena y descorrió los cerrojos. Hizo que la chica dijese algo antes de soltar la cadena, y las tres personas entraron en la casa de golpe, dando un portazo.

–¡El hombre invisible! –dijo Kemp–. Tiene un revólver y le quedan dos balas. Ha matado a Adye o, por lo menos, le ha disparado. ¿No lo han visto caído en el césped?

–¿A quién? –dijo uno de los policías.

–A Adye –contestó Kemp.

–Nosotros hemos venido por la parte de atrás –dijo la muchacha.

–¿Qué son esos golpes? –preguntó un policía.

–Está en la cocina o lo estará dentro de un momento. Ha encontrado un hacha.

La casa entera se llenó del eco de los hachazos que daba el hombre invisible en la puerta de la cocina. La muchacha se quedó mirando, se asustó y volvió al comedor. Kemp intentó explicarse confundido. Luego oyeron cómo cedía la puerta de la cocina.

–¡Por aquí! –gritó Kemp–, y se puso en acción, empujando a los policías hacia la puerta del comedor. –¡El atizador! –dijo y corrió hacia la chimenea.

Le dio un atizador a cada policía.

De pronto, retrocedió.

–¡Oh! –exclamó un policía– y, agachándose, dio un golpe al hacha con el atizador. El revólver disparó una penúltima bala y destrozó un valioso Sidney Cooper. El otro policía dejó caer el atizador sobre el arma, como quien intenta matar a una avispa, y lo lanzó, rebotando, al suelo.

Al primer golpe, la muchacha lanzó un grito y se quedó gritando al lado de la chimenea; después, corrió a abrir las persianas, quizá con la idea de escapar por allí.

El hacha retrocedió y se quedó a unos dos pies del suelo. Todos podían escuchar la respiración del hombre invisible.

–Ustedes dos, márchense –dijo–, sólo quiero a Kemp.

–Nosotros te buscamos a ti –dijo un policía–, dando un paso rápido hacia adelante, y empezando a dar golpes con el atizador hacia el lugar de donde él creía que salía la voz.

El hombre invisible debió retroceder y tropezar con el perchero.

Después, mientras el policía se tambaleaba, debido al impulso del golpe que le había dado, el hombre invisible le atacó con el hacha, le dio en el casco, que se rasgó como el papel, y el hombre se cayó al suelo, dándose con la cabeza en las escaleras de la cocina.

Pero el segundo policía, que iba detrás del hacha con el atizador en la mano, pinchó algo blando. Se oyó un agudo grito de dolor, y el hacha cayó al suelo. El policía arremetió de nuevo al vacío, pero esta vez no golpeó nada; pisó el hacha y golpeó de nuevo. Después se quedó parado, blandiendo el atizador, intentando apreciar el más mínimo movimiento.

Oyó cómo se abría la ventana del comedor y unos pasos que se alejaban. Su compañero se dio la vuelta y se sentó en el suelo. Le corría la sangre por la cara.

–¿Dónde está? –preguntó.

–No lo sé. Lo he herido. Estará en algún sitio del vestíbulo, a menos que pasase por encima de ti. ¡Doctor Kemp..., señor! Hubo un silencio.

–¡Doctor Kemp! –gritó de nuevo el policía. El otro policía intentó recuperar el equilibrio.

Se puso de pie. De repente, se pudieron oír los débiles pasos de unos pies descalzos en los escalones de la cocina.

–¡Ahí está! –gritó la policía–, quien no pudo contener el golpe con el atizador, pero rompió una lámpara de gas.

Hizo ademán de perseguir al hombre invisible, bajando las escaleras, pero lo pensó mejor y volvió al comedor.

–¡Doctor Kemp! –empezó y se paró de repente–. El doctor Kemp es un héroe –dijo, mientras que su compañero lo miraba por encima del hombro.

La ventana del comedor estaba abierta de par en par, y no se veía ni a la muchacha ni a Kemp.

La opinión del otro policía sobre Kemp era concisa; tercamente imaginativa.

28
El cazador cazado

El señor Heelas, el vecino más próximo del señor Kemp, estaba durmiendo en el invernadero de su jardín, mientras tenía lugar el sitio de la casa de Kemp. El señor Heelas era uno de los componentes de esa gran minoría que no creían en "todas esas tonterías" sobre un hombre invisible. Su esposa, sin embargo, como más tarde le recordaría, sí creía. Insistió en dar un paseo por el jardín, como si no ocurriera nada, y fue a dormir una siesta, tal y como venía haciendo desde hacía años. Durmió sin enterarse del ruido de las ventanas, pero se despertó repentinamente con la extraña intuición de que algo malo estaba ocurriendo. Miró a la casa de Kemp, se frotó los ojos y volvió a mirar. Después, bajó los pies al suelo y se quedó sentado, escuchando. Pensó que estaba condenado mientras todavía veía aquella cosa tan extraña. La casa parecía estar vacía desde hacía semanas, como si hubiese tenido lugar un ataque violento. Todas las ventanas estaban destrozadas, y todas, excepto las del mirador, tenían cerradas las contraventanas.

—Habría jurado que todo estaba en orden hace veinte minutos —y miró su reloj.

Entonces empezó a oír ruidos de cristales, que llegaban de lejos. Y después, mientras estaba sentado con la boca abierta, tuvo lugar un hecho todavía más extraño. Las persianas de la ventana del comedor se abrieron de par en par, violentamente, y el ama de llaves, con sombrero y ropa de calle, apareció, luchando con todas sus fuerzas para levantar la persiana de la ventana. De pronto, un hombre asomó detrás de ella, ayudándola. ¡Era el doctor Kemp! Un momento después se abría la ventana, y la criada saltaba fuera de la casa, comenzaba a correr y desaparecía entre los arbustos. El señor Heelas se puso de pie y lanzó una vaga exclamación con toda vehemencia, al contemplar aquellos extraños acontecimientos. Vio cómo Kemp se ponía de pie en el alféizar, saltaba afuera y reaparecía, casi instantáneamente, corriendo por el jardín entre los matorrales. Mientras corría, se paró, como si no quisiera que le vieran. Desapareció detrás de un arbusto, y apareció más tarde, trepando por una valla que daba al campo. No tardó ni dos segundos en saltarla; y luego corrió todo lo que pudo por el camino que bajaba a la casa del señor Heelas.

–¡Dios mío! –gritó el señor Heelas, mientras le asaltaba una idea–. ¡Debe de ser el hombre invisible! Después de todo, quizá sea verdad.

El señor Heelas pensó y actuó inmediatamente, y su cocinera, que lo estaba viendo desde la ventana, se quedó asombrada, al verlo venir hacia la casa, corriendo tan rápido como lo hacía. –Y eso que no tenía miedo –dijo la cocinera. –Mary, ven aquí. Se oyó un portazo, el sonido de la campanilla y el señor Heelas, enfurecido como un toro:

–¡Cierren las puertas, cierren las ventanas, ciérrenlo todo! ¡Viene el hombre invisible!

Inmediatamente, en la casa, se oyeron gritos y pasos que iban en todas direcciones. Él mismo cerró las ventanas que daban a la terraza. Mientras lo hacía, aparecieron la cabeza, los hombros y una rodilla de Kemp por el borde de la valla del jardín. Un momento después, Kemp corría por la cancha de tenis en dirección a la casa.

–No puede entrar aquí –le dijo el señor Heelas corriendo los cerrojos–. ¡Siento mucho que lo esté persiguiendo, pero aquí no puede entrar!

Kemp pegó su rostro aterrorizado al cristal, llamó y después empezó a sacudir frenéticamente el ventanal. Entonces, al ver que sus esfuerzos eran inútiles, atravesó la terraza, dio la vuelta y empezó a golpear con el puño la puerta lateral. Después, giró por la parte delantera de la casa y salió corriendo por la colina. El señor Heelas, que estaba viendo todo por la ventana, completamente aterrorizado, apenas pudo observar cómo Kemp desaparecía, antes de que viera cómo estaban pisando sus espárragos unos pies invisibles. El señor Heelas subió y ya no pudo ver el resto de la persecución, pero oyó la verja del jardín que se cerraba de golpe.

Al llegar a la carretera, el doctor Kemp, naturalmente, rumbeó hacia el pueblo, y, de esta forma, él mismo protagonizó la carrera que sólo cuatro días antes había observado con ojos tan críticos. Corría bastante bien, para no ser un hombre acostumbrado; aunque estaba pálido y sudoroso, no perdía la serenidad. Daba grandes zancadas y, cada vez que se encontraba con piedras o un pedazo de cristal que brillaba con el reflejo del sol, saltaba por encima y dejaba que los pies invisibles y desnudos que lo estaban persiguiendo los salvaran como pudieran.

Por primera vez en su vida, Kemp se dio cuenta de lo larga y solitaria que era la carretera de la colina, y que las primeras casas de la ciudad, que quedaban a los pies de la elevación, estaban increíblemente lejos. Pensó que nunca había existido una forma más lenta y dolorosa de desplazarse que corriendo. Todas aquellas casas lúgubres, que dormían bajo el sol de la tarde, parecían cerradas y aseguradas; sin duda lo habían hecho siguiendo sus propias órdenes. Pero, en cualquier caso,

¡deberían haber dado un vistazo de vez en cuando ante una eventualidad de este tipo! Ahora, la ciudad se iba acercando y el mar había desaparecido. Empezaba a ver gente que se movía allí abajo. Un tranvía llegaba en ese momento. Un poco más allá, estaba la comisaría de policía. ¿Seguía oyendo pasos detrás de él? Había que hacer un último esfuerzo.

La gente del pueblo se le quedaba mirando; una o dos personas salieron corriendo y empezó a notar que le faltaba la respiración. Tenía el tranvía bastante cerca, y la posada estaba cerrando sus puertas. Detrás del tranvía había unos postes y montones de escombros. Debía tratarse de las obras del alcantarillado. A Kemp se le pasó por la mente subir al tranvía en marcha y cerrar las puertas, pero decidió dirigirse a la comisaría. Un momento después pasaba por delante de la puerta del Jolly Cricketers y llegaba al final de la calle. Había varias personas a su alrededor. El conductor del tranvía y su ayudante, asombrados por la prisa que llevaba, se quedaron mirándolo. Aparecieron los rostros sorprendidos de los peones camineros, encima de los montones de grava.

Aflojó un poco el paso y, entonces, pudo oír las rápidas pisadas de su perseguidor, y volvió a forzarlo de nuevo.

—¡El hombre invisible! —gritó a los peones camineros con un débil gesto indicativo—, y, por una repentina inspiración, saltó por encima de la zanja, dejando, de esta manera, a un grupo de hombres entre él y su perseguidor. Después, abandonando la idea de dirigirse a la comisaría, se metió por un callejón lateral, empujó la carreta de un vendedor de verduras y dudó durante unas décimas de segundo, en la puerta de una pastelería, hasta que decidió entrar por una bocacalle que daba al camino principal. Dos o tres niños estaban jugando y, cuando lo vieron aparecer, salieron corriendo y gritando. Acto seguido, las madres, nerviosas, salieron a las puertas y ventanas. Volvió a salir a la calle principal, a unos trescientos metros del final del tranvía, e inmediatamente se dio cuenta de que la gente corría gritando.

Miró colina arriba. Apenas a unos doce pasos de él, corría un peón caminero enorme, soltando maldiciones y dando golpes con una pala. Detrás de él, venía el conductor del tranvía con los puños cerrados. Más arriba, otras personas seguían a estas dos, dando golpes en el aire y gritando. Hombres y mujeres corrían cuesta abajo, en dirección a la ciudad, y pudo ver claramente a un hombre que salía de su establecimiento con un bastón en la mano.

—¡Despliéguense! —gritó alguien. Entonces, de repente, Kemp se dio cuenta de que se habían cambiado los términos de la persecución. Se paró, miró a su alrededor y gritó:

—¡Está por aquí cerca! ¡Formen una línea!

En ese momento le dieron un golpe detrás del oído y, tambaleándose, intentó darse vuelta para mirar a su enemigo invisible. Apenas pudo conseguir mantenerse en pie y dio un manotazo, en vano, al aire. Después le dieron un golpe en la mandíbula y cayó al suelo. Un momento después, una rodilla le oprimía el diafragma y un par de hábiles manos (una era más débil que la otra) le agarraban por la garganta; él las agarró por las muñecas, oyó el grito de dolor que daba su asaltante, y, poco después, la pala del peón caminero cortaba el aire por encima de él, para ir a dar sobre algo, con todo su peso. Sintió que una gota húmeda le caía en la cara. La presión de su garganta cedió repentinamente y, con gran esfuerzo, se liberó, agarró un hombre desnudo y se quedó mirando hacia arriba. Sujetó, luego, los codos invisibles muy cerca del suelo.

—¡Lo tengo! —dijo Kemp—. ¡Socorro! ¡Ayúdenme! ¡Lo tengo aquí abajo! ¡Agárrenlo por los pies!

Al instante, la multitud se dirigió al lugar donde se estaba desarrollando la lucha; un extranjero que hubiese llegado a aquella calle, habría pensado que se trataba de una forma excepcionalmente salvaje de jugar al rugby. No se oyó ningún grito después del que diera Kemp, sólo se oían puñetazos, patadas y el ruido de una pesada respiración.

Después, con un enorme esfuerzo, el hombre invisible se liberó de un par de personas que lo estaban atacando y se puso de rodillas. Kemp se agarró a él como un perro a su presa, y una docena de manos empezaron a golpear y arañar al hombre invisible. El conductor del tranvía lo agarró por el cuello y los hombros y lo forzó hacia atrás.

El grupo de hombres se volvió a echar al suelo y le pisotearon. Algunos, me temo, que le golpearon salvajemente. De repente, se oyó un grito salvaje:

—¡Piedad! ¡Piedad! —dijo Kemp, con voz apagada, y todas aquellas figuras se retrocedieron—. ¡Les digo que está herido, apártense!

Tuvo lugar una breve lucha por dejar espacio libre, y aquel círculo de ojos ansiosos vieron al doctor Kemp arrodillado, en el aire, al parecer, agarrando unos brazos invisibles. Detrás de él, un policía sujetaba unos tobillos invisibles también.

—No lo dejen escapar —gritó el peón caminero, agarrando la pala manchada de sangre—. Está fingiendo.

—No está fingiendo —dijo el doctor, levantando un poco la rodilla—; yo lo sujetaré.

Tenía la cara lastimada y se le estaba poniendo roja; hablaba pesadamente, porque tenía un labio partido. Le soltó un brazo y pareció que le tocaba la cara.

—Tiene la boca completamente mojada —dijo, y prosiguió—: ¡Dios mío!

De pronto, se puso de pie y volvió a arrodillarse al lado del hombre invisible. Todo el mundo se empujaba y llegaban nuevos espectadores, que aumentaban la presión de todo el grupo. Ahora, la gente estaba empezando a salir fuera de sus casas. Las puertas del Jolly Cricketers se abrieron de par en par.

Nadie se atrevía a hablar. Kemp empezó a palpar y parecía que estaba tocando el aire.

—No respira —dijo, y siguió—: No le late el corazón y en su costado…

Una vieja que miraba la escena por debajo del brazo del peón caminero, gritó:

—¡Miren allí! —y señaló con el dedo.

Y, mirando hacia donde ella señalaba, todos vieron, débil y transparente, como si fuera de cristal, que se distinguían perfectamente las venas, las arterias, los huesos y los nervios, la silueta de una mano flácida e inerte. A medida que la miraban, parecía adquirir un color más oscuro y volverse opaca.

—¡Miren! —dijo el policía—. Los pies también están empezando a distinguírsele.

Así, lentamente, empezando por las manos y los pies, y siguiendo por otros miembros, hasta los puntos vitales del cuerpo, aquel cambio tan extraño continuaba su proceso.

Era como la lenta propagación del veneno. Primero se empezaron a distinguir los nervios, blancos y delgados, dibujando el entorno confuso y grisáceo de un miembro; después, los huesos, que parecían transparentes, y las arterias; luego, la carne y la piel; todo como una bruma, al principio, pero rápidamente, denso y opaco. En ese momento se podía ver el pecho aplastado, y los hombros y las facciones de la cara destrozadas.

Cuando, finalmente, aquella multitud hizo sitio a Kemp para que pudiera ponerse de pie, allí yacía, desnudo y digno de compasión, en el suelo, el cuerpo maltratado de un joven de unos treinta años. Tenía el cabello y la barba blancos, pero no blancos por la edad, sino del color blanco de los albinos; sus ojos parecían rubíes. Tenía las manos apretadas y en su expresión se confundía la ira con el desaliento.

—¡Cúbranle el rostro! —dijo un hombre—. ¡Por el amor de Dios, tápenle ese rostro!

Alguien trajo una sábana de los Jolly Cricketers y después de haberlo cubierto lo introdujeron en la casa. Y fue allí donde, sobre una sucia cama, en un dormitorio mal iluminado, rodeado de un grupo de campesinos ignorantes y excitados, capturado y herido, traicionado y sin inspirar compasión, Griffin, el primero de todos los hombres que logró hacerse invisible, Griffin, el físico de más talento que el mundo ha conocido, terminó en el infinito hundimiento su extraña y terrible existencia.

Epílogo

Así termina la historia del extraño y diabólico experimento del hombre invisible. Si quieres saber algo más de él, tienes que ir a una pequeña posada cerca de Port Stowe y hablar con el dueño. El emblema de la posada es un letrero que sólo tiene dibujados un sombrero y unas botas, el nombre es el título de este libro. El posadero es un hombre bajito y corpulento, con una nariz grande y redonda, el pelo espina y una cara que se pone colorada alguna que otra vez. Bebe mucho y él te contará cosas de las que le ocurrieron después de lo sucedido, y de cómo los jueces intentaron despojarlo del tesoro que tenía en su poder.

—Cuando se dieron cuenta de que no podían probar el dinero que tenía —decía— ¡intentaron acusarme de buscador de tesoros! ¿Tengo yo aspecto de buscador de tesoros? Luego un caballero me dijo que me daría una guinea por noche si contaba la historia en el Empire Music Hall, sólo por contarla con mis propias palabras.

Y, si quieres interrumpir la ola de recuerdos de repente, puedes hacerlo preguntándole si, en el relato, no aparecían tres manuscritos. Él reconocerá que los había y te dirá que todo el mundo cree que él los tiene, pero no es así.

–El hombre invisible se los llevó para esconderlos, mientras yo corría hacia Port Stowe. Ese señor Kemp metió a la gente en la cabeza la idea de que yo los tenía.

Luego se quedará pensativo, te mirará de reojo, secará los vasos, nervioso, y saldrá del bar.

Es soltero, siempre lo fue, y en la casa no hay mujeres. Por fuera lleva botones, como se espera de él, pero, si hablamos de objetos privados, como los tirantes, por ejemplo, aún se pone unas cuerdas. Lleva la posada sin el menor espíritu de empresa, pero con el mayor decoro. Es lento de reflejos y un gran pensador. En el pueblo tiene fama de sensato y de tener una respetable parsimonia, y sus conocimientos sobre las carreteras del sur de Inglaterra sobrepasan a los de Cobbett.

Los domingos por la mañana, todos los domingos del año por la mañana, cuando se encierra en su mundo, y todas las noches después de las diez, se enclaustra en un salón de la posada con un vaso de ginebra con un poco de agua; entonces, deja el vaso en una mesa, cierra con llave y examina las persianas; incluso, mira debajo de la mesa. Después, cuando se cerciora de que está solo, abre el armario, saca una caja que también abre, y de esta, otra, y, de la última, saca tres libros, encuadernados en cuero marrón, y los coloca con toda solemnidad en la mesa. Las cubiertas están desgastadas y teñidas de un verde parduzco, una vez estuvieron metidas en una zanja, y algunas páginas no se pueden leer, porque las borró el agua sucia. El posadero, entonces, se sienta en un sillón, llena una pipa, larga y de barro, contemplando mientras los libros. Después, acerca uno y empieza a estudiarlo, pasando las páginas una y otra vez.

Frunce el ceño y mueve los labios.

–Equis, un dos pequeño en el aire a la derecha, una cruz y más tonterías. ¡Dios mío! ¡Qué cabeza tenía! Luego se relaja y se reclina y mira, entre el humo, las cosas que son invisibles para otros ojos.

—Están llenos de secretos –dice–, ¡de maravillosos secretos! El día que sepa lo que quieren decir... ¡Dios mío! Desde luego, no haré lo que él hizo; yo sólo... ¡bien! –. ¿Quién sabe? Y aspira la pipa.

* * *

Así se queda dormido, pensando en el sueño constante y maravilloso de su vida. Y, aunque Kemp los ha buscado sin cesar y Adye ha preguntado por ellos a todo el mundo, ningún ser humano, excepto el posadero, sabe dónde están los libros. Esos libros que contienen el secreto de la invisibilidad y una docena más de otros raros secretos. Y nadie sabrá nada de ellos hasta que él se muera.

La máquina del tiempo

1
Introducción

El Viajero a través del Tiempo (pues convendrá llamarle así al hablar de él) nos exponía una misteriosa cuestión.
Sus ojos grises brillaban y su rostro, habitualmente pálido, se
mostraba encendido y animado. El fuego ardía fulgurante y
el suave resplandor de las lámparas incandescentes, en forma
de lirios de plata, se prendía en las burbujas que destellaban y
subían dentro de nuestras copas. Nuestros sillones, construi-
dos según sus diseños, nos abrazaban y acariciaban en lugar
de someterse a que nos sentásemos sobre ellos; y había allí esa
sensual atmósfera de sobremesa, cuando los pensamientos
vuelan gráciles, libres de las trabas de la exactitud. Y él nos
la expuso de este modo, señalando los puntos con su afilado
índice, mientras que nosotros, arrellanados perezosamente,
admirábamos su seriedad al tratar de aquella nueva paradoja
(eso la creíamos) y su fecundidad.

–Deben ustedes seguirme con atención. Tendré que discutir una o dos ideas que están casi universalmente admitidas.
Por ejemplo, la geometría que les han enseñado en el colegio
está basada sobre un concepto erróneo.

–¿No es más bien excesivo con respecto a nosotros ese comienzo? –dijo Filby, un personaje polemista de pelo rojo.

–No pienso pedirles que acepten nada sin motivo razonable para ello. Pronto admitirán lo que necesito de ustedes. Saben, naturalmente, que una línea matemática de espesor nulo no tiene existencia real. ¿Les han enseñado esto? Tampoco la posee un plano matemático. Estas cosas son simples abstracciones.

–Esto está muy bien –dijo el Psicólogo.

–Ni poseyendo tan sólo longitud, anchura y espesor, puede un cubo tener existencia real.

–Eso lo impugno –dijo Filby–. Un cuerpo sólido puede, por supuesto, existir. Todas las cosas reales...

–Eso cree la mayoría de la gente. Pero espere un momento, ¿puede un cubo instantáneo existir?

–No le sigo a usted –dijo Filby.

–¿Un cubo que no lo sea en absoluto durante algún tiempo puede tener una existencia real?

Filby se quedó pensativo.

–Evidentemente –prosiguió el Viajero a través del Tiempo– todo cuerpo real debe extenderse en cuatro direcciones: debe tener Longitud, Anchura, Espesor y... Duración. Pero debido a una flaqueza natural de la carne, que les explicaré dentro de un momento, tendemos a olvidar este hecho. Existen en realidad cuatro dimensiones, tres a las que llamamos los tres planos del Espacio, y una cuarta, el Tiempo. Hay, sin embargo, una tendencia a establecer una distinción imaginaria entre las tres primeras dimensiones y la última, porque sucede que nuestra conciencia se mueve por intermitencias en una dirección a lo largo de la última desde el comienzo hasta el fin de nuestras vidas.

–Eso –dijo un muchacho muy joven, haciendo esfuerzos espasmódicos para encender de nuevo su cigarrillo encima de la lámpara– es, realmente, muy claro.

–Ahora bien, resulta notabilísimo que se olvide esto con tanta frecuencia –continuó el Viajero a través del Tiempo en un ligero acceso de jovialidad–. Esto es lo que significa, en realidad, la Cuarta Dimensión, aunque ciertas gentes que hablan de la Cuarta Dimensión no sepan lo que es. Es solamente otra manera de considerar el Tiempo. No hay diferencia entre el Tiempo y cualesquiera de las tres dimensiones del Espacio, salvo que nuestra conciencia se mueve a lo largo de ellas. Pero algunos necios han captado el lado malo de esa idea. ¿No han oído todos ustedes lo que han dicho esas gentes acerca de la Cuarta Dimensión?

–Yo no –dijo el Corregidor.

–De ese Espacio, tal como nuestros matemáticos lo entienden, se dice que tiene tres dimensiones, que pueden llamarse Longitud, Anchura y Espesor, y que es siempre definible por referencia a tres planos, cada uno de ellos en ángulo recto con los otros. Algunas mentes filosóficas se han preguntado: ¿por qué tres dimensiones, precisamente?, ¿por qué no otra dirección en ángulos rectos con las otras tres? E incluso han intentado construir una geometría de Cuatro Dimensiones. El profesor Simon Newcomb expuso esto en la Sociedad Matemática de Nueva York hace un mes aproximadamente. Saben ustedes que, sobre una superficie plana que no tenga más que dos dimensiones, podemos representar la figura de un sólido de tres dimensiones, e igualmente creen que por medio de modelos de tres dimensiones representarían uno de cuatro, si pudiesen conocer la perspectiva. ¿Comprenden?

–Así lo creo –murmuró el Corregidor; y frunciendo las cejas se sumió en un estado de introversión, moviendo sus labios como quien repite unas palabras místicas–. Sí, creo que ahora le comprendo –dijo después de un rato, animándose de un modo completamente pasajero.

–Bueno, no tengo por qué ocultarles que vengo trabajando hace tiempo sobre esa geometría de las Cuatro Dimensiones.

Algunos de mis resultados son curiosos. Por ejemplo, he aquí el retrato de un hombre a los ocho años, otro a los quince, otro a los diecisiete, otro a los veintitrés, y así sucesivamente. Todas estas son sin duda secciones, por decirlo así, representaciones Tri-Dimensionales[3] de su ser de Cuatro Dimensiones, que es una cosa fija e inalterable.

"Los hombres de ciencia —prosiguió el Viajero a través del Tiempo, después de una pausa necesaria para la adecuada asimilación de lo anterior— saben muy bien que el Tiempo es únicamente una especie de Espacio. Aquí tienen un diagrama científico conocido, un indicador del tiempo. Esta línea que sigo con el dedo muestra el movimiento del barómetro. Ayer estaba así de alto, anoche descendió, esta mañana ha vuelto a subir y llegado suavemente hasta aquí. Con seguridad el mercurio ¿no ha trazado esta línea en las dimensiones del Espacio generalmente admitidas? Indudablemente esa línea ha sido trazada, y por ello debemos inferir que lo ha sido a lo largo de la dimensión del Tiempo.

—Pero —dijo el Doctor, mirando fijamente arder el carbón en la chimenea—, si el Tiempo es tan sólo una cuarta dimensión del Espacio, ¿por qué se le ha considerado siempre como algo diferente? ¿Y por qué no podemos movernos aquí y allá en el Tiempo como nos movemos aquí y allá en las otras dimensiones del Espacio?

El viajero a través del Tiempo sonrió.

—¿Está usted seguro de que podemos movernos libremente en el Espacio? Podemos ir a la derecha y a la izquierda, hacia adelante y hacia atrás con bastante libertad, y los hombres siempre lo han hecho. Admito que nos movernos libremente en dos dimensiones. Pero ¿cómo hacia arriba y hacia abajo? La gravitación nos limita ahí.

---

3   Textual del original (N. del A.)

–Eso no es del todo exacto –dijo el Doctor–. Ahí tiene usted los globos.

–Pero antes de los globos, excepto en los saltos espasmódicos y en las desigualdades de la superficie, el hombre no tenía libertad para el movimiento vertical.

–Aunque puede moverse un poco hacia arriba y hacia abajo –dijo el Doctor.

–Con facilidad, con mayor facilidad hacia abajo que hacia arriba.

–Y usted no puede moverse de ninguna manera en el Tiempo, no puede huir del momento presente.

–Mi querido amigo, en eso es en lo que está usted pensado. Eso es justamente en lo que el mundo entero se equivoca. Estamos escapando siempre del momento presente. Nuestras existencias mentales, que son inmateriales y que carecen de dimensiones, pasan a lo largo de la dimensión del Tiempo con una velocidad uniforme, desde la cuna hasta la tumba. Lo mismo que viajaríamos hacia abajo si empezásemos nuestra existencia cincuenta millas por encima de la superficie terrestre.

–Pero la gran dificultad es esta –interrumpió el Psicólogo–: puede usted moverse de aquí para allá en todas las direcciones del Espacio; pero no puede usted moverse de aquí para allá en el Tiempo.

–Ese es el origen de mi gran descubrimiento. Pero se equivoca usted al decir que no podemos movernos de aquí para allá en el Tiempo. Por ejemplo, si recuerdo muy vivamente un incidente, retrocedo al momento en que ocurrió: me convierto en un distraído, como usted dice. Salto hacia atrás durante un momento. Naturalmente, no tenemos medios de permanecer atrás durante un período cualquiera de Tiempo, como tampoco un salvaje o un animal pueden sostenerse en el aire por encima de la tierra. Pero el hombre civilizado está en mejores condiciones que el salvaje a ese respecto. Puede elevarse en un globo pese a la gravitación; y ¿por qué no ha de poder esperarse que al final sea capaz de detener o de acelerar su impulso a lo largo de la dimensión del Tiempo, o incluso de dar la vuelta y de viajar en el otro sentido?

—¡Oh!, eso... —comentó Filby— es...

—¿Por qué no? —dijo el Viajero a través del Tiempo.

—Eso va contra la razón —dijo Filby.

—¿Qué razón? —dijo el Viajero a través del Tiempo.

—Puede usted por medio de la argumentación demostrar que lo negro es blanco —dijo Filby—, pero no me convencerá usted nunca.

—Es posible —dijo el Viajero a través del Tiempo—. Pero ahora empieza usted a percibir el objeto de mis investigaciones en la geometría de Cuatro Dimensiones. Hace mucho que tenía yo un vago vislumbre de una máquina...

—¡Para viajar a través del Tiempo! —exclamó el Muchacho Muy joven.

—Que viaje indistintamente en todas las direcciones del Espacio y del Tiempo, como decida el conductor de ella.

Filby se contentó.

—Pero he realizado la comprobación experimental —dijo el Viajero a través del Tiempo.

—Eso sería muy conveniente para el historiador —sugirió el Psicólogo—. ¡Se podría viajar hacia atrás y confirmar el admitido relato de la batalla de Hastings, por ejemplo!

—¿No cree usted que eso atraería la atención? —dijo el Doctor—. Nuestros antepasados no tenían una gran tolerancia por los anacronismos.

—Podría uno aprender el griego de los propios labios de Homero y de Platón— sugirió el Muchacho Muy Joven.

—En cuyo caso lo suspenderían a usted con seguridad en el primer curso. Los sabios alemanes ¡han mejorado tanto el griego!

–Entonces, ahí está el porvenir –dijo el Muchacho Muy Joven–. ¡Figúrense! ¡Podría uno invertir todo su dinero, dejar que se acumulase con los intereses, y lanzarse hacia adelante!

–A descubrir una sociedad –dije yo– asentada sobre una base estrictamente comunista.

–De todas las teorías disparatadas y extravagantes –dijo el Psicólogo.

–Sí, eso me parecía a mí, por lo cual no he hablado nunca de esto hasta...

–¿Verificación experimental? –exclamé–. ¿Va usted a experimentar eso?

–¡El experimento! –dijo Filby.

–Déjenos presenciar su experimento de todos modos –dijo el Psicólogo–, aunque bien sabe usted que es todo calumnia.

El Viajero a través del Tiempo nos sonrió a todos. Luego, riendo aún levemente y con las manos hundidas en los bolsillos de sus pantalones, salió despacio de la habitación y oímos sus zapatillas arrastrarse por el largo corredor hacia su laboratorio.

El Psicólogo nos miró.

–Y yo pregunto: ¿a qué ha ido?

–Algún juego de manos, o cosa parecida –dijo el Doctor; y Filby intentó hablarnos de un prestidigitador que había visto en Burslem; pero antes de que hubiese terminado su exordio, el Viajero a través del Tiempo volvió y la anécdota de Filby fracasó.

2
La máquina

El Viajero a través del Tiempo tenía en su mano una brillante armazón metálica, apenas mayor que un relojito y muy delicadamente confeccionada. Había marfil y una sustancia cristalina y transparente. Y ahora debo ser explícito, pues lo que sigue –a menos que su explicación sea aceptada– es algo absolutamente inadmisible. Agarró él una de las mesitas octogonales que había esparcidas alrededor de la habitación y la colocó enfrente de la chimenea, con dos patas sobre la alfombra. Puso la máquina encima de ella. Luego acercó una silla y se sentó. El otro objeto que había sobre la mesa era una lamparita con pantalla, cuya brillante luz daba de plenitud. Había allí también una docena de velas aproximadamente, dos en candelabros de bronce sobre la repisa de la chimenea y otras varias en brazos de metal, así es que la habitación estaba profusamente iluminada. Me senté en un sillón muy cerca del fuego y lo arrastré hacia adelante, con el objetivo de estar casi entre el Viajero a través del Tiempo y el hogar. Filby se sentó detrás de él, mirando por encima de su hombro. El Doctor y el Corregidor le observaban de perfil desde la derecha, y el Psicólogo desde la izquierda. El Muchacho Muy Joven se erguía detrás del Psicólogo. Estábamos todos concentrados. Me parece increíble que cualquier clase de truco, aunque sutilmente ideado y realizado con destreza, nos hubiese engañado en esas condiciones.

El Viajero a través del Tiempo nos contempló, y luego a su máquina.

—Bien, ¿y qué? —dijo el Psicólogo.

—Este pequeño objeto —dijo el Viajero a través del Tiempo acodándose sobre la mesa y juntando sus manos por encima del aparato— es sólo un modelo. Es mi modelo de una máquina para viajar a través del tiempo. Advertirán ustedes que parece singularmente ambigua y que esta varilla rutilante presenta un extraño aspecto, como si fuese en cierto modo irreal.

Y la señaló con el dedo.

—He aquí, también, una pequeña palanca blanca, y ahí otra.

El Doctor se levantó de su asiento y examinó el interior.

—Está esmeradamente hecho —dijo.

—He tardado dos años en construirlo —replicó el Viajero a través del Tiempo.

Luego, cuando todos hubimos imitado el acto del Doctor, aquel dijo:

—Ahora quiero que comprendan ustedes claramente que, al apretar esta palanca, envía la máquina a planear en el futuro y esta otra invierte el movimiento. Este soporte representa el asiento del Viajero a través del Tiempo. Dentro de poco voy a mover la palanca, y la máquina partirá. Se desvanecerá. Se adentrará en el tiempo futuro, y desaparecerá. Mírenla a gusto. Examinen también la mesa, y convénzanse ustedes de que no hay trampa. No quiero desperdiciar este modelo y que luego me digan que soy un charlatán.

Hubo una pausa aproximada de un minuto. El Psicólogo pareció que iba a hablarme, pero cambió de idea. El Viajero a través del Tiempo adelantó su dedo hacia la palanca.

–No –dijo de repente–. Deme su mano.

Y volviéndose hacía el Psicólogo, le tomó la mano y le dijo que extendiese el índice. De modo que fue el propio Psicólogo quien envió el modelo de la Máquina del Tiempo hacia su interminable viaje. Vimos todos bajarse la palanca. Estoy completamente seguro de que no hubo engaño. Sopló una ráfaga de aire, y la llama de la lámpara se inclinó. Una de las velas de la repisa de la chimenea se apagó y la maquinita giró en redondo, se hizo indistinta, la vimos como un fantasma durante un segundo quizá, como un remolino de cobre y marfil brillando débilmente; y partió... ¡se desvaneció! Sobre la mesa vacía no quedaba más que la lámpara.

Todos permanecimos silenciosos durante un minuto.

–¡Vaya con la invención! –dijo Filby.

El Psicólogo salió de su estupor y miró repentinamente la mesa. Ante lo cual el Viajero a través del Tiempo rio jovialmente.

–Bueno, ¿y qué? –dijo, rememorando al Psicólogo. Después se levantó, fue hacia la caja de tabaco que estaba sobre la repisa de la chimenea y, de espaldas a nosotros, empezó a llenar su pipa.

Nos mirábamos unos a otros con asombro.

–Dígame –dijo el Doctor–: ¿ha hecho usted esto en serio? ¿Cree usted seriamente que esa máquina viajará a través del tiempo?

–Con toda certeza –contestó el Viajero a través del Tiempo, deteniéndose para prender un cigarrillo en el fuego. Luego se volvió, encendiendo su pipa, para mirar al Psicólogo de frente. (Este, para demostrar que no estaba trastornado, agarró un cigarro e intentó encenderlo sin cortarle la punta)–. Es más, tengo ahí una gran máquina casi terminada –y señaló hacia el laboratorio,–, y cuando esté armada por completo pienso hacer un viaje personal.

–¿Quiere usted decir que esa máquina viaja por el futuro? –dijo Filby.

–Por el futuro y por el pasado..., no sé, con seguridad, por cuál.

Después de una pausa el Psicólogo tuvo una inspiración.

–De haber ido a alguna parte, habrá sido al pasado –dijo.

–¿Por qué? –dijo el Viajero a través del Tiempo.

–Porque supongo que no se ha movido en el espacio; si viajase por el futuro aún estaría aquí en este momento, puesto que debería viajar por el momento presente.

–Pero –dije yo–, si viajase por el pasado, hubiera sido visible cuando entramos antes en esta habitación; y el jueves último cuando estuvimos aquí; y el jueves anterior, ¡y así sucesivamente!

–Serias objeciones –observó el Corregidor con aire de imparcialidad, volviéndose hacia el Viajero a través del Tiempo.

–Nada de eso –dijo este, y luego, dirigiéndose al Psicólogo–: piénselo. Usted puede explicar esto. Ya sabe usted que hay una representación bajo el umbral, una representación diluida.

–En efecto –dijo el Psicólogo, y nos tranquilizó–. Es un simple punto de psicología. Debería haberlo pensado. Es bastante claro y sostiene la paradoja deliciosamente. No podemos ver, ni podemos apreciarlo, como tampoco podemos ver el rayo de una rueda en plena rotación, o una bala volando por el aire. Si viaja a través del tiempo cincuenta o cien veces más de prisa que nosotros, si recorre un minuto mientras nosotros un segundo, la impresión producida será, naturalmente, tan sólo una cincuentésima o una centésima de lo que sería si no viajase a través del tiempo. Está bastante claro.

Pasó su mano por el sitio donde había estado la máquina.

–¿Comprenden ustedes? –dijo riendo.

Seguimos sentados mirando fijamente la mesa vacía durante casi un minuto. Luego el Viajero a través del Tiempo nos preguntó qué pensábamos.

—Me parece bastante plausible esta noche —dijo el Doctor—; pero hay que esperar hasta mañana. De día se ven las cosas de distinto modo.

—¿Quieren ustedes ver la auténtica Máquina del Tiempo? —preguntó el Viajero a través del Tiempo.

Y, dicho esto, agarró una lámpara y mostró el largo y oscuro corredor hacia su laboratorio. Recuerdo vivamente la luz vacilante, la silueta de su extraña cabeza, la danza de las sombras, cómo le seguíamos perplejos pero incrédulos, y cómo allí, en el laboratorio, contemplamos una reproducción en gran tamaño de la maquinita que habíamos visto desvanecerse ante nuestros ojos. Tenía partes de níquel, de marfil, otras que habían sido indudablemente limadas o cortadas de un cristal de roca. La máquina estaba casi completa, pero unas barras de vidrio retorcido sin terminar estaban colocadas sobre un banco de carpintero, junto a algunos planos; agarré una de aquellas para examinarla mejor. Parecía ser de cuarzo.

—¡Vamos! —dijo el Doctor— . ¿Habla usted completamente en serio? ¿O es esto una burla… como ese fantasma que nos enseñó usted la pasada Navidad?

—Montado en esta máquina —dijo el Viajero a través del Tiempo, levantando la lámpara— me propongo explorar el tiempo. ¿Está claro? No he estado nunca en mi vida más serio.

Ninguno sabía en absoluto cómo interpretar sus palabras.

Capté la mirada de Filby por encima del hombro del Doctor, y me guiñó solemnemente un ojo.

3
El Viajero a través del Tiempo vuelve

Creo que ninguno de nosotros creyó en absoluto ni por un momento en la Máquina del Tiempo. El hecho es que el Viajero a través del Tiempo era uno de esos hombres demasiado inteligentes para ser creídos; con él se tenía la sensación de que nunca se le percibía; sospechaba uno siempre en él alguna sutil reserva, alguna genialidad emboscada, detrás de su lúcida sinceridad. De haber sido Filby quien nos hubiese enseñado el modelo y explicado la cuestión con las palabras del Viajero a través del Tiempo, le habríamos mostrado mucho menos escepticismo. Porque hubiésemos comprendido sus motivos: un carnicero entendería a Filby. Pero el Viajero a través del Tiempo tenía más de un rasgo de fantasía, y desconfiábamos de él. Cosas que hubieran producido la fama de un hombre menos inteligente parecían supercherías en sus manos. Es un error hacer las cosas con demasiada facilidad. Las gentes serias que le tomaban en serio no se sentían nunca seguras de su proceder; sabían en cierto modo que confiar sus reputaciones al juicio de él era como amueblar un cuarto para niños con loza muy fina. Por eso no creo que ninguno de nosotros haya hablado mucho del viaje a través del tiempo en el intervalo entre aquel jueves y el siguiente, aunque sus extrañas capacidades cruzasen indudablemente por muchas de nuestras mentes: su plausibilidad, es decir, su incredibilidad práctica, las curiosas posibilidades de anacronismo y de completa confusión que sugería. Por mi parte, me preocupaba especialmente la trampa del modelo. Recuerdo que lo discutí con el Doctor, a quien encontré el viernes en el Linnaean. Dijo que había visto una cosa parecida en Tubinga, e insistía mucho en el apagón de la vela. Pero no podía explicar cómo se efectuaba el engaño.

El jueves siguiente fui a Richmond —supongo que era yo uno de los más asiduos invitados del Viajero a través del Tiempo,—, y como llegué tarde, encontré a cuatro o cinco hombres reunidos ya en su sala. El Doctor estaba colocado delante del fuego con una hoja de papel en una mano y su reloj en la otra. Busqué con la mirada al Viajero a través del Tiempo, y:

—Son ahora las siete y media —dijo el Doctor—. Creo que haríamos mejor en cenar.

—¿Dónde está? —dije yo, nombrando a nuestro anfitrión.

—¿Acaba usted de llegar? Es más bien extraño. Ha sufrido un retraso inevitable. Me pide en esta nota que empecemos a cenar a las siete si él no ha vuelto. Dice que lo explicará cuando llegue.

—Es realmente una lástima dejar que se estropee la comida —dijo el Director de un diario muy conocido; y, entonces, el Doctor tocó el timbre.

El Psicólogo, el Doctor y yo éramos los únicos que habíamos asistido a la comida anterior. Los otros concurrentes eran Blank, el mencionado Director, cierto periodista y otro —un hombre tranquilo, tímido, con barba— a quien yo no conocía y que, por lo que pude observar, no despegó los labios en toda la noche. Se hicieron algunas conjeturas en la mesa sobre la ausencia del Viajero a través del Tiempo, y yo sugerí con humor que estaría viajando a través del tiempo. El Director del diario quiso que le explicasen aquello, y el Psicólogo le hizo gustoso un relato de "la ingeniosa paradoja y del engaño" de que habíamos sido testigos días antes. Estaba en la mitad de su exposición cuando la puerta del corredor se abrió lentamente y sin ruido. Estaba yo sentado frente a dicha puerta y fui el primero en verlo.

–¡Hola! –dije–. ¡Por fin! La puerta se abrió del todo y el Viajero a través del Tiempo se presentó ante nosotros. Lancé un grito de sorpresa.

–¡Cielo santo! ¿Qué pasa amigo? –exclamó el Doctor, que lo vio después. Y todos los presentes se volvieron hacia la puerta.

Aparecía nuestro anfitrión en un estado asombroso. Su chaqueta estaba polvorienta y sucia, manchada de verde en las mangas, y su pelo enmarañado me pareció más gris, ya fuera por el polvo y la suciedad o porque estuviese ahora descolorido. Tenía la cara atrozmente pálida y en su mentón un corte oscuro, a medio cicatrizar; su expresión era ansiosa y corrompida como por un intenso sufrimiento. Durante un instante vaciló en el umbral, como si le cegase la luz. Luego entró en la habitación. Vi que andaba exactamente como un cojo que tiene los pies doloridos de vagabundear. Le mirábamos en silencio, esperando a que hablase.

No dijo una palabra, pero se acercó penosamente a la mesa e hizo un ademán hacia el vino. El Director del diario llenó una copa de champaña y la empujó hacia él. La vació, pareciendo sentirse mejor. Miró a su alrededor, y la sombra de su antigua sonrisa fluctuó sobre su rostro.

–¿Qué ha estado usted haciendo bajo tierra, amigo mío? –dijo el Doctor.

El Viajero a través del Tiempo no pareció oír.

—Permítame que le interrumpa —dijo, con vacilante pronunciación—. Estoy muy bien.

Se detuvo, tendió su copa para que la llenasen de nuevo, y la volvió a vaciar.

—Esto sienta bien —dijo. Sus ojos grises brillaron, y un ligero color afloró a sus mejillas. Su mirada revoloteó sobre nuestros rostros con cierta apagada aprobación y luego recorrió el cuarto caliente y confortable. Después habló de nuevo, como buscando su camino entre sus palabras—. Voy a lavarme y a vestirme, y luego bajaré y explicaré las cosas. Guárdenme un poco de ese carnero. Me muero de hambre y quisiera comer algo.

Vio al Director del diario, que rara vez iba a visitarlo, y le preguntó cómo estaba. El Director inició una pregunta.

—Le contestaré enseguida —dijo el Viajero a través del Tiempo—. ¡Estoy… raro! Todo marchará bien dentro de un minuto.

Dejó su copa, y fue hacia la puerta de la escalera. Noté de nuevo su cojera y el pesado ruido de sus pisadas y, levantándome en mi sitio, vi sus pies al salir. No llevaba en ellos más que unos calcetines harapientos y manchados de sangre. Luego la puerta se cerró. Tuve intención de seguirle, pero recordé cuánto le disgustaba que se preocupasen de él. Durante un minuto, quizá, estuve ensimismado. Luego oí decir al Director del diario: "Notable conducta de un eminente sabio", pensando (según solía) en epígrafes de periódicos. Y esto volvió mi atención hacia la brillante mesa.

—¿Qué broma es esta? —dijo el Periodista—. ¿Es que ha estado haciendo de sepulturero aficionado? No lo entiendo.

Tropecé con los ojos del Psicólogo, y leí mi propia interpretación en su cara. Pensé en el Viajero a través del Tiempo cojeando penosamente al subir la escalera. No creo que ningún otro hubiera notado su cojera.

El primero en recobrarse por completo de su asombro fue el Doctor, que tocó el timbre —el Viajero a través del Tiempo detestaba tener a los criados esperando durante la comida–para que sirviesen un plato caliente. En ese momento el Director agarró su cuchillo y su tenedor con un gruñido, y el hombre silencioso siguió su ejemplo. La cena se reanudó. Durante un breve rato la conversación fue una serie de exclamaciones, con pausas de asombro; y luego el Director mostró una vehemente curiosidad.

–¿Aumenta nuestro amigo su modesta renta pasando a gente por un vado? ¿O tiene fases de Nabucodonosor? –dijo.

–Estoy seguro de que se trata de la Máquina del Tiempo –dije; y reanudé el relato del Psicólogo de nuestra reunión anterior. Los nuevos invitados se mostraron francamente incrédulos. El Director del diario planteaba objeciones.

–¿Qué era aquello del viaje por el tiempo? ¿No puede un hombre cubrirse él mismo de polvo revolcándose en una paradoja?

Y luego, como la idea tocaba su cuerda sensible, recurrió a la caricatura. ¿No había ningún cepillo de ropa en el Futuro? El Periodista tampoco quería creer a ningún precio, y se unió al Director en la fácil tarea de colmar de ridículo la cuestión entera. Ambos eran de esa nueva clase de periodistas jóvenes muy alegres e irrespetuosos.

–Nuestro corresponsal especial para los artículos de pasado mañana... –estaba diciendo el Periodista (o más bien gritando) cuando el Viajero a través del Tiempo volvió. Se había vestido de etiqueta y nada, salvo su mirada ansiosa, quedaba del cambio que me había sobrecogido.

–Dígame –preguntó riendo el Director–, estos muchachos cuentan que ha estado usted viajando ¡por la mitad de la semana próxima! Díganos todo lo referente al pequeño Rosebery[4], ¿quiere? ¿Cuánto pide usted por la serie de artículos?

---

4 Se refiere al político británico Archibald Philip Primrose, conde de Rosebery (1847–1929). Fue rector de tres universidades británicas, ministro de Asuntos Exteriores, y posteriormente primer ministro de Inglaterra.

El Viajero a través del Tiempo fue a sentarse al sitio reservado para él sin pronunciar una palabra. Sonrió tranquilamente, a su antigua manera.

–¿Dónde está mi carnero? –dijo–. ¡Qué placer este de clavar de nuevo un tenedor en la carne!

–¡Eso es un cuento! –dijo el Director.

–¡Maldito cuento! –dijo el Viajero a través del Tiempo–. Necesito comer algo. No quiero decir una palabra hasta que haya introducido un poco de peptona en mis arterias. Gracias. Y la sal.

–Una palabra –dije yo–. ¿Ha estado usted viajando a través del tiempo?

–Sí –dijo el Viajero a través del Tiempo, asintiendo con la cabeza.

–Pago la línea a un chelín por una reseña al pie de la letra –dijo el Director del diario. El Viajero a través del Tiempo empujó su copa hacia el Hombre Silencioso y la golpeó con la uña, a lo cual el Hombre Silencioso, que lo estaba mirando fijamente a la cara, se estremeció convulsivamente, y le sirvió vino. El resto de la cena transcurrió embarazosamente. Por mi parte, repentinas preguntas seguían subiendo a mis labios, y me atrevo a decir que a los demás les sucedía lo mismo. El Periodista intentó disminuir la tensión contando anécdotas de Hettie Potter. El Viajero dedicaba su atención a la comida, mostrando el apetito de un vagabundo. El Doctor fumaba un cigarrillo y contemplaba al Viajero a través del Tiempo con los ojos entornados. El Hombre Silencioso parecía más incapaz que de costumbre, y bebía champán con una regularidad y una decisión evidentemente nerviosas. El Viajero a través del Tiempo apartó su plato, y nos miró a todos.

–Creo que debo disculparme –dijo–. Estaba simplemente muerto de hambre. He pasado una temporada asombrosa.

Alargó la mano para agarrar un cigarro, y le cortó la punta.

—Pero vengan al salón de fumar. Es un relato demasiado largo para contarlo entre platos grasientos.

Y tocando el timbre al pasar, nos condujo a la habitación contigua.

—¿Ha hablado usted a Blank, a Dash y a Chose de la máquina? —dijo echándose hacia atrás en su sillón y nombrando a los tres nuevos invitados.

—Pero la máquina es una simple paradoja —dijo el Director del diario.

—No puedo discutir esta noche. No tengo inconveniente en contarles la aventura, pero no puedo discutirla. Quiero —continuó— relatarles lo que me ha sucedido, si les parece, pero deberán abstenerse de hacer interrupciones. Necesito contar esto. De mala manera. Gran parte de mi relato les sonará a falso. Es cierto (palabra por palabra) a pesar de todo. Estaba yo en mi laboratorio a las cuatro, y desde entonces... He vivido ocho días..., ¡unos días tales como ningún ser humano los ha vivido nunca antes! Estoy casi agotado, pero no dormiré hasta que les haya contado esto a ustedes. Entonces me iré a acostar. Pero ¡nada de interrupciones! ¿De acuerdo?

—De acuerdo —dijo el Director, y los demás hicimos eco: "De acuerdo". Y con esto el Viajero a través del Tiempo comenzó su relato tal como lo transcribo a continuación. Habló como un hombre rendido. Después se mostró más animado. Al poner esto por escrito siento tan sólo con mucha agudeza la insuficiencia de la pluma y la tinta y, sobre todo, mi propia insuficiencia para expresarlo en su valor. Supongo que lo leerán ustedes con la suficiente atención; pero no pueden ver al pálido narrador ni su franco rostro en el brillante círculo de la lamparita, ni oír el tono de su voz. ¡No pueden ustedes conocer cómo su expresión seguía las fases de su relato! Muchos de sus oyentes estábamos en la sombra, pues las velas del salón de fumar no habían sido encendidas, y únicamente estaban iluminadas la cara del Periodista y las piernas del Hombre Silencioso de las rodillas. Al principio nos mirábamos de vez en cuando unos a otros. Pasado un rato dejamos de hacerlo, y contemplamos tan sólo el rostro del Viajero a través del Tiempo.

4

El viaje a través del tiempo

Ya he hablado a algunos de ustedes el jueves último de los principios de la Máquina del Tiempo, y mostrado el propio aparato tal como estaba entonces, sin terminar, en el taller. Allí está ahora, un poco fatigado por el viaje, realmente; una de las barras de marfil está agrietada y uno de los carriles de bronce, torcido; pero el resto sigue bastante firme. Esperaba haberlo terminado el viernes; pero ese día, cuando el montaje completo estaba casi hecho, me encontré con que una de las barras de níquel era exactamente una pulgada más corta y esto me obligó a rehacerla; por eso el aparato no estuvo acabado hasta esta mañana. Fue a las diez de hoy cuando la primera de todas las Máquinas del Tiempo comenzó su carrera. Le di un último toque, probé todos los tornillos de nuevo, eché una gota de aceite más en la varilla de cuarzo y me senté en el soporte. Supongo que el suicida que mantiene una pistola contra su cráneo debe de sentir la misma admiración por lo que va a suceder, que experimenté yo entonces. Aprehendí la palanca de arranque con una mano y la de freno con la otra, apreté con fuerza la primera, y casi inmediatamente la segunda. Me pareció tambalearme; tuve una sensación pesadillesca de caída; y mirando alrededor, vi el laboratorio exactamente como antes. ¿Había ocurrido algo? Por un momento sospeché que mi intelecto me había engañado. Observé el reloj. Un momento antes, eso me pareció, marcaba un minuto después de las diez, ¡y ahora eran casi las tres y media!

Respiré, apretando los dientes, así con las dos manos la palanca de arranque, y partí con un crujido. El laboratorio se volvió brumoso y luego oscuro. La señora Watchets, mi ama de llaves, apareció y fue, al parecer sin verme, hacia la puerta del jardín. Supongo que necesitó un minuto para cruzar ese espacio, pero me pareció que iba disparada a través de la habitación como un cohete. Empujé la palanca hasta su posición extrema. La noche llegó como se apaga una lámpara, y en otro momento vino la mañana. El laboratorio se tornó desvaído y brumoso, y luego cada vez más desvaído. Llegó la noche de mañana, después el día de nuevo, otra vez la noche; luego, volvió el día, y así sucesivamente más y más de prisa. Un murmullo vertiginoso llenaba mis oídos, y una extraña, silenciosa confusión, descendía sobre mi mente.

Temo no poder transmitir las peculiares sensaciones del viaje a través del tiempo. Son extremadamente desagradables. Se experimenta un sentimiento sumamente parecido al que se tiene en las montañas rusas zigzagueantes (¡un irresistible movimiento como si se precipitase uno de cabeza!). Sentí también la misma horrible anticipación de inminente aplastamiento. Cuando emprendí la marcha, la noche seguía al día como el aleteo de un ala negra. La oscura percepción del laboratorio pareció ahora debilitarse en mí, y vi el sol saltar rápidamente por el cielo, brincando a cada minuto, y cada minuto marcando un día. Supuse que el laboratorio había quedado destruido y que estaba yo al aire libre. Tuve la oscura impresión de hallarme sobre un andamiaje, pero iba ya demasiado de prisa para tener conciencia de cualquier cosa movible. El caracol más lento que se haya nunca arrastrado se precipitaba con demasiada velocidad para mí. La centelleante sucesión de oscuridad y de luz era sumamente dolorosa para los ojos. Luego, en las tinieblas intermitentes vi la luna girando rápidamente a través de sus fases, desde la nueva hasta la llena, y tuve un débil atisbo de las órbitas de las estrellas. Pronto, mientras avanzaba con velocidad creciente aún, la palpitación de la noche y del día se fundió en una continua grisura; el cielo tomó una maravillosa intensidad azul, un espléndido y luminoso color como el de un temprano amanecer; el sol saltarín se convirtió en una raya de fuego, en un arco brillante en el espacio, la luna en una débil faja oscilante; y no pude ver nada de estrellas, sino de vez en cuando un círculo brillante fluctuando en el azul.

La vista era brumosa e incierta. Seguía yo situado en la ladera de la colina sobre la cual está ahora construida esta casa y el saliente se elevaba por encima de mí, gris y confuso. Vi unos árboles crecer y cambiar como bocanadas de vapor, tan pronto pardos como verdes: crecían, se desarrollaban, se quebraban y desaparecían. Vi alzarse edificios imprecisos y bellos como sueños. La superficie de la tierra parecía cambiada, disipándose y fluyendo bajo mis ojos. Las agujas sobre los cuadrantes que registraban mi velocidad giraban cada vez más de prisa. Pronto observé que el círculo solar oscilaba de arriba abajo, solsticio a solsticio, en un minuto o menos, y que, por consiguiente, mi marcha era de más de un año por minuto; y minuto por minuto la blanca nieve destellaba sobre el mundo, y se disipaba, seguida por el verdor brillante y corto de la primavera.

Las sensaciones desagradables de la salida eran menos punzantes ahora. Se fundieron al fin en una especie de hilaridad convulsiva. Noté, sin embargo, un pesado bamboleo de la máquina, que era yo incapaz de explicarme. Pero mi mente se hallaba demasiado confusa para fijarse en eso, de modo que, con una especie de locura que aumentaba en mí, me precipité en el futuro. Al principio no pensé en detenerme, no pensé sino en aquellas nuevas sensaciones. Pero pronto una nueva serie de impresiones me vino a la mente –cierta curiosidad y luego cierto temor–, hasta que por último se apoderaron de mí por completo. ¡Qué extraños desenvolvimientos de la Humanidad, qué maravillosos avances sobre nuestra rudimentaria civilización, pensé, iban a aparecérseme cuando llegase a contemplar de cerca el vago y fugaz mundo que desfilaba rápido y que fluctuaba ante mis ojos! Vi una grande y espléndida arquitectura elevarse a mi alrededor, más sólida que cualquiera de los edificios de nuestro tiempo; y, sin embargo, parecía construida de trémula luz y de niebla. Vi un verdor más rico extenderse sobre la colina, y permanecer allí sin interrupción invernal. Aun a través del velo de mi confusión la tierra parecía muy bella. Y así vino a mi mente la cuestión de detener la máquina.

El riesgo especial estaba en la posibilidad de encontrarme alguna sustancia en el espacio que yo o la máquina ocupábamos. Mientras viajaba a una gran velocidad a través del tiempo, esto importaba poco: el peligro estaba, por decirlo así, atenuado, ¡deslizándome como un vapor a través de los intersticios de las sustancias intermedias! Pero llegar a detenerme entrañaba el aplastamiento de mí mismo, molécula por molécula, contra lo que se hallase en mi ruta; significaba poner a mis átomos en tan íntimo contacto con los del obstáculo, que una profunda reacción química –tal vez una explosión de gran alcance– se produciría, lanzándonos a mí y a mi aparato fuera de todas las dimensiones posibles en lo Desconocido. Esta posibilidad se me había ocurrido muchas veces mientras estaba construyendo la máquina; pero entonces la había yo aceptado alegremente, como un riesgo inevitable, ¡uno de esos riesgos que un hombre tiene que admitir! Ahora que el riesgo era inevitable, ya no lo consideraba bajo la misma alegre luz. El hecho es que, insensiblemente, la absoluta rareza de todo aquello, la débil sacudida y el bamboleo de la máquina, y sobre todo la sensación de caída prolongada, habían alterado por completo mis nervios. Me dije a mí mismo que no podría detenerme nunca, y en un acceso de enojo decidí pararme inmediatamente. Como un loco impaciente, tiré de la palanca y acto seguido el aparato se tambaleó y salí despedido por el aire.

Hubo un ruido retumbante de trueno en mis oídos. Debí quedarme aturdido un momento. Un despiadado granizo silbaba a mi alrededor, y me encontré sentado sobre una blanda hierba, frente a la máquina volcada. Todo me pareció gris, pero pronto observé que el confuso ruido en mis oídos había desaparecido. Miré en derredor. Estaba lo que parecía ser un pequeño prado de un jardín, rodeado de macizos de rododendros; y observé que sus flores malva y púrpura caían como una lluvia bajo el golpeteo de las piedras de granizo. La danzarina granizada caía sobre la máquina, y se moría a lo largo de la tierra como una humareda. En un momento me encontré calado hasta los huesos.

—Bonita hospitalidad —dije—, con un hombre que ha viajado innumerables años.

Me levanté y miré a mi alrededor. Una figura colosal, esculpida al parecer en una piedra blanca, aparecía confusamente más allá de los rododendros, a través del aguacero brumoso. Pero todo el resto era invisible.

Sería difícil describir mis sensaciones. Como las columnas de granizo disminuían, vi la figura blanca más claramente. Parecía muy voluminosa, pues un abedul plateado tocaba sus hombros. Era de mármol blanco, algo parecida en su forma a una esfinge alada; pero las alas, en lugar de llevarlas verticalmente a los lados, estaban desplegadas de modo que parecían planear. El pedestal me pareció que era de bronce y estaba cubierto de un espeso verdín. Sucedió que la cara estaba de frente a mí; los ojos sin vista parecían mirarme; había una débil sombra de una sonrisa sobre sus labios. Estaba muy deteriorada por el tiempo, y ello le comunicaba una desagradable impresión de enfermedad. Permanecí contemplándola un breve momento, medio minuto quizá, o media hora. Parecía avanzar y retroceder según cayese delante de ella el granizo más denso o más espaciado. Por último aparté mis ojos de ella por un momento, y vi que la cortina de granizo aparecía más transparente, y que el cielo se iluminaba con la promesa del sol.

Volví a mirar la figura blanca, agachado, y la plena temeridad de mi viaje se me apareció de repente. ¿Qué iba a suceder cuando aquella cortina brumosa se hubiera retirado por entero? ¿Qué podría haberles sucedido a los hombres? ¿Qué hacer si la crueldad se había convertido en una pasión común? ¿Qué, si en ese intervalo, la raza había perdido su virilidad, desarrollándose como algo inhumano, indiferente y abrumadoramente potente? Yo podría parecer algún salvaje del viejo mundo, pero el más espantoso por nuestra común semejanza, un ser inmundo que habría que matar inmediatamente.

Ya veía yo otras amplias formas: enormes edificios con intricados parapetos y altas columnas, entre una colina oscuramente arbolada que llegaba hasta mí a través de la tormenta encalmada. Me sentí presa de un terror pánico. Volví frenéticamente hacia la Máquina del Tiempo, y me esforcé penosamente en reajustarla. Mientras lo intentaba los rayos del sol traspasaron la inclemencia. El gris aguacero había pasado y se desvaneció como las vestiduras arrastradas por un fantasma. Encima de mí, en el azul intenso del cielo estival, jirones oscuros y ligeros de nubes remolineaban en la nada. Los grandes edificios a mi alrededor se elevaban claros y nítidos, brillantes con la lluvia de la tormenta, y blancos por las piedras de granizo sin derretir, amontonadas. Me sentía desnudo en un extraño mundo. Experimenté lo que quizá experimenta un pájaro en el aire cuando sabe que el gavilán vuela y quiere precipitarse sobre él. Mi pavor se tornaba frenético. Hice una larga aspiración, apreté los dientes, y luché de nuevo furiosamente, empleando las muñecas y las rodillas, con la máquina. Cedió bajo mi desesperado esfuerzo y retrocedió. Golpeó violentamente mi barbilla. Con una mano sobre el asiento y la otra sobre la palanca permanecí jadeando penosamente.

Pero con la esperanza de una pronta retirada recobré mi valor. Miré con más curiosidad y menos temor aquel mundo del arcaico futuro. Por una abertura circular, muy alta en el muro del edificio más cercano, divisé un grupo de figuras vestidas con ricos y suaves ropajes. Me habían visto, y sus caras estaban vueltas hacia mí.

Oí entonces voces que se acercaban. Viniendo a través de los macizos que crecían junto a la Esfinge Blanca, veía las cabezas y los hombros de unos seres corriendo. Uno de ellos surgió de una senda que conducía directamente al pequeño prado en el cual permanecía con mi máquina. Era una ligera criatura —de una estatura quizá de cuatro pies— vestida con una túnica púrpura, ceñida al talle por un cinturón de cuero. Unas sandalias —no pude distinguir claramente lo que eran— calzaban sus pies; sus piernas estaban desnudas hasta las rodillas, y su cabeza descubierta. Al observar esto, me di cuenta por primera vez de lo cálido que era el aire.

Me impresionó la belleza y la gracia de aquel ser, aunque me impactó también su fragilidad indescriptible. Su cara sonrosada me recordó mucho la clase de belleza de los tísicos, esa belleza hética de la que tanto hemos oído hablar. Al verle recuperé de pronto la confianza. Aparté mis manos de la máquina.

5
En la Edad de Oro

En un momento estuvimos cara a cara, yo y aquel ser frágil, más allá del futuro. Vino directamente a mí y comenzó a reírse en mis narices. La ausencia en su expresión de todo signo de miedo me impresionó enseguida. Luego se volvió hacia los otros dos que le seguían y les habló en una lengua extraña muy dulce y armoniosa.

Acudieron otros más, y pronto tuve a mi alrededor un pequeño grupo de unos ocho o diez de aquellos exquisitos seres. Uno de ellos se dirigió a mí. Se me ocurrió, de un modo bastante singular, que mi voz era demasiado áspera y profunda para ellos. Por eso moví la cabeza y, señalando mis oídos, la volví a mover. Dio él un paso hacia delante, vaciló y luego tocó mi mano. Entonces sentí otros suaves tentáculos sobre mi espalda y mis hombros. Querían comprobar si era yo un ser real. No había en esto absolutamente nada de alarmante. En verdad tenían algo aquellas lindas gentes que inspiraba confianza: una graciosa dulzura, cierta desenvoltura infantil. Y, además, parecían tan frágiles que me imaginé a mí mismo derribando una docena entera de ellos como si fuesen bolos. Pero hice un movimiento repentino para cuando vi sus manos rosadas palpando la Máquina del Tiempo. Afortunadamente, entonces, cuando no era todavía demasiado tarde, pensé en un peligro del que me había olvidado hasta aquel momento, y, tomando las barras de la máquina, desprendí las pequeñas palancas que la hubieran puesto en movimiento y las metí en mi bolsillo. Luego intenté hallar el medio de comunicarme con ellos. Entonces, viendo más de cerca sus rasgos, percibí nuevas particularidades en su tipo de belleza, muy de porcelana de Sajonia. Su pelo, que estaba rizado por igual, terminaba en punta sobre el cuello y las mejillas; no se veía el más leve indicio de vello en su cara, y sus orejas eran singularmente menudas. Las bocas, pequeñas, de un rojo brillante, de labios más bien delgados, y las barbillas reducidas, acababan en punta. Los ojos grandes y apacibles, y —esto puede parecer egoísmo por mi parte— me imaginé entonces que les faltaba cierta parte del interés que había yo esperado encontrar en ellos.

Como no hacían esfuerzo alguno para comunicarse conmigo, sino que me rodeaban simplemente, sonriendo y hablando entre ellos en suave tono arrullado, inicié la conversación. Señalé hacia la máquina del Tiempo y hacia mí mismo. Luego, vacilando un momento sobre cómo expresar la idea de tiempo, indiqué el sol con el dedo. Inmediatamente una figura pequeña, arcaica, vestida de blanco y púrpura, siguió mi gesto y, después, me dejó atónito imitando el ruido del trueno.

Durante un instante me quedé tambaleante, aunque la importancia de su gesto era suficientemente clara. Una pregunta se me ocurrió bruscamente: ¿estaban locos aquellos seres? Les sería difícil a ustedes comprender cómo se me ocurrió aquello. Ya saben que he previsto siempre que las gentes del año 802.000 y tantos nos adelantarán increíblemente en conocimientos, arte, en todo. Y, enseguida, uno de ellos me hacía de repente una pregunta que probaba que su nivel intelectual era el de un niño de cinco años, que me preguntaba en realidad ¡si había yo llegado del sol con la tronada! Lo cual alteró la opinión que me había formado de ellos por sus vestiduras, sus miembros frágiles y ligeros y sus delicadas facciones. Una oleada de desengaño cayó sobre mi mente. Durante un momento sentí que había construido la Máquina del Tiempo en vano.

Incliné la cabeza, señalando hacia el sol, e interpreté tan gráficamente un trueno, que los hice estremecer. Se apartaron todos unos pasos o más y se inclinaron. Entonces uno de ellos avanzó riendo hacia mí, llevando una guirnalda de bellas flores, que me eran desconocidas por completo, y me la puso al cuello. La idea fue acogida con un melodioso aplauso; y pronto todos empezaron a correr de una parte a otra agarrando flores; y, riendo, me las arrojaban hasta que estuve casi asfixiado bajo el amontonamiento. Ustedes que no han visto nunca nada parecido, apenas podrán figurarse qué flores delicadas y maravillosas han creado innumerables años de cultura. Después, uno de ellos sugirió que su juguete debía ser exhibido en el edificio más próximo y así me llevaron más allá de la esfinge de mármol blanco, que parecía haber estado mirándome con una sonrisa ante mi asombro, hacia un amplio edificio gris de piedra desgastada. Mientras iba con ellos, volvió a mi mente con irresistible júbilo el recuerdo de mis confiadas anticipaciones de una posteridad hondamente seria e intelectual.

El edificio tenía una enorme entrada y era todo él de colosales dimensiones. Estaba yo naturalmente muy ocupado por la creciente multitud de gentes menudas y por las grandes puertas que se abrían ante mí, sombrías y misteriosas. Mi impresión general del mundo que veía sobre sus cabezas era la de un confuso derroche de hermosos arbustos y de flores, de un jardín largo tiempo descuidado y, sin embargo, sin malas hierbas. Divisé un gran número de extrañas flores blancas, de altos tallos, que medían quizá un pie en sus pétalos de cera extendidos. Crecían desperdigadas, silvestres, entre los diversos arbustos, pero, como ya he dicho, no pude examinarlas de cerca en aquel momento. La Máquina del Tiempo quedó abandonada sobre la hierba.

El arco de la entrada estaba esculpido, pero, naturalmente, no pude observar desde muy cerca las esculturas, aunque me pareció vislumbrar indicios de antiguos adornos fenicios al pasar y me sorprendió que estuvieran muy rotos y deteriorados por el tiempo. Vinieron a mi encuentro en la puerta varios seres brillantemente ataviados, entramos, yo vestido con deslucidas ropas del siglo diecinueve, de aspecto bastante grotesco, enguirnaldado de flores, y rodeado de vestidos alegres y suavemente coloridos y de miembros tersos y blancos en un melodioso círculo de risas y de alegres palabras.

La enorme puerta daba a un vestíbulo relativamente grande, tapizado de oscuro. El techo estaba en la sombra, y las ventanas, guarnecidas en parte de cristales de colores y desprovistas de ellos, dejaban pasar una luz suave. El suelo estaba hecho de inmensos bloques de un metal muy duro, no de planchas ni de losas; pensé que debía estar tan desgastado por el ir y venir de pasadas generaciones, debido a los hondos surcos que había a lo largo de los caminos más frecuentados. Transversalmente a su longitud había innumerables mesas hechas de losas de piedra pulimentada, elevadas, quizá, a un metro del suelo, y sobre ellas montones de frutas. Reconocí algunas como una especie de frambuesas y naranjas hipertrofiadas, pero la mayoría eran muy raras.

Entre las mesas había esparcidos numerosos cojines. Mis guías se sentaron sobre ellos, indicándome que hiciese lo mismo. Con una agradable ausencia de ceremonia comenzaron a comer las frutas, arrojando las pieles y las pepitas dentro de unas aberturas redondas que había alrededor de las mesas.

Estaba yo dispuesto a seguir su ejemplo, me sentía sediento y hambriento. Mientras lo hacía, observé el vestíbulo.

Y quizá lo que más me impactó fue su aspecto ruinoso. Los cristales de color, que mostraban un solo modelo geométrico, estaban rotos en muchos sitios, y las cortinas que colgaban sobre el extremo inferior aparecían cubiertas de polvo. Y mi mirada descubrió que la esquina de la mesa de mármol, cercana a mí, estaba rota. El efecto general era de suntuosidad y muy pintoresco. Había allí, quizá, un par de centenares de gente comiendo en el vestíbulo; y muchas de ellas, sentadas tan cerca de mí como podían, me contemplaban con interés, brillándoles los ojos sobre el fruto que comían. Todas estaban vestidas con la misma tela suave, sedeña y, sin embargo, fuerte.

La fruta constituía todo su régimen alimenticio. Aquella gente del remoto futuro era estrictamente vegetariana, y mientras estuve con ella, pese a algunos deseos carnívoros, tuve que ser frugívoro. Realmente, vi después que los caballos, el ganado, las ovejas, los perros, habían seguido al ictiosauro en su extinción. Pero las frutas eran en verdad deliciosas; una en particular, que pareció atractiva durante todo el tiempo que permanecí allí —una fruta harinosa de envoltura triangular—, era especialmente sabrosa, e hice de ella mi alimento habitual. Al principio me desconcertaban todas aquellas extrañas frutas, y las flores raras que veía, pero después empecé a comprender su importancia.

Y ahora ya les he hablado a ustedes bastante de mi alimentación frugívora en el lejano futuro. Tan pronto como calmé un poco mi apetito, decidí hacer una enérgica tentativa para aprender el lenguaje de aquellos nuevos compañeros míos. Era, evidentemente, lo primero que debía hacer. Las frutas parecían una cosa adecuada para iniciar aquel aprendizaje, y agarrando una la levanté con una serie de sonidos y de gestos interrogativos. Tuve una gran dificultad en dar a entender mi propósito. Al principio mis intentos tropezaron con unas miradas fijas de sorpresa o con risas inextinguibles, pero pronto una criatura de cabellos rubios pareció captar mi intención y repitió un nombre. Ellos charlaron y se explicaron largamente la cuestión unos a otros, y mis primeras tentativas de imitar los exquisitos sonidos de su lenguaje suave produjeron una enorme e ingenua, ya que no cortés, diversión. Sin embargo, me sentí un maestro de escuela rodeado de niños, insistí, y conté con una veintena de nombres sustantivos, por lo menos, a mi disposición; luego llegué a los pronombres demostrativos e incluso al verbo "comer". Pero era una tarea lenta, y aquellos pequeños seres se cansaron pronto y quisieron huir de mis interrogaciones, entonces decidí, más bien por necesidad, dejar que impartiesen sus lecciones en pequeñas dosis cuando se sintieran inclinados a hacerlo. Y enseguida me di cuenta de que tenía que ser en dosis muy pequeñas, porque jamás he visto gente más indolente ni que se cansase con mayor facilidad.

6
El ocaso de la humanidad

Pronto descubrí una cosa extraña en relación con mis pequeños huéspedes: su falta de interés. Venían a mí con gritos anhelantes de asombro, como niños; pero cesaban de examinarme, y se apartaban para ir en pos de algún otro juguete. Terminadas la comida y mis tentativas de conversación, observé por primera vez que casi todos los que me rodeaban al principio se habían ido. Y resulta también extraño cuán rápidamente llegué a no hacer caso de aquella gente imperceptible. Franqueé la puerta y me encontré de nuevo a la luz del sol del mundo, una vez satisfecha mi hambre. Encontré continuamente más grupos de aquellos hombres del futuro, que me seguían a corta distancia, murmurando y riendo, y habiéndome sonreído y hecho gestos de una manera amistosa, me dejaban entregado a mis propios pensamientos.

La calma de la noche se extendía sobre el mundo cuando salí del gran vestíbulo y la escena estaba iluminada por el cálido resplandor del sol poniente. Al principio las cosas aparecían muy confusas. Todo era completamente distinto del mundo que yo conocía; hasta las flores. El enorme edificio que acababa de abandonar estaba situado sobre la ladera de un valle por el que corría un ancho río; pero el Támesis había sido desviado, a una milla aproximadamente de su actual posición. Decidí subir a la cumbre de una colina, desde donde podría tener una amplia vista de este nuestro planeta en el año de gracia 802.701. Esta era, como debería haberlo explicado, la fecha que los pequeños cuadrantes de mi máquina señalaban.

Mientras caminaba, estaba alerta a toda impresión que pudiera probablemente explicarme el estado de ruinoso esplendor en que encontré al mundo, pues aparecía destruido. En un pequeño sendero que ascendía a la colina, por ejemplo, había un amontonamiento de granito, ligado por masas de aluminio, un amplio laberinto de murallas escarpadas y de piedras desmoronadas, entre las cuales crecían espesos macizos de bellas plantas en forma de pagoda —ortigas probablemente—, pero de hojas maravillosamente coloridas de marrón y que no podían pinchar. Eran evidentemente los restos abandonados de alguna gran construcción, erigida con un fin que no podía yo determinar. Era allí donde estaba yo destinado, en una fecha posterior, a llevar a cabo una experiencia muy extraña —primer indicio de un descubrimiento más extraño aún—, pero de la cual hablaré en su adecuado lugar.

Miré alrededor con un repentino pensamiento, desde una terraza en la cual descansé un rato, y me di cuenta de que no había allí ninguna casa pequeña. Al parecer, la mansión corriente, y probablemente la casa de familia, habían desaparecido. Entre la espesura había edificios semejantes a palacios, pero la casa normal y la de campo, que prestan unos rasgos tan característicos a nuestro paisaje inglés, habían desaparecido.

"Es el comunismo", dije para mí.

Y pisándole los talones a este apareció otro pensamiento. Miré la media docena de figuritas que me seguían. Entonces, en un relámpago, percibí que todas tenían la misma forma de vestido, la misma cara imberbe y suave, y la misma morbidez femenil de miembros. Podrá parecer extraño, quizá, que no hubiese yo notado aquello antes. Pero ¡era todo tan extraño! Ahora veo el hecho con plena claridad. En el vestido y en todas las diferencias de contextura y de porte que marcan hoy la distinción entre uno y otro sexo, aquella gente del futuro era idéntica. Y los hijos no parecían ser a mis ojos sino las miniaturas de sus padres. Pensé entonces que los niños de aquel tiempo eran sumamente precoces, al menos físicamente, y pude después comprobar ampliamente mi opinión.

Viendo la desenvoltura y la seguridad en que vivían aquellas gentes, comprendí que aquel estrecho parecido de los sexos era, después de todo, lo que podía esperarse; pues la fuerza de un hombre y la delicadeza de una mujer, la institución de la familia y la diferenciación de ocupaciones son simples necesidades de una edad de fuerza física. Allí donde la población es equilibrada y abundante, muchos nacimientos llegan a ser un mal más que un beneficio para el Estado; allí donde la violencia es rara y la prole es segura, hay menos necesidad –realmente no existe la necesidad– de una familia eficaz, y la especialización de los sexos con referencia a las necesidades de sus hijos desaparece Vemos algunos indicios de esto hasta en nuestro propio tiempo, y en esa edad futura era un hecho consumado. Esto, debo recordárselo a ustedes, era una conjetura que hacía yo en aquel momento. Después, iba a poder apreciar cuán lejos estaba de la realidad.

Mientras meditaba sobre estas cosas, atrajo mi atención una linda y pequeña construcción, parecida a un pozo bajo una cúpula. Pensé de modo pasajero en la singularidad de que existiese aún un pozo, y luego reanudé mis teorías. No había grandes edificios hasta la cumbre de la colina. Y como mis facultades motrices eran evidentemente milagrosas, pronto me encontré solo por primera vez. Con una extraña sensación de libertad y de aventura avancé hacia la cumbre.

Allí encontré un asiento hecho de un metal amarillo que no reconocí, corroído por una especie de orín rosado y semicubierto de blando musgo; tenía los brazos vaciados y bruñidos en forma de cabezas de grifo. Me senté y contemplé la amplia visión de nuestro viejo mundo bajo el sol poniente de aquel largo día. Era uno de los más bellos y agradables espectáculos que he visto nunca. El sol se había puesto ya por debajo del horizonte y el oeste era de oro llameante, tocado por algunas barras horizontales de púrpura y carmesí. Por debajo estaba el valle del Támesis en donde el río se extendía como una banda de acero pulido. He hablado ya de los grandes palacios que despuntaban entre el abigarrado verdor, algunos en ruinas y otros ocupados aún. Aquí y allá surgía una figura blanca o plateada en el devastado jardín de la tierra, aquí y allá aparecía la afilada línea vertical de alguna cúpula u obelisco. No había cercos, ni señales de derechos de propiedad, ni muestras de agricultura; la tierra entera se había convertido en un jardín.

Contemplando esto, comencé a urdir mi interpretación acerca de las cosas que había visto, y dada la forma que tomó para mí aquella noche, mi interpretación fue algo aproximado (después vi que había encontrado solamente una semiverdad, o vislumbrado únicamente una faceta de la verdad):

Me pareció encontrarme en la decadencia de la Humanidad. El ocaso rojizo me hizo pensar en el ocaso de la Humanidad. Por primera vez empecé a comprender una singular consecuencia del esfuerzo social en que estamos ahora comprometidos. Y sin embargo, créanlo, esta es una consecuencia bastante lógica. La fuerza es el resultado de la necesidad; la seguridad establece un premio a la debilidad. La obra de mejoramiento de las condiciones de vida —el verdadero proceso civilizador que hace la vida cada vez más segura— había avanzado constantemente hacia su culminación. Un triunfo de una Humanidad unida sobre la Naturaleza había seguido a otro. Cosas que ahora son tan sólo sueños habían llegado a ser proyectos deliberadamente emprendidos y llevados adelante. ¡Y lo que yo veía era el fruto de aquello!

Después de todo, la salubridad y la agricultura de hoy día se hallan aún en una etapa rudimentaria. La ciencia de nuestro tiempo no ha atacado más que una pequeña división del campo de las enfermedades humanas, pero, aun así, extiende sus operaciones de modo constante y persistente. Nuestra agricultura y nuestra horticultura destruyen una mala hierba y cultivan quizá una veintena aproximadamente de plantas saludables, dejando que la mayoría luche por equilibrarse como pueda. Mejoramos nuestras plantas y nuestros animales favoritos —¡y qué pocos son!— gradualmente, por vía selectiva; ora un melocotón mejor, ora unas uvas sin pepitas, ora una flor más grande y perfumada, ora una raza de ganado vacuno más conveniente. Los mejoramos gradualmente, porque nuestros ideales son tanteadores, y nuestro conocimiento muy limitado, la Naturaleza es también tímida y lenta en nuestras manos torpes. Algún día todo esto estará mejor organizado y será incluso superior. Esta es la dirección de la corriente a pesar de los remansos. El mundo entero será inteligente, culto y servicial; las cosas se moverán más y más de prisa hacia la sumisión de la Naturaleza. Al final, sabia y cuidadosamente, reajustaremos el equilibrio de la vida animal y vegetal para adaptarlas a nuestras necesidades humanas.

Este reajuste, digo yo, debe haber sido hecho y bien hecho, realmente para siempre, en el espacio de tiempo a través del cual mi máquina había saltado. El aire estaba libre de mosquitos, la tierra de malas hierbas y de hongos; por todas partes había frutas y flores deliciosas; brillantes mariposas revoloteaban. El ideal de la medicina preventiva estaba alcanzado. Las enfermedades, suprimidas. No vi ningún indicio de enfermedad contagiosa durante toda mi permanencia allí. Y ya les contaré más adelante que hasta el proceso de la putrefacción y de la vejez había sido profundamente afectado por aquellos cambios.

Se habían conseguido también triunfos sociales. Veía yo la Humanidad alojada en espléndidas moradas, suntuosamente vestida; y, sin embargo, no había encontrado aquella gente ocupada en ninguna actividad. Allí no había signo alguno de lucha, ni social ni económica. La tienda, el anuncio, el tráfico, todo ese comercio que constituye la realidad de nuestro mundo había desaparecido. Era natural que en aquella noche preciosa me apresurase a aprovechar la idea de un paraíso social. La dificultad del aumento de población había sido resuelta, supongo, y la población cesó de aumentar.

Pero con semejante cambio de condición vienen las inevitables adaptaciones. A menos que la ciencia biológica sea un montón de errores, ¿cuál es la causa de la inteligencia y del vigor humano? Las penalidades y la libertad: condiciones bajo las cuales el ser activo, fuerte y apto, sobrevive, y el débil sucumbe; condiciones que recompensan la alianza leal de los hombres capaces basadas en la autocontención, la paciencia y la decisión. Y la institución de la familia y las emociones que entraña, los celos feroces, la ternura por los hijos, la abnegación de los padres, todo ello encuentra su justificación y su apoyo en los peligros inminentes que amenazan a los jóvenes. Ahora, ¿dónde están esos peligros inminentes? Se origina aquí un sentimiento que crecerá contra los celos conyugales, contra la maternidad feroz, contra toda clase de pasiones; cosas inútiles ahora, cosas que nos hacen sentirnos molestos, supervivientes salvajes y discordantes en una vida refinada y grata.

Pensé en la pequeñez física de la gente, en su falta de inteligencia, en aquellas enormes y profundas ruinas; y esto fortaleció mi creencia en una conquista perfecta de la Naturaleza.

Porque después de la batalla viene la calma. La Humanidad había sido fuerte, enérgica e inteligente, y había utilizado su abundante vitalidad para modificar las condiciones bajo las cuales vivía. Y ahora llegaba la reacción de aquellas condiciones cambiadas.

Bajo las nuevas condiciones de bienestar y de seguridad perfectos, esa bulliciosa energía, que es nuestra fuerza, llegaría a ser debilidad. Hasta en nuestro tiempo ciertas inclinaciones y deseos, en otro tiempo necesarios para sobrevivir, son un constante origen de fracaso. La valentía física y el amor al combate, por ejemplo, no representan una gran ayuda –pueden incluso ser obstáculos– para el hombre civilizado. Y en un estado de equilibrio físico y de seguridad, la potencia, tanto intelectual como física, estaría fuera de lugar. Pensé que durante incontables años no había habido peligro alguno de guerra o de violencia aislada, ningún peligro de fieras, ninguna enfermedad agotadora que haya requerido una constitución vigorosa, ni necesitado un trabajo asiduo. Para una vida así, los que llamaríamos débiles se hallan tan bien equipados como los fuertes, no son realmente débiles. Mejor dotados en realidad, pues los fuertes estarían dilapidados por una energía para la cual no hay salida. Era indudable que la exquisita belleza de los edificios que yo veía era el resultado de las últimas agitaciones de la energía ahora sin fin determinado de la Humanidad, antes de haberse asentado en la perfecta armonía con las condiciones bajo las cuales vivía: el florecimiento de ese triunfo que fue el comienzo de la última gran paz. Esta ha sido siempre la suerte de la energía en seguridad; se consagra al arte y al erotismo, y luego vienen la languidez y la decadencia.

Hasta ese impulso artístico deberá desaparecer al final –había desaparecido casi en el Tiempo que yo veía–. Adornarse ellos mismos con flores, danzar, cantar al sol; esto era lo que quedaba del espíritu artístico y nada más. Aun eso desaparecería, dando lugar a una satisfecha inactividad. Somos afilados sin cesar sobre la muela del dolor y de la necesidad, y, según me parecía, ¡he aquí que aquella odiosa muela se rompía al fin!

Me eternicé en las condensadas tinieblas pensando que con aquella simple explicación había yo dominado el problema del mundo, dominando el secreto entero de aquel delicioso pueblo. Tal vez los obstáculos por ellos ideados para detener el aumento de población habían tenido demasiado éxito, y su número, en lugar de permanecer estacionario, había más bien disminuido. Esto hubiese explicado aquellas ruinas abandonadas. Era muy sencilla mi explicación y bastante plausible, ¡como lo son la mayoría de las teorías equivocadas!

7
Una conmoción repentina

Mientras permanecía meditando sobre este triunfo demasiado perfecto del hombre, la luna llena, amarilla y jibosa, salió entre un desbordamiento de luz plateada, al nordeste. Las brillantes figuritas cesaron de moverse debajo de mí, un búho silencioso revoloteó, y me estremecí con el frío de la noche. Decidí descender y elegir un sitio donde poder dormir.

Busqué con los ojos el edificio que conocía. Luego mi mirada corrió a lo largo de la figura de la Esfinge Blanca sobre el pedestal de bronce, cada vez más visible a medida que la luz de la luna ascendente se hacía más brillante. Podía yo ver el argentado abedul enfrente. Había allí, por un lado, el macizo de rododendros, negro en la pálida claridad, y por el otro la pequeña pradera, que volví a contemplar. Una extraña duda heló mi satisfacción. "No", me dije con resolución, "esa no es la pradera".

Pero era la pradera. La lívida faz leprosa de la esfinge estaba vuelta hacia allí. ¿Pueden ustedes imaginar lo que sentí cuando tuve la plena convicción de ello? No podrían. ¡La Máquina del Tiempo había desaparecido! Enseguida, como un latigazo en la cara, se me ocurrió la posibilidad de perder mi propia época, de quedar abandonado e impotente en aquel extraño mundo nuevo. El simple pensamiento de esto representaba una verdadera sensación física. Sentía que me agarraba por la garganta, cortándome la respiración. Un momento después sufrí un ataque de miedo y corrí ladera abajo.

Tropecé, caí de cabeza y me hice un corte en la cara; no perdí el tiempo en contener la sangre, sino que salté de nuevo en pie y seguí corriendo, mientras me escurría la sangre caliente por la mejilla y el mentón. Y mientras corría me iba diciendo a mí mismo: "La han movido un poco, la han empujado debajo del macizo, fuera del camino". Sin embargo, corría todo cuanto me era posible. Todo el tiempo, con la certeza que algunas veces acompaña a un miedo excesivo, yo sabía que tal seguridad era una locura, sabía instintivamente que la máquina había sido transportada fuera de mi alcance. Respiraba penosamente. Supongo que recorrí la distancia entera desde la cumbre de la colina hasta la pradera, dos millas aproximadamente, en diez minutos. Y no soy ya un joven. Mientras iba corriendo maldecía en voz alta mi necia confianza, derrochando así mi aliento. Gritaba muy fuerte y nadie contestaba. Ningún ser parecía agitarse en aquel mundo iluminado por la luna.

Cuando llegué a la pradera mis peores temores se realizaron. No se veía el menor rastro de la máquina. Me sentí desfallecido y helado cuando estuve frente al espacio vacío, entre la negra maraña de los arbustos. Corrí furiosamente alrededor, como si la máquina pudiera estar oculta en algún rincón, y luego me detuve, agarrándome el pelo con las manos. Por encima de mí, distinguía la esfinge, sobre su pedestal de bronce, blanca, brillante, leprosa, bajo la luz de la luna que ascendía. Parecía reírse burlonamente de mi angustia.

Pude haberme consolado a mí mismo imaginando que los pequeños seres habían llevado por mí el aparato a algún refugio, de no haber tenido la seguridad de su incapacidad física e intelectual. Esto era lo que me acongojaba: la sensación de algún poder insospechado hasta entonces, por cuya intervención mi invento había desaparecido. Sin embargo, estaba seguro de una cosa: salvo que alguna otra época hubiera construido un duplicado exacto, la máquina no podía haberse movido a través del tiempo. Las conexiones de las palancas –les mostraré después el sistema– impiden que, una vez quitadas, alguien pueda ponerla en movimiento de ninguna manera. Había sido transportada y escondida solamente en el espacio. Pero, entonces, ¿dónde podía estar?

Creo que debí ser presa de una especie de frenesí. Recuerdo haber recorrido violentamente por dentro y por fuera, a la luz de la luna, todos los arbustos que rodeaban a la esfinge, y asustado en la incierta claridad a algún animal blanco al que tomé por un cervato. Recuerdo también, ya muy avanzada la noche, haber aporreado las matas con mis puños cerrados hasta que mis articulaciones quedaron heridas y sangrantes por las ramas partidas. Luego, sollozando y delirando en mi angustia de espíritu, descendí hasta el gran edificio de piedra. El enorme vestíbulo estaba oscuro, silencioso y desierto. Resbalé sobre un suelo desigual y caí encima de una de las mesas de malaquita. Encendí una vela y penetré al otro lado de las cortinas polvorientas de las que les he hablado.

Allí encontré un segundo gran vestíbulo cubierto de cojines, sobre los cuales dormían, quizá, una veintena de aquellos pequeños seres. Estoy seguro de que encontraron mi segunda aparición bastante extraña, surgiendo repentinamente de la tranquila oscuridad con ruidos inarticulados y el chasquido y la llama de un fósforo. Porque ellos habían olvidado lo que eran las velas. "¿Dónde está mi Máquina del Tiempo?", comencé, gritando como un niño furioso, asiéndolos y sacudiéndolos a un tiempo. Debió parecerles muy raro aquello. Algunos rieron, la mayoría parecieron dolorosamente amedrentados. Cuando vi que formaban círculo a mi alrededor, se me ocurrió que estaba haciendo una cosa tan necia como era posible hacerla en aquellas circunstancias, intentando revivir la sensación de miedo. Porque, razonando conforme a su comportamiento a la luz del día, pensé que el miedo debía estar olvidado.

Bruscamente tiré la vela, y, chocando con algunos de aquellos seres en mi carrera, crucé otra vez, desatinado, el enorme comedor hasta llegar afuera, bajo la luz de la luna. Oí gritos de terror y sus piececitos corriendo y tropezando. No recuerdo todo lo que hice mientras la luna ascendía por el cielo. Supongo que era la circunstancia inesperada de mi pérdida lo que me enloquecía. Me sentía desesperanzado, separado de mi propia especie, como un extraño animal en un mundo desconocido. Debí desvariar de un lado para otro, vociferando contra Dios y el Destino. Recuerdo que sentí una horrible fatiga, mientras la larga noche de desesperación transcurría; que observé sitios imposibles; que anduve a tientas entre las ruinas iluminadas por la luna y que toqué extrañas criaturas en las negras sombras, y, por último, que me tendí sobre la tierra junto a la esfinge, llorando por mi absoluta desdicha, porque hasta la furia por haber cometido la locura de abandonar la máquina había desaparecido con mi fuerza. No me quedaba más que mi desgracia. Luego me dormí, y cuando desperté otra vez era ya muy de día, y una pareja de gorriones brincaba a mi alrededor sobre la hierba, al alcance de mi mano.

Me senté en la frescura de la mañana, intentando recordar cómo había llegado hasta allí, y por qué experimentaba tan profunda sensación de abandono y desesperación. Entonces las cosas se aclararon en mi mente. Con la razonable luz del día, podía considerar de frente mis circunstancias. Me di cuenta de la grandísima locura cometida en mi frenesí de la noche anterior, y pude razonar: "¿Suponer lo peor? —me dije–. ¿Suponer que la máquina está enteramente perdida, destruida, quizá? Me importa estar tranquilo, ser paciente, aprender el modo de ser de esta gente, adquirir una idea clara de cómo se ha perdido mi aparato, y los medios de conseguir materiales y herramientas; a fin de poder, al final, construir tal vez otro". Tenía que ser aquella mi única esperanza, una mísera esperanza tal vez, pero mejor que la desesperación. Después de todo, era aquel un mundo bello y atractivo.

Pero probablemente la máquina había sido tan sólo sustraída. Aun así, debía yo mantenerme sereno, tener paciencia, buscar el sitio del escondite, y recuperarla por la fuerza o con astucia. Me puse en pie rápidamente y miré alrededor, preguntándome dónde podría lavarme. Me sentía fatigado, entumecido y sucio a causa del viaje. El frescor de la mañana me hizo desear. Había agotado mi emoción. Realmente, buscando lo que necesitaba, me sentí asombrado de mi intensa excitación de la noche anterior. Examiné cuidadosamente el suelo de la pradera. Perdí un rato en fútiles preguntas dirigidas lo mejor que pude a aquellas personas que se acercaban. Todos fueron incapaces de comprender mis gestos; algunos se mostraron simplemente estúpidos; otros creyeron que era una broma, y se rieron delante de mí. Fue para mí la tarea más difícil del mundo impedir que mis manos cayesen sobre sus lindas caras rientes. Era un loco impulso, pero el demonio engendrado por el miedo y la cólera ciega estaba mal reprimido y aun ansioso de aprovecharse de mi perplejidad. La hierba me trajo un mejor consejo. Encontré unos surcos marcados en ella, aproximadamente a mitad de camino entre el pedestal de la esfinge y las huellas de pasos de mis pies, a mi llegada. Había alrededor otras señales de traslación, con extrañas y estrechas huellas de pasos, de modo que las pude creer hechas por uno de esos animales llamados perezosos. Esto dirigió mi atención más cerca del pedestal.

Era este, como creo haber dicho, de bronce. No se trataba de un simple bloque, sino que estaba ambiciosamente adornado con unos paneles hondos a cada lado.

Me acerqué a golpearlos. El pedestal era hueco. Examinando los paneles minuciosamente, observé que quedaba una abertura entre ellos y el marco. No había allí asas ni cerraduras, pero era posible que aquellos paneles, si eran puertas como yo suponía, se abriesen hacia dentro. Una cosa aparecía con claridad ante mi inteligencia. No necesité un gran esfuerzo mental para inferir que mi Máquina del Tiempo estaba dentro de aquel pedestal. Pero cómo había llegado hasta allí era un problema diferente.

Vi las cabezas de dos seres vestidos color naranja, entre las matas y bajo unos manzanos cubiertos de flores, venir hacia mí. Me volví a ellos sonriendo y llamándoles por señas. Llegaron a mi lado, y entonces, señalando el pedestal de bronce, intenté darles a entender mi deseo de abrirlo. Pero a mi primer gesto hacia allí se comportaron de un modo muy extraño. No sé cómo describirles a ustedes su expresión. Supongan que hacen a una dama de fino temperamento unos gestos groseros e impropios; la actitud que esa dama adoptaría fue la de ellos. Se alejaron como si hubiesen recibido el último insulto. Intenté una amable mímica parecida ante un efebo vestido de blanco, con el mismo resultado exactamente. De un modo u otro su actitud me dejó avergonzado de mí mismo. Pero, como ustedes comprenderán, yo deseaba recuperar la Máquina del Tiempo, e hice una nueva tentativa. Cuando vi a este dar la vuelta, como los otros, mi mal humor predominó. En tres zancadas lo alcancé, lo agarré por la parte suelta de su vestido alrededor del cuello, y lo empecé a arrastrar hacia la esfinge. Entonces vi tal horror y tal repugnancia en su rostro que lo solté.

Pero no quería declararme vencido aún. Golpeé con los puños los paneles de bronce. Creí oír algún movimiento dentro (para ser más claro, creí percibir un ruido como de risas sofocadas), pero debí equivocarme. Entonces fui a buscar una gruesa piedra al río, y volví a martillar con ella los paneles hasta que hube aplastado una espiral de los adornos, y cayó el verdín en laminillas polvorientas. La delicada gente debió de oírme golpear en violentas arremetidas, pero no se acercó. Vi una multitud de ellos por las laderas, mirándome furtivamente. Al final, sofocado y rendido, me senté para vigilar aquel sitio.

Pero estaba demasiado inquieto para controlar todo; soy demasiado occidental para una larga vigilancia. Puedo trabajar durante años enteros en un problema, pero aguardar inactivo durante veinticuatro horas es otra cuestión.

Después me levanté, y empecé a caminar entre la maleza, hacia la colina otra vez. "Paciencia —me dije—; si quieres recuperar tu máquina debes dejar sola a la esfinge. Si piensan quitártela, de poco sirve destrozar sus paneles de bronce, y si no piensan hacerlo, te la devolverán tan pronto como se la pidas. Velar entre todas esas cosas desconocidas ante un rompecabezas como este es desesperante. Representa una línea de conducta que lleva a la demencia. Enfréntate con este mundo. Aprende sus usos, obsérvale, abstente de hacer conjeturas demasiado precipitadas en cuanto a sus intenciones; al final encontrarás la pista de todo esto". Entonces, me di cuenta de lo cómico de la situación: el recuerdo de los años que había gastado en estudios y trabajos para adentrarme en el tiempo futuro y, ahora, una ardiente ansiedad por salir de él. Me había creado la más complicada y desesperante trampa que haya podido inventar nunca un hombre, sin poder remediarlo. Me reí a carcajadas.

Cuando cruzaba el enorme palacio, me pareció que aquellas personas me esquivaban. Podían ser figuraciones mías, o algo relacionado con mis golpes en las puertas de bronce. Estaba, sin embargo, casi seguro de que me rehuían. Aunque tuve buen cuidado de mostrar que no me importaba, y de abstenerme de perseguirles, en el transcurso de uno o dos días las cosas volvieron a su antiguo estado. Hice todos los progresos que pude en su lengua, y, además, proseguí mis exploraciones. A menos que no haya tenido en cuenta algún código lingüístico sutil, su lengua parecía excesivamente simple, compuesta casi de sustantivos concretos y verbos. En lo relativo a los sustantivos abstractos, parecía haber pocos (si los había). Empleaban escasamente el lenguaje figurado. Como sus frases eran por lo general simples y de dos palabras, no pude darles a entender ni comprender sino las cosas más sencillas. Decidí apartar la idea de mi Máquina del Tiempo y el misterio de las puertas de bronce de la esfinge hasta donde fuera posible en un rincón de mi memoria, esperando que mi creciente conocimiento me llevase a ella por un camino natural. Sin embargo, cierto sentimiento, como podrán ustedes comprender, me retenía en un círculo de unas cuantas millas alrededor del espacio de mi llegada.

8
Explicación

Hasta donde podía ver, el mundo entero desplegaba la misma exuberante riqueza que el valle del Támesis. Desde cada colina a la que yo subía, vi la misma profusión de edificios espléndidos, infinitamente variados de materiales y de estilos; los mismos amontonamientos de árboles de hoja perenne, los mismos árboles cargados de flores y los mismos altos helechos. Aquí y allá el agua brillaba como plata, y más lejos la tierra se elevaba en azules ondulaciones de colinas, y desaparecía así en la serenidad del cielo. Un rasgo peculiar que atrajo mi atención fue la presencia de ciertos pozos circulares, varios de ellos, según me pareció, de una profundidad muy grande. Uno se hallaba situado cerca del sendero que subía a la colina, y que yo había seguido durante mi primera caminata. Como los otros, estaba bordeado de bronce, curiosamente forjado, y protegido de la lluvia por una pequeña cúpula. Sentado sobre el borde de aquellos pozos, y escrutando su oscuro fondo, no pude divisar ningún centelleo de agua, ni conseguir ningún reflejo con la llama de una vela. Pero en todos ellos oí cierto ruido: un toc-toc-toc, parecido a la pulsación de alguna enorme máquina; y descubrí, por la llama de mis velas, que una corriente continua de aire soplaba abajo, dentro del hueco de los pozos. Además, arrojé un pedazo de papel en el orificio de uno de ellos; y en vez de descender revoloteando lentamente, fue aspirado y se perdió de vista.

También, después de un rato, llegué a relacionar aquellos pozos con altas torres que se elevaban sobre las laderas; había con frecuencia por encima de ellas esa misma fluctuación que se percibe en un día caluroso sobre una playa abrasada por el sol. Enlazando estas cosas, llegué a la firme presunción de un amplio sistema de ventilación subterránea, cuya verdadera significación érame difícil imaginar. Me incliné a asociarlo con la instalación sanitaria de aquellas gentes. Era una conclusión evidente, pero equivocada.

Y aquí debo admitir que he aprendido muy poco de desagües, de campanas y de modos de transporte, y de comodidades parecidas, durante el tiempo de mi permanencia en aquel futuro real. En algunas de aquellas visiones de Utopía y de los tiempos por venir que he leído, hay una gran cantidad de detalles sobre la construcción, las ordenaciones sociales y demás cosas de ese género. Pero aunque tales detalles son bastante fáciles de obtener cuando el mundo entero se encuentra contenido en la sola imaginación, son por completo inaccesibles para un auténtico viajero mezclado con la realidad, como me encontré allí. ¡Imagínense ustedes lo que contaría de Londres un negro recién llegado del África central al regresar a su tribu! ¿Qué podría él saber de las compañías de ferrocarriles, de los movimientos sociales, del teléfono y el telégrafo, de la compañía de envío de paquetes a domicilio, de los giros postales y de otras cosas parecidas? ¡Sin embargo, nosotros accederíamos, cuando menos, a explicarle esas cosas! E incluso de lo que él supiese, ¿qué le haría comprender o creer a su amigo que no hubiese viajado? ¡Piensen, además, qué escasa distancia hay entre un negro y un blanco de nuestro propio tiempo, y qué extenso espacio existía entre aquellos seres de la Edad de oro y yo! Me daba cuenta de muchas cosas invisibles que contribuían a mi bienestar; pero salvo por una impresión general de organización automática, temo no poder hacerles comprender a ustedes sino muy poco de esa diferencia.

En lo referente a la sepultura, por ejemplo, no podía yo ver signos de cremación, ni nada que sugiriese tumbas. Pero se me ocurrió que, posiblemente, habría cementerios (u hornos crematorios) en alguna parte, más allá de mi línea de exploración. Fue esta, de nuevo, una pregunta que me planteé deliberadamente, y mi curiosidad sufrió un completo fracaso al principio con respecto a esa cuestión. La forma me desconcertaba, y acabé por hacer una observación ulterior que me desconcertó más aún: que no había entre aquella gente ningún ser anciano o enfermo.

Debo confesar que la satisfacción que sentí por mi primera teoría de una civilización automática y de una Humanidad en decadencia, no duró mucho tiempo. Sin embargo, no podía yo imaginar otra. Los diversos enormes palacios que había yo explorado eran simples viviendas, grandes salones comedores y amplios dormitorios. No pude encontrar ni máquinas ni herramientas de ninguna clase. Sin embargo, aquella gente iba vestida con bellos tejidos, que deberían necesariamente renovar de vez en cuando, y sus sandalias, aunque sin adornos, eran muestras bastante complejas de trabajo metálico. De un modo o de otro tales cosas debían ser fabricadas. Y aquella gente no revelaba indicio alguno de tendencia creadora. No había tiendas, ni talleres, ni señal ninguna de importaciones entre ellos. Gastaban todo su tiempo en retozar lindamente, en bañarse en el río, en hacerse el amor de una manera semi-juguetona, en comer frutas y en dormir. No pude ver cómo se conseguía que las cosas siguieran marchando.

Volvamos, entonces, a la Máquina del Tiempo: alguien, no sabía yo quién, la había encerrado en el pedestal hueco de la Esfinge Blanca. ¿Por qué? No pude imaginarlo. Había también aquellos pozos sin agua, aquellas columnas de aireación. Comprendí que me faltaba una pista. Comprendí..., ¿cómo les explicaría aquello? Supónganse que encuentran ustedes una inscripción, con frases en un excelente y claro inglés, e, interpoladas con esto, otras compuestas de palabras, incluso de letras, absolutamente desconocidas para ustedes. ¡Al tercer día de mi visita, así era como se me presentaba el mundo del año 802.701!

Ese día, también, me hice una amiga. Sucedió que, cuando estaba yo contemplando a algunos de aquellos seres bañándose en un arrecife, uno de ellos sufrió un calambre, y empezó a ser arrastrado por el agua. La corriente principal era más bien rápida, aunque no demasiado fuerte para un nadador regular. Les daré a ustedes una idea, por tanto, de la extraña imperfección de aquellas criaturas, cuando les diga que ninguna hizo el más leve gesto para intentar salvar al pequeño ser que gritando débilmente se estaba ahogando ante sus ojos. Cuando me di cuenta de ello, me despojé de la ropa, y vadeando el agua por un sitio más abajo, agarré aquella cosa menuda y la puse a salvo en la orilla. Unas ligeras fricciones en sus miembros la reanimaron pronto, y tuve la satisfacción de verla completamente bien antes de separarme de ella. Tenía tan poca estimación por los de su raza que no esperé ninguna gratitud de la muchachita. Sin embargo, me equivocaba.

Lo relatado ocurrió por la mañana. Por la tarde encontré a mi mujer —eso supuse que era— cuando regresaba yo hacia mi centro de una exploración. Me recibió con gritos de deleite, y me ofreció una gran guirnalda de flores, hecha evidentemente para mí. Aquello impresionó mi imaginación. Es muy posible que me sintiese solo. Sea como fuere, hice cuanto pude para mostrar mi reconocimiento por su regalo. Pronto estuvimos sentados juntos bajo un árbol sosteniendo una conversación compuesta principalmente de sonrisas. La amistad de aquella criatura me afectaba exactamente como puede afectar la de una niña. Nos dábamos flores uno a otro, y ella me besaba las manos. Le besé yo también las suyas. Luego intenté hablar y supe que se llamaba Weena, nombre que a pesar de no saber yo lo que significaba me pareció en cierto modo muy apropiado. Este fue el comienzo de una extraña amistad que duró una semana, ¡y que terminó como les diré!

Era ella exactamente parecida a una niña. Quería estar siempre conmigo. Intentaba seguirme por todas partes, y en mi viaje siguiente sentí el corazón oprimido, teniendo que dejarla exhausta y llamándome quejumbrosamente. Me era preciso conocer a fondo los problemas de aquel mundo. No había llegado, me dije a mí mismo, al futuro para mantener un flirt en miniatura. Sin embargo, su angustia cuando la dejé era muy grande, sus reproches al separarnos eran a veces frenéticos, y creo plenamente que sentí tanta inquietud como consuelo con su afecto. Sin embargo, significaba ella, de todos modos, un gran alivio para mí. Creí que era un simple cariño infantil el que la hacía apegarse. Hasta que fue demasiado tarde, no supe claramente qué pena le había infligido al abandonarla. Hasta entonces no supe tampoco lo que era ella para mí. Por estar simplemente en apariencia enamorada de mí, por su manera fútil de mostrar que yo le preocupaba, aquella humana muñequita pronto dio a mi regreso a las proximidades de la Esfinge Blanca casi el sentimiento de la vuelta al hogar; y acechaba la aparición de su delicada figura, blanca y oro, no bien llegaba yo a la colina.

Por ella supe también que el temor no había desaparecido aún de la tierra. Se mostraba bastante intrépida durante el día y tenía una extraña confianza en mí; una vez, le hice muecas amenazadoras y ella se rio. Pero la amedrentaban la oscuridad, las sombras, las cosas negras. Las tinieblas eran para ella la única cosa aterradora. Era una emoción singularmente viva, y esto me hizo meditar y observarla. Descubrí, entonces, entre otras cosas, que aquellos seres se congregaban dentro de las grandes casas, al anochecer, y dormían en grupos. Entrar donde ellos estaban sin una luz les llenaba de una inquietud tumultuosa. Nunca encontré a nadie de puertas afuera, o durmiendo solo de puertas adentro, después de ponerse el sol. Sin embargo, fui tan estúpido que no comprendí la lección de ese temor, y, pese a la angustia de Weena, me obstiné en acostarme apartado de aquellas multitudes adormecidas.

Esto la inquietó, pero al final su extraño afecto por mí triunfó, y durante las cinco noches de nuestro conocimiento, incluyendo la última de todas, durmió ella con la cabeza recostada sobre mi brazo. Pero mi relato se me escapa mientras les hablo a ustedes de ella. La noche anterior a su salvación debía despertarme al amanecer. Había estado inquieto, soñando muy desagradablemente que me ahogaba, y que unas anémonas de mar me palpaban la cara con sus blandos apéndices. Me desperté sobresaltado, con la extraña sensación de que un animal gris acababa de huir de la habitación. Intenté dormirme de nuevo, pero me sentía desasosegado y a disgusto. Era esa hora incierta y gris en que las cosas acaban de surgir de las tinieblas, cuando todo es incoloro y se recorta con fuerza, aun pareciendo irreal. Me levanté, fui al gran vestíbulo y llegué así hasta las losas de piedra delante del palacio. Tenía intención, haciendo virtud de la necesidad, de contemplar la salida del sol.

La luna descendía, y su luz moribunda y las primeras palideces del alba se mezclaban en una semiclaridad fantasmal. Los arbustos eran de un negro tinta, la tierra de un gris oscuro, el cielo descolorido y triste. Y sobre la colina creía ver unos espectros. En tres ocasiones distintas, mientras escudriñaba la ladera, vi unas figuras blancas. Dos veces me pareció divisar una criatura solitaria, blanca, con el aspecto de un mono, subiendo más bien rápidamente Por la colina, y una vez cerca de las ruinas, vi tres de aquellas figuras arrastrando un cuerpo oscuro. Se movían velozmente. Y no pude ver qué fue de ellas. Parecieron desvanecerse entre los arbustos. El alba era todavía incierta, como ustedes comprenderán. Y tenía yo esa sensación helada, confusa, del despuntar del crepúsculo que ustedes conocen tal vez. Dudaba de mis ojos.

Cuando el cielo se tornó brillante al este, y la luz del sol subió y esparció una vez más sus vivos colores sobre el mundo, escruté profundamente el paisaje, pero no percibí ningún vestigio de mis figuras blancas. Eran simplemente seres de la media luz. "Deben de haber sido fantasmas —me dije—. Me pregunto qué edad tendrán". Una singular teoría de Grant Allen[5] vino a mi mente, y me divirtió. Si cada generación fenece y deja fantasmas, argumenta él, el mundo al final estará atestado de ellos. Según esa teoría habrían crecido de modo innumerable dentro de unos ochocientos mil años a contar de esta fecha, y no sería muy sorprendente ver cuatro a la vez. Pero la broma no era convincente y me pasé toda la mañana pensando en aquellas figuras, hasta que gracias a Weena logré desechar ese pensamiento. Las asocié de una manera vaga con el animal blanco que había yo asustado en mi primera y ardorosa búsqueda de la Máquina del Tiempo. Pero Weena era una grata sustituta. Sin embargo, todas ellas estaban destinadas pronto a tomar una mayor y más implacable posesión de mi espíritu.

Creo haberles dicho cuánto más calurosa que la nuestra era la temperatura de esa Edad de Oro. No puedo explicarme

---

5   Charles Grant Blairfindie, llamado Grant Allen (1848–1899), naturalista y novelista inglés. Discípulo de Spencer y autor de varias novelas.

por qué. Quizá el sol era más fuerte, o la tierra estaba más cerca del sol. Se admite, por lo general, que el sol se irá enfriando constantemente en el futuro. Pero la gente, poco familiarizada con teorías tales como las de Darwin[6], olvida que los planetas deben finalmente volver a caer uno por uno dentro de la masa que los engendró. Cuando esas catástrofes ocurran, el sol llameará con renovada energía; y puede que algún planeta interior haya sufrido esa suerte. Sea cual fuere la razón, persiste el hecho de que el sol era mucho más fuerte que el que nosotros conocemos.

Una mañana muy calurosa –la cuarta, creo, de mi permanencia–, cuando intentaba resguardarme del calor y de la reverberación entre algunas ruinas colosales cerca del gran edificio donde dormía y comía, ocurrió una cosa extraña. Encaramándome sobre aquel montón de mampostería, encontré una estrecha galería, cuyo final y respiradero laterales estaban obstruidos por masas de piedras caídas. En contraste con la luz deslumbrante del exterior, me pareció al principio de una oscuridad impenetrable. Entré a tientas, pues el cambio de la luz a las tinieblas hacía surgir manchas flotantes de color ante mí. De repente me detuve como hechizado. Un par de ojos, luminosos por el reflejo de la luz de afuera, me miraba fijamente en las tinieblas.

El viejo e instintivo terror a las fieras se apoderó nuevamente de mí. Apreté los puños y miré con decisión aquellos brillantes ojos. Luego, el pensamiento de la absoluta seguridad en que la Humanidad parecía vivir se apareció en mi mente. Y después recordé aquel extraño terror a las tinieblas. Dominando mi pánico, avancé un paso y hablé. Confesaré que mi voz era insegura. Extendí la mano y toqué algo suave.

---

6 No se refiere al célebre naturalista inglés Charles Darwin y a sus teorías sobre la evolución de las especies, sino a su hijo sir George Howard Darwin (1845–1912), profesor de física y astronomía en Cambridge y autor de varias obras científicas sobre astronomía.

Inmediatamente los ojos se apartaron y algo blanco huyó rozándome. Me volví con el corazón en la garganta, y vi una extraña figura de aspecto simiesco, sujetándose la cabeza de una manera especial, cruzar corriendo el espacio iluminado por el sol, a mi espalda. Chocó contra un bloque de granito, se tambaleó, y en un instante se ocultó en la negra sombra bajo otro montón de escombros de las ruinas.

La impresión que recogí de aquel ser fue, naturalmente, imperfecta; pero sé que era de un blanco desvaído, y que tenía unos ojos grandes y extraños de un rojo grisáceo, también unos cabellos muy rubios que le caían por la espalda. Pero, como digo, se movió con demasiada rapidez para que pudiese verle con claridad. No puedo siquiera decir si corría a cuatro pies, o tan sólo manteniendo sus antebrazos muy bajos. Después de unos instantes de detención la seguí hasta el segundo montón de ruinas. No pude encontrarla al principio; pero después de un rato, entre la profunda oscuridad, llegué a una de aquellas aberturas redondas y parecidas a un pozo de que ya les he hablado a ustedes, semiobstruida por una columna derribada. Un pensamiento repentino vino a mi mente. ¿Podría aquella Cosa haber desaparecido por dicha abertura abajo? Encendí una vela y, mirando hasta el fondo, vi agitarse una pequeña y blanca criatura con unos ojos brillantes que me miraban fijamente. Esto me hizo estremecer. ¡Aquel ser se asemejaba a una araña humana! Descendía por la pared y divisé ahora por primera vez una serie de soportes y de asas de metal formando una especie de escala, que se hundía en la abertura. Entonces la llama me quemó los dedos y la solté, apagándose al caer; y cuando encendí otra, el pequeño monstruo había desaparecido.

No sé cuánto tiempo permanecí mirando el interior de aquel pozo. Necesité un rato para conseguir convencerme a mí mismo de que aquella cosa entrevista era un ser humano. Pero, poco a poco, la verdad se abrió paso en mí: el Hombre no había seguido siendo una especie única, sino que se había diferenciado en dos animales distintos; las graciosas criaturas del Mundo Superior no eran los únicos descendientes de nuestra generación, sino que aquel ser, pálido, repugnante, nocturno, que había pasado fugazmente ante mí, era también el heredero de todas las edades.

Pensé en las columnas de aireación y en mi teoría de una ventilación subterránea. Empecé a sospechar su verdadera importancia. ¿Y qué viene a hacer, me pregunté, este Lémur en mi esquema de una organización perfectamente equilibrada? ¿Qué relación podía tener con la indolente serenidad de los habitantes del Mundo Superior? ¿Y qué se ocultaba debajo de aquello en el fondo de aquel pozo? Me senté sobre el borde diciéndome que, en cualquier caso, no había nada que temer, y que debía yo bajar allí para solucionar mis apuros. ¡Y al mismo tiempo me aterraba en absoluto bajar! Mientras vacilaba, dos de los bellos seres del Mundo Superior llegaron corriendo en su amoroso juego desde la luz del sol hasta la sombra. El varón perseguía a la hembra, arrojándole flores en la huida.

Parecieron angustiados de encontrarme, con mi brazo apoyado contra la columna caída, y escrutando el pozo. Al parecer, estaba mal considerado el fijarse en aquellas aberturas; cuando señalé esta junto a la cual estaba yo e intenté dirigirles una pregunta en su lengua, se mostraron más angustiados aún. Pero les interesaban mis velas, y encendí unas cuantas para divertirlos. Intenté de nuevo preguntarles sobre el pozo. Y fracasé otra vez. Por eso los dejé enseguida, para ir en busca de Weena, y ver qué podía averiguar. Pero mi mente estaba ya trastornada; mis conjeturas e impresiones se deslizaban y enfocaban hacia una nueva interpretación. Tenía ahora una pista para averiguar la importancia de aquellos pozos, de aquellas torres de ventilación, de aquel misterio de los fantasmas; ¡y esto sin mencionar la indicación relativa al significado de las puertas de bronce y de la suerte de la Máquina del Tiempo! Y muy vagamente hallé una sugerencia acerca de la solución del problema económico que me había desconcertado.

Un nuevo punto de vista. Evidentemente, aquella segunda especie humana era subterránea. Había en especial tres detalles que me hacían creer que sus raras apariciones sobre el suelo eran la consecuencia de una larga y continuada costumbre de vivir bajo tierra. En primer lugar, estaba el aspecto lívido común a la mayoría de los animales que viven prolongadamente en la oscuridad; el pez blanco de las grutas del Kentucky, por ejemplo. Luego, los grandes ojos con su facultad de reflejar la luz son rasgos comunes en los seres nocturnos, según lo demuestran el búho y el gato. Y por último, el evidente desconcierto a la luz del sol, y aquella apresurada y, sin embargo, torpe huida hacia la oscura sombra, postura tan particular de la cabeza mientras estaba a la luz; todo esto reforzaba la teoría de una extremada sensibilidad de la retina.

Bajo mis pies, la tierra debía estar inmensamente socavada y aquellos socavones eran la vivienda de la Nueva Raza. La presencia de tubos de ventilación y de los pozos a lo largo de las laderas de las colinas, excepto a lo largo del valle por donde corría el río, revelaba cuán universales eran sus ramificaciones. ¿No era muy natural, entonces, suponer que era en aquel Mundo Subterráneo donde se hacía el trabajo necesario para la comodidad de la raza que vivía a la luz del sol? La explicación era tan plausible que la acepté inmediatamente y llegué hasta imaginar el porqué de la diferenciación de la especie humana. Me atrevo a creer que prevén ustedes la elaboración de mi teoría, aunque pronto comprendí por mí mismo cuán alejada estaba de la verdad.

Al principio, procediendo conforme a los problemas de nuestra propia época, me parecía claro como la luz del día que la extensión gradual de las actuales diferencias meramente temporales y sociales entre el Capitalista y el Trabajador era la clave de la situación entera. Sin duda les parecerá a ustedes un tanto grotesco –¡y disparatadamente increíble!–, y, sin embargo, aun ahora existen circunstancias que señalan ese camino. Hay una tendencia a utilizar el espacio subterráneo para los fines menos decorativos de la civilización; hay, por ejemplo, en Londres el Metro, hay los nuevos tranvías eléctricos, hay pasos subterráneos, talleres y restaurantes subterráneos, que aumentan y se multiplican. "Evidentemente, pensé, esta tendencia ha crecido hasta el punto que la industria ha perdido gradualmente su derecho de existencia al aire libre". Quiero decir que se había extendido cada vez más profundamente y cada vez en más y más amplias fábricas subterráneas ¡consumiendo una cantidad de tiempo sin cesar creciente, hasta que al final...! Aun hoy día, ¿es que un obrero del East End[7] no vive en condiciones de tal modo artificiales que, prácticamente, está separado de la superficie natural de la tierra?

Además, la tendencia exclusiva de la gente rica –debida, sin duda, al creciente refinamiento de su educación y al amplio abismo en aumento entre ella y la inculta violencia de la gente pobre– la lleva ya a acotar, en su interés, considerables partes de la superficie del país. En los alrededores de Londres, por ejemplo, tal vez la mitad de los lugares más hermosos están cerrados a la intromisión. Y ese mismo abismo creciente que se debe a los procedimientos más largos y costosos de la educación superior y a las crecientes facilidades y tentaciones por parte de los ricos, hará que cada vez sea menos frecuente el intercambio entre las clases y el ascenso en la posición social por matrimonios entre ellas, que retrasa actualmente la división de nuestra especie a lo largo de líneas de estratificación. De modo que, al final, sobre el suelo

---

7 Barrios industriales y populares de la parte oriental de Londres.

habremos de tener a los Poseedores, buscando el placer, el bienestar y la belleza, y debajo del suelo a los No Poseedores; los obreros se adaptan continuamente a las condiciones de su trabajo. Una vez allí, tuvieron sin duda que pagar su canon nada reducido por la ventilación de sus cavernas; y si se negaban, los mataban de hambre o los asfixiaban para hacerles pagar los atrasos. Los que habían nacido para ser desdichados o rebeldes, murieron; y finalmente, al ser permanente el equilibrio, los supervivientes acabaron por estar adaptados a las condiciones de la vida subterránea y tan satisfechos en su medio como la gente del Mundo Superior en el suyo. Por lo que, me parecía, la refinada belleza y la palidez marchita se seguían con bastante naturalidad.

El gran triunfo de la Humanidad que había yo soñado tomaba una forma distinta en mi mente. No había existido tal triunfo de la educación moral y de la cooperación general, como imaginé. En lugar de esto, veía yo una verdadera aristocracia, armada de una ciencia perfecta y preparando una lógica conclusión al sistema industrial de hoy día. Su triunfo no había sido simplemente un triunfo sobre la Naturaleza, sino un triunfo sobre la Naturaleza y el prójimo. Esto, debo advertirlo a ustedes, era mi teoría de aquel momento. No tenía ningún guía adecuado como ocurre en los libros utópicos. Mi explicación puede ser errónea por completo. Aunque creo que es la más plausible. Pero, aun suponiendo esto, la civilización equilibrada que había sido finalmente alcanzada debía haber sobrepasado hacía largo tiempo su cumbre, para luego haber caído en una profunda decadencia. La seguridad demasiado perfecta de los habitantes del Mundo Superior los había llevado, en un pausado movimiento de degeneración, a un aminoramiento general de estatura, de fuerza e inteligencia. Eso podía yo verlo ya con bastante claridad. Sin embargo, no sospechaba aún lo que había ocurrido a los habitantes del Mundo Subterráneo, pero por lo que había visto de los

Morlocks —que era el nombre que daban a aquellos seres— podía imaginar que la modificación del tipo humano era aún más profunda que entre los Eloi, la raza que ya conocía.

Entonces surgieron unas dudas fastidiosas. ¿Por qué se habían llevado mi Máquina del Tiempo los Morlocks? Estaba seguro de que eran ellos quienes la habían sustraído. ¿Y por qué, también, si los Eloi eran los amos, no podían devolvérmela? ¿Y por qué sentían un miedo tan terrible de la oscuridad? Empecé, como ya he dicho, por interrogar a Weena acerca de aquel Mundo Subterráneo, pero de nuevo quedé defraudado. Al principio no comprendió mis preguntas, y luego se negó a contestarlas. Se estremecía como si el tema le fuese insoportable. Y cuando la presioné, quizá un poco bruscamente, se deshizo en llanto. Fueron las únicas lágrimas, exceptuando las mías, que vi jamás en la Edad de Oro. Viéndolas cesé de molestarla sobre los Morlocks, y me dediqué a borrar de los ojos de Weena aquellas muestras de su herencia humana. Sonrió, aplaudiendo con sus manos, mientras yo encendía solemnemente una vela.

9
Los Morlocks

Podrá parecerles raro, pero dejé pasar dos días antes de seguir la reciente pista que llevaba evidentemente al camino apropiado. Sentía una aversión especial por aquellos cuerpos pálidos. Tenían exactamente ese tono semi blancuzco de los gusanos y de los animales conservados en alcohol en un museo zoológico. Y al tacto eran de una frialdad repugnante. Mi aversión se debía en gran parte a la influencia simpática de los Eloi, cuyo asco por los Morlocks empezaba yo a comprender.

La noche siguiente no dormí nada bien. Sin duda mi salud estaba alterada. Me sentía abrumado de perplejidad y de dudas. Tuve una o dos veces la sensación de un pavor intenso al cual no podía yo encontrar ninguna razón concreta. Recuerdo haberme deslizado sin ruido en el gran vestíbulo donde los seres aquellos dormían a la luz de la luna –aquella noche Weena se hallaba entre ellas– y estaba tranquilizado con su presencia. Se me ocurrió, en aquel momento, que en el curso de pocos días la luna debería entrar en su último cuarto, y las noches serían oscuras; entonces, las apariciones de aquellos desagradables seres subterráneos, de aquellos blancuzcos lémures, de aquella nueva gusanera que había sustituido a la antigua, serían más numerosas. Y durante esos dos días tuve la inquieta sensación de quien elude una obligación inevitable. Estaba seguro de que solamente recuperaría la Máquina del Tiempo penetrando audazmente en aquellos misterios del subsuelo. Sin embargo, no podía enfrentarme con aquel enigma. De haber tenido un compañero sería muy diferente. Pero estaba horriblemente solo, y el simple hecho de descender por las tinieblas del pozo me hacía palidecer. No sé si ustedes comprenderán mi estado de ánimo, pero sentía sin cesar un peligro a mi espalda.

Esta inquietud, esta inseguridad, era quizá la que me arrastraba más y más lejos en mis excursiones exploradoras. Yendo al sudoeste, hacia la comarca escarpada que se llarna ahora Combe Wood, observé a lo lejos, en la dirección del Banstead del siglo XIX, una amplia construcción verde, de estilo diferente a las que había visto hasta entonces. Era más grande que el mayor de los palacios o ruinas que conocía, y la fachada tenía un aspecto oriental: mostraba esta el brillo de un tono gris pálido, de cierta clase de porcelana china. Esta diferencia de aspecto sugería una diferencia de uso, y se me ocurrió llevar hasta allí mi exploración. Pero el día declinaba ya, y llegué a la vista de aquel lugar después de un largo y extenuante rodeo; por lo cual decidí aplazar la aventura para el día siguiente, y volví hacia la bienvenida y las caricias de la pequeña Weena. Pero a la mañana siguiente me di cuenta con suficiente claridad que mi curiosidad referente al Palacio de Porcelana Verde era un acto de autodecepción, capaz de evitarme, por un día más, la experiencia que yo temía. Decidí emprender el descenso sin más pérdida de tiempo, y salí al amanecer hacia un pozo cercano a las ruinas de granito y aluminio.

La pequeña Weena vino corriendo conmigo. Bailaba junto al pozo, pero, cuando vio que me inclinaba yo sobre el brocal mirando hacia abajo, pareció singularmente desconcertada. "Adiós, pequeña Weena", dije, besándola; y luego, dejándola sobre el suelo, comencé a buscar sobre el brocal los escalones y los ganchos. Más bien de prisa —debo confesarlo—, ¡pues temía que cediese mi valor! Al principio ella me miró con asombro. Luego lanzó un grito quejumbroso y, corriendo hacia mí, quiso retenerme. Creo que su oposición me incitó más bien a continuar. La rechacé, acaso un poco bruscamente, y un momento después estaba adentrándome en el pozo. Vi su cara agonizante sobre el brocal y le sonreí para tranquilizarla. Luego me fue preciso mirar hacia abajo a los ganchos inestables a que me agarraba.

Tuve que bajar una distancia de doscientas yardas, quizá. El descenso lo efectuaba por medio de los barrotes metálicos que salían de las paredes del pozo, y como estaban adaptados a las necesidades de unos seres mucho más pequeños que yo, pronto me sentí entumecido y fatigado por la bajada. ¡Y no sólo fatigado! Uno de los barrotes cedió de repente bajo mi peso, y casi me balanceé en las tinieblas. Durante un momento quedé suspendido por una mano, y después de esa prueba no me atreví a descansar de nuevo. Aunque mis brazos y mi espalda me doliesen ahora agudamente, seguía descendiendo de un tirón, tan de prisa como era posible. Al mirar hacia arriba, vi la abertura, un pequeño disco azul, en el cual era visible una estrella, mientras que la cabeza de la pequeña Weena aparecía como una proyección negra y redonda. El ruido acompasado de una máquina, desde el fondo, se hacía cada vez más fuerte y opresivo. Todo, salvo el pequeño disco de arriba, era profundamente oscuro, y cuando volví a mirar hacia allí, Weena había desaparecido.

Me sentía en una agonía de inquietud. Pensé vagamente intentar remontar del pozo y dejar en su soledad al Mundo

Subterráneo. Pero hasta cuando estaba dándole vueltas a esa idea, seguía descendiendo. Por último, con un profundo alivio, vi confusamente aparecer, a mi derecha, una estrecha abertura en la pared. Me introduje allí y descubrí que era el orificio de un reducido túnel horizontal en el cual pude tenderme y descansar. Y ya era hora. Mis brazos estaban doloridos, mi espalda entumecida, y temblaba con el prolongado terror de una caída. Además, la oscuridad ininterrumpida tuvo un efecto doloroso sobre mis ojos. El aire estaba lleno del palpitante zumbido de la maquinaria que ventilaba el pozo.

No sé cuánto tiempo permanecí tendido allí. Me despertó una mano suave que tocaba mi cara. Me levanté de un salto en la oscuridad y, sacando mis velas, encendí una rápidamente: vi tres seres encorvados y blancos semejantes a aquel que había visto sobre la tierra, en las ruinas, y que huyó velozmente de la luz. Viviendo, como vivían, en las que me parecían tinieblas impenetrables, sus ojos eran de un tamaño anormal y muy sensibles, como lo son las pupilas de los peces de los fondos abisales, y reflejaban la luz de idéntica manera. No me cabía duda de que podían verme en aquella absoluta oscuridad, y no parecieron tener miedo de mí, aparte de su temor a la luz. Pero en cuanto encendí una vela con el objetivo de verlos, huyeron veloces, desapareciendo dentro de unos sombríos canales y túneles, desde los cuales me miraban sus ojos del modo más extraño.

Intenté llamarlos, pero su lenguaje era al parecer diferente del de los habitantes del Mundo Superior; por lo cual me quedé entregado a mis propios esfuerzos, y la idea de huir antes de iniciar la exploración pasó por mi mente. Pero me dije a mí mismo: "Estás aquí ahora para eso", y avancé a lo largo del túnel, sintiendo que el ruido de la maquinaria se hacía más fuerte.

Pronto dejé de notar las paredes a mis lados, llegué a un espacio amplio y abierto, y encendiendo otra vela, vi que había entrado en una vasta caverna arqueada que se extendía en las profundas tinieblas más allá de la claridad de mi vela. Vi lo que se puede ver mientras arde una vela.

Mi recuerdo es forzosamente impreciso. Grandes formas parecidas a enormes máquinas surgían de la oscuridad y proyectaban negras sombras entre las cuales los inciertos y espectrales Morlocks se guarecían de la luz. El sitio, dicho sea de paso, era muy sofocante y opresivo, y débiles emanaciones de sangre fresca flotaban en el aire. Un poco más abajo del centro había una mesita de un metal blanco, en la que parecía haberse servido una comida. ¡Los Morlocks eran, de todos modos, carnívoros! Aun en aquel momento, recuerdo haberme preguntado qué voluminoso animal podía haber sobrevivido para suministrar el rojo cuarto que yo veía. Estaba todo muy confuso: el denso olor, las enormes formas carentes de significado, la figura repulsiva espiando en las sombras, ¡y esperando tan sólo a que volviesen a reinar las tinieblas para acercarse a mí de nuevo! Entonces la vela se apagó, quemándome los dedos, y cayó, con una roja ondulación, en las tinieblas.

He pensado después lo mal equipado que estaba yo para semejante experiencia. Cuando la inicié con la Máquina del Tiempo, lo hice en la absurda suposición de que todos los hombres del futuro debían ser infinitamente superiores a nosotros mismos en todos los artefactos. Había llegado sin armas, sin medicinas, sin nada que fumar —¡a veces notaba atrozmente la falta del tabaco!—; hasta sin suficientes velas. ¡Si tan sólo hubiera pensado en una Kodak! Podría haber tomado aquella visión del Mundo Subterráneo en un segundo, y haberlo examinado a gusto. Pero, sea lo que fuere, estaba allí con las únicas armas y los únicos poderes con que la Naturaleza me ha dotado: manos, pies y dientes; esto y cuatro velas suecas que aún me quedaban.

Temía yo abrirme camino entre toda aquella maquinaria en la oscuridad, y solamente con la última llama descubrí que mi provisión de velas se había agotado. No se me había ocurrido nunca hasta entonces que hubiera necesidad de economizarlas, y gasté casi la mitad de la caja en asombrar a los habitantes del Mundo Superior, para quienes el fuego era una novedad. Ahora, como digo, me quedaban cuatro, y mientras permanecía en la oscuridad, una mano tocó la mía, sentí unos dedos descarnados sobre mi cara, y percibí un olor especial muy desagradable. Me pareció oír a mi alrededor la respiración de una multitud de aquellos horrorosos pequeños seres. Sentí que intentaban quitarme suavemente la caja de velas que tenía en la mano, y que otras manos detrás de mí me tiraban de la ropa. La sensación de que aquellas criaturas invisibles me examinaban me era desagradable de un modo indescriptible. La repentina comprensión de mi desconocimiento de sus maneras de pensar y de obrar se presentó de nuevo vivamente en las tinieblas. Grité lo más fuerte que pude. Se apartaron y luego los sentí acercarse otra vez. Sus tocamientos se hicieron más osados mientras se musitaban extraños sonidos unos a otros. Me estremecí con violencia, y volví a gritar, de un modo más bien discordante. Esta vez se mostraron menos seriamente alarmados, y se acercaron de nuevo a mí con una extraña y ruidosa risa. Debo confesar que estaba horriblemente asustado. Decidí encender otra vela y escapar amparado por la claridad. Así lo hice, y acreciendo un poco la llama con un pedazo de papel que saqué de mi bolsillo, llevé a cabo mi retirada hacia el estrecho túnel. Pero apenas hube entrado mi luz se apagó, y en tinieblas pude oír a los Morlocks susurrando como el viento entre las hojas, haciendo un ruido acompasado como la lluvia, mientras se precipitaban detrás de mí.

En un momento me sentí agarrado por varias manos, y no pude equivocarme sobre su propósito, que era arrastrarme hacia atrás. Encendí otra vela y la agité ante sus deslumbrantes caras. Difícilmente podrán ustedes imaginar lo nauseabundos e inhumanos que parecían —¡rostros lívidos y sin mentón, ojos grandes, sin párpados, de un gris rosado!— mientras que se paraban en su ceguera y aturdimiento. Pero no me detuve a mirarlos, se lo aseguro a ustedes: volví a retirarme, y cuando terminó mi segunda vela, encendí la tercera. Estaba casi consumida cuando alcancé la abertura que había en el pozo. Me tendí sobre el borde, pues la palpitación de la gran bomba del fondo me aturdía. Luego palpé los lados para buscar los asideros salientes; al hacerlo, me agarraron de los pies Y fui tirado violentamente hacia atrás. Encendí mi última vela... y se apagó en el acto. Pero había yo empuñado ahora uno de los barrotes, y dando fuertes puntapiés, me desprendí de las manos de los Morlocks, y ascendí rápidamente por el pozo, mientras ellos se quedaban abajo atisbando y guiñando los ojos hacia mí: todos menos un pequeño miserable que me siguió un momento, y casi se apoderó de una de mis botas como si hubiera sido un trofeo.

Aquella escalada me pareció interminable. En los últimos veinte o treinta pies sentí una náusea mortal. Me costó un gran trabajo mantenerme asido. En las últimas yardas sostuve una lucha espantosa contra aquel desfallecimiento. Me dieron varios vahídos y experimenté todas las sensaciones de la caída. Al final, sin embargo, pude, no sé cómo, llegar al brocal y escapar tambaleándome fuera de las ruinas, bajo la cegadora luz del sol. Caí. Hasta el suelo olía dulce y puramente. Luego recuerdo a Weena besando mis manos y mis orejas, y las voces de otros Eloi. Después me desmayé durante un momento.

10
Al llegar la noche

Ahora parecía encontrarme en una situación peor que la de antes. Excepto durante mi noche angustiosa después de la pérdida de la Máquina del Tiempo, había yo tenido la confortadora esperanza de una última escapatoria, pero esa esperanza se desvanecía con los nuevos descubrimientos. Hasta ahora me había creído simplemente obstaculizado por la pueril simplicidad de aquella pequeña raza, y por algunas fuerzas desconocidas que me era preciso comprender para superarlas; pero había un elemento nuevo por completo en la repugnante especie de los Morlocks, algo inhumano y maligno. Instintivamente los aborrecía. Antes había yo sentido lo que sentiría un hombre que cayese en un precipicio: mi preocupación era el precipicio y cómo salir de él. Ahora me sentía como una fiera en una trampa, cuyo enemigo va a caer pronto sobre ella.

El enemigo al que yo temía tal vez les sorprenda a ustedes. Era la oscuridad de la luna nueva. Weena me había inculcado eso en la cabeza haciendo algunas observaciones, al principio incomprensibles acerca de las Noches Oscuras. No era un problema muy difícil de adivinar lo que iba a significar la llegada de las Noches Oscuras. La luna estaba en menguante: cada noche era más largo el período de oscuridad. Y ahora comprendí hasta cierto grado, cuando menos, la razón del miedo de los pequeños habitantes del Mundo Superior a las tinieblas. Me pregunté qué perversas infamias podían ser las que los Morlocks realizaban durante la luna nueva. Estaba casi seguro de que mi segunda hipótesis era totalmente falsa. La gente del Mundo Superior podía haber sido antaño la favorecida aristocracia y los Morlocks sus servidores mecánicos; pero aquello había acabado hacía largo tiempo. Las dos especies que habían resultado de la evolución humana declinaban o habían llegado ya a unas relaciones completamente nuevas. Los Eloi, como los reyes Carlovingios[8], habían llegado a ser simplemente unas lindas inutilidades. Poseían todavía la tierra por consentimiento tácito, desde que los Morlocks, subterráneos hacía innumerables generaciones, habían llegado a encontrar intolerable la superficie iluminada por el sol. Y los Morlocks confeccionaban sus vestidos, infería yo, y subvenían a sus necesidades habituales, quizá a causa de la supervivencia de un viejo hábito de servidumbre. Lo hacían como un caballo encabritado agita sus patas, o como un hombre se divierte en matar animales por deporte: porque unas antiguas y fenecidas necesidades lo habían inculcado en su organismo. Pero, evidentemente, el antiguo orden estaba ya en parte invertido. La Némesis[9] de los delicados hombres se acercaba de prisa. Hacía edades, hacía miles de generaciones, el hombre había privado a su hermano el hombre

---

8 Los Carolingios. Familia franca que dominó gran parte de Europa desde mediados del siglo VIII hasta fines del siglo IX. El autor alude al hecho de que los monarcas carolingios llegaron a acumular en sus manos un poder inmenso que posteriormente fueron perdiendo gradualmente (al igual que ocurre con los Eloi) hasta convertirse en meras figuras decorativas.

9 Diosa de la venganza en la mitología helénica. Es la encargada de que los excesos de prosperidad o de orgullo vayan seguidos de grandes desgracias.

de la comodidad y de la luz del sol. ¡Y ahora aquel hermano volvía cambiado! Ya los Eloi habían empezado a aprender una vieja lección otra vez. Hacían de nuevo conocimiento con el Miedo. Y de pronto me vino a la mente el recuerdo de la carne que había visto en el mundo subterráneo. Parece extraño cómo aquel recuerdo me obsesionó; no lo despertó, por decirlo así, el curso de mis meditaciones, sino que surgió casi como una interrogación desde fuera. Intenté recordar la forma de aquello. Tenía yo una ambivalente sensación de algo familiar, pero no pude decir lo que era en aquel momento.

Sin embargo, por impotentes que fuesen los pequeños seres en presencia de su misterioso Miedo, yo estaba constituido de un modo diferente. Venía de esta edad nuestra, de esta prístina y madura raza humana, en la que el Miedo no paraliza y el misterio ha perdido sus terrores. Yo, al menos, me defendería por mí mismo. Sin dilación, decidí fabricarme unas armas y un albergue fortificado donde poder dormir. Con aquel refugio como base, podría hacer frente a aquel extraño mundo con algo de la confianza que había perdido al darme cuenta de la clase de seres a los que iba a estar expuesto noche tras noche. Sentí que no podría dormir de nuevo hasta que mi lecho estuviese a salvo de ellos. Me estremecí de horror al pensar cómo me habían examinado.

Vagué durante la tarde por el valle del Támesis, pero no pude encontrar nada que se ofreciese a mi mente como inaccesible. Todos los edificios y todos los árboles parecían fácilmente practicables para unos trepadores tan hábiles como debían ser los Morlocks, a juzgar por sus pozos. Entonces los altos pináculos del Palacio de Porcelana Verde y el bruñido fulgor de sus muros resurgieron en mi memoria; y al anochecer, llevando a Weena como una niña sobre mi hombro, subí a la colina, hacia el sudoeste. Había calculado la distancia en unas siete u ocho millas, pero debía estar cerca de las dieciocho. Había yo visto el palacio por primera vez en una tarde húmeda, en que las distancias disminuyen engañosamente. Además, perdí el taco de una de mis botas, y un clavo penetraba a través de la suela –eran unas botas viejas, cómodas, que usaba en casa–, por lo que rengueaba. Y fue después de ocultarse el sol cuando llegué a la vista del palacio, que se recortaba en negro sobre el amarillo pálido del cielo.

Weena se mostró contentísima cuando empecé a llevarla, pero luego quiso que la dejase en el suelo, para correr a mi lado, precipitándose a veces a recoger flores que introducía en mis bolsillos. Estas habían extrañado siempre a Weena, pero al final pensó que debían ser una rara clase de búcaros para adornos florales. ¡Y esto me recuerda...! Al cambiar de chaqueta he encontrado... *El Viajero a través del Tiempo se interrumpió, metió la mano en el bolsillo y colocó silenciosamente sobre la mesita dos flores marchitas, que no dejaban de parecerse a grandes malvas blancas. Luego prosiguió su relato.*

Cuando la quietud del anochecer se difundía sobre el mundo y avanzábamos más allá de la cima de la colina hacia Wimbledon, Weena se sintió cansada y quiso volver a la casa de piedra gris. Pero le señalé los distantes pináculos del Palacio de Porcelana Verde, y me las ingenié para hacerle comprender que íbamos a buscar allí un refugio contra su Miedo. ¿Conocen ustedes esa gran inmovilidad que cae sobre las cosas antes de anochecer? La brisa misma se detiene en los árboles. Para mí hay siempre un aire de expectación en esa quietud del anochecer. El cielo era epifánico, salvo algunos tahalíes horizontales al fondo, hacia poniente. Bueno, aquella noche la expectación tomó el color de mis temores. En aquella oscura calma mis sentidos parecían agudizados de un modo sobrenatural. Imaginé que sentía incluso la tierra hueca bajo mis pies: y que podía, realmente, casi ver a través de ella a los Morlocks en su hormiguero, yendo de aquí para allá en espera de la oscuridad. En mi excitación me figuré que debían haber recibido mi invasión de sus madrigueras como una declaración de guerra. ¿Y por qué habían llevado mi Máquina del Tiempo?

Así seguimos en aquella ciudad, y el crepúsculo se adensó en la noche. El azul claro de la distancia palideció, y una tras otra aparecieron las estrellas. La tierra se tornó gris oscura y los árboles negros. Los temores de Weena y su fatiga aumentaron. La agarré en mis brazos, le hablé y la acaricié. Luego, como la oscuridad aumentaba, me rodeó ella el cuello con sus brazos, y cerrando los ojos, apoyó apretadamente su cara contra mi hombro. Así descendimos una larga pendiente hasta el valle y allí, en la oscuridad, me metí casi en un pequeño río. Lo vadeé y ascendí al lado opuesto del valle, más allá de muchos edificios dormitorios y de una estatua —un Fauno o una figura por el estilo— sin cabeza. Allí también había acacias. Hasta entonces no había visto nada de los Morlocks, pero la noche se hallaba en su comienzo y las horas de oscuridad anteriores a la salida de la luna nueva no habían llegado aún.

Desde la cumbre de la cercana colina vi un bosque espeso que se extendía, amplio y negro, ante mí. Esto me hizo vacilar. No podía ver el final, ni hacia la derecha ni hacia la izquierda. Sintiéndome cansado —el pie en especial me dolía mucho— bajé cuidadosamente a Weena de mi hombro al detenerme, y me senté sobre la hierba. No podía ya ver el Palacio de Porcelana Verde, y dudaba sobre la dirección a seguir. Indagué la espesura del bosque y pensé en lo que podía ocultar. Bajo aquella densa maraña de ramas no debían verse las estrellas. Aunque no existiese allí ningún peligro emboscado —un peligro sobre el cual no quería yo liberar a la imaginación—, habría, sin embargo, raíces en que tropezar y troncos contra los cuales chocar. Estaba rendido, además, después de las excitaciones del día; por eso decidí pasar la noche al aire libre, en la colina.

Me alegró ver que Weena estaba profundamente dormida. La envolví con cuidado en mi chaqueta, y me senté junto a ella para esperar la salida de la luna. La ladera estaba tranquila y desierta, pero de la negrura del bosque venía de vez en cuando una agitación de seres vivos. Sobre mí brillaban las estrellas, la noche era muy clara. Experimentaba cierta sensación de amistoso bienestar con su centelleo. Sin embargo, todas las vetustas constelaciones habían desaparecido del cielo; su lento movimiento, que es imperceptible durante centenares de vidas humanas, las había, desde hacía largo tiempo, reordenado en grupos desconocidos. Pero la Vía Láctea, me parecía, era aún la misma insignia harapienta de polvo de estrellas de antaño. Por la parte sur (según pude apreciar) había una estrella roja muy brillante, nueva para mí; parecía más espléndida que nuestro propio y verde Sirio. Y entre todos aquellos puntos de luz centelleante, brillaba un planeta benévolo como la cara de un antiguo amigo.

Contemplando aquellas estrellas disminuyeron mis propias inquietudes y todas las seriedades de la vida terrenal. Pensé en su insondable distancia, y en el curso lento e inevitable de sus movimientos desde el desconocido pasado hacia el desconocido futuro. Pensé en el gran ciclo procesional que describe el eje de la Tierra. Sólo cuarenta veces se había realizado aquella silenciosa revolución durante todos los años que había yo atravesado. Y durante aquellas escasas revoluciones todas las actividades, todas las tradiciones, las complejas organizaciones, las naciones, lenguas, literaturas, aspiraciones, hasta el simple recuerdo del Hombre tal como yo lo conocía, habían sido purgadas de la existencia. Quedaban aquellas frágiles criaturas que habían olvidado a sus antepasados, y los seres blancuzcos que me aterraban. Pensé entonces en el Gran Miedo que separaba a las dos especies, y por primera vez, con un estremecimiento repentino, comprendí claramente de dónde procedía la carne que había yo visto. ¡Sin embargo, era demasiado horrible! Contemplé a la pequeña Weena durmiendo junto a mí, su cara blanca y radiante bajo las estrellas, e inmediatamente deseché aquel pensamiento.

Durante aquella larga noche aparté de mi mente lo mejor que pude a los Morlocks, y entretuve el tiempo intentando imaginar que podía encontrar las huellas de las viejas constelaciones en la nueva confusión. El cielo seguía muy claro, aparte de algunas nubes como brumosas. Me adormecí de a ratos. Luego, al transcurrir mi velada, se difundió una débil claridad por el cielo, al este, como reflejo de un fuego incoloro, Y salió la luna nueva, delgada, puntiaguda y blanca. E inmediatamente detrás, alcanzándola e inundándola, llegó el alba, pálida al principio, y luego rosada y ardiente. Ningún Morlock se había acercado a nosotros. Realmente, no había yo visto ninguno en la colina aquella noche. Y con la confianza que aportaba el día renovado, me pareció que mi miedo casi había sido irrazonable. Me levanté, vi que mi pie calzado con la bota sin taco estaba hinchado por el tobillo y muy dolorido bajo el talón; de modo que me senté, me quité las botas, y las arrojé lejos.

Desperté a Weena y nos adentramos en el bosque, ahora verde y agradable, en lugar de negro y aborrecible. Encontramos algunas frutas con las cuales rompimos nuestro ayuno. Pronto localizamos a otros delicados Eloi, riendo y danzando al sol como si no existiera en la Naturaleza la noche. Y entonces pensé otra vez en el alimento que había visto. Estaba ahora seguro de lo que era aquello, y desde el fondo de mi corazón me apiadé de aquel último y débil arroyuelo del gran río de la Humanidad. Evidentemente, en cierto momento del Largo Pasado de la decadencia humana, el alimento de los Morlocks había escaseado. Quizá habían subsistido con ratas y con inmundicias parecidas. Aun ahora el hombre es mucho menos delicado y exclusivo para su alimentación que lo era antes; mucho menos que cualquier mono. Su prejuicio contra la carne humana no es un instinto hondamente arraigado. ¡Así pues, aquellos inhumanos hijos de los hombres...! Intenté considerar un espíritu científico. Después de todo, eran menos humanos y estaban más alejados que nuestros caníbales antepasados de hace tres o cuatro mil años. Y la inteligencia que hubiera hecho de ese estado de cosas un tormento había desaparecido. ¿Por qué inquietarme? Aquellos Eloi eran simplemente ganados para engordar, que, como las hormigas, los Morlocks preservaban y consumían, y a cuya cría tal vez atendían. ¡Y allí estaba Weena bailando a mi lado!

Intenté entonces protegerme a mí mismo del horror que me invadía, considerando aquello como un castigo riguroso del egoísmo humano. El hombre se había contentado con vivir fácil y placenteramente a expensas del trabajo de sus hermanos, había tomado la Necesidad como consigna y disculpa, y en la plenitud del tiempo la Necesidad se había vuelto contra él. Intenté incluso una especie de desprecio a lo Carlyle[10] de esta mísera aristocracia en decadencia. Pero esta actitud mental resultaba imposible. Por grande que hubiera sido su degeneración intelectual, los Eloi habían conservado en demasía la forma humana para no tener derecho a mi simpatía y hacerme compartir a la fuerza su degradación y su Miedo.

Tenía yo en aquel momento ideas muy deambulas sobre el camino a continuar. La primera de ellas era asegurarme algún sitio para refugio, y fabricarme yo mismo las armas de metal o de piedra que pudiera idear. Esta necesidad era inmediata. En segundo lugar, esperaba proporcionarme algún medio de hacer fuego, teniendo así el arma de una antorcha

---

10 Thomas Carlyle (1795–1881), historiador y crítico británico, puso especial énfasis en demostrar la influencia determinante de los grandes hombres en la historia de la humanidad.

en la mano, porque yo sabía que nada sería más eficaz que eso contra aquellos Morlocks. Luego, tenía que idear algún artefacto para romper las puertas de bronce que había bajo la Esfinge Blanca. Se me ocurrió hacer una especie de ariete. Estaba persuadido de que si podía abrir aquellas puertas y tener delante una llama descubriría la Máquina del Tiempo y me escaparía. No podía imaginar que los Morlocks fuesen lo suficientemente fuertes para transportarla lejos. Estaba resuelto a llevar a Weena conmigo a nuestra propia época. Mientras daba vueltas a estos planes en mi mente, proseguí mi camino hacia el edificio que mi fantasía había escogido para refugio nuestro.

11
El Palacio de Porcelana Verde

Encontré el Palacio de Porcelana Verde, al límite del mediodía, desierto y desmoronándose en ruinas. Sólo quedaban trozos de vidrio en sus ventanas, y extensas capas del verde revestimiento se habían desprendido de las armaduras metálicas corroídas. El palacio estaba situado en lo más alto de una pendiente herbosa; mirando, antes de entrar allí, hacia el nordeste, me sorprendió ver un ancho estuario, o incluso una ensenada, donde supuse que Wandsworth[11] y Batterseaf[12] debían haber estado en otro tiempo. Pensé entonces –aunque no seguí nunca más lejos este pensamiento– qué debía haber sucedido, o qué sucedía, a los seres que vivían en el mar.

Los materiales del palacio resultaron ser, después de bien examinados, auténtica porcelana, y a lo largo de la fachada vi una inscripción en unos caracteres desconocidos. Pensé, más bien neciamente, que Weena podía ayudarme a interpretarla, pero me di cuenta luego de que la simple idea de

---

11 Distrito del SO del gran Londres, en la orilla derecha del Támesis.
12 Parque situado en el SO de Londres.

306 | H. G. Wells

la escritura no había nunca penetrado en su mente. Ella me pareció siempre, creo yo, más humana de lo que era, quizá por ser su afecto tan humano.

Pasadas las enormes hojas de la puerta –que estaban abiertas y rotas–, encontramos, en lugar del acostumbrado vestíbulo, una larga galería iluminada por numerosas ventanas laterales. Me recordó un museo. El enlosado estaba cubierto de polvo, y una notable exhibición de objetos diversos se ocultaba bajo aquella misma capa gris. Vi entonces, levantándose extraño y ahilado en el centro del vestíbulo, lo que era sin duda la parte inferior de un inmenso esqueleto. Reconocí por los pies oblicuos que se trataba de algún ser extinguido, de la especie del megaterio. El cráneo y los huesos superiores yacían al lado sobre la capa de polvo; y en un sitio en que el agua de la lluvia había caído por una gotera del techo, aquella osamenta estaba deteriorada. Más adelante, en la galería, se hallaba el enorme esqueleto encajonado de un brontosaurio[13]. Mi hipótesis de un museo se confirmaba. Encontré los que me parecieron ser estantes inclinados, y quitando la capa de polvo, descubrí las antiguas y familiares cajas encristaladas de nuestro propio tiempo. Pero debían ser herméticas al aire, a juzgar por la perfecta conservación de sus contenidos.

¡Evidentemente, estábamos en medio de las ruinas de algún South Kensington[14] de nuestros días! Allí estaba, evidentemente, la Sección de Paleontología, que debía haber encerrado una espléndida serie de fósiles, aunque el inevitable proceso de descomposición, que había sido detenido por un tiempo, perdiendo gracias a la extinción de las bacterias y del moho las noventa y nueve centésimas de su fuerza, se había,

---

13 Género de reptiles dinosaurios fósiles del grupo de los saurópodos.
14 Museo londinense fundado en 1835. En 1899 se le cambió el nombre por el de Victoria and Albert Museum. Conserva importantes muestras de escultura, pintura, lacas, orfebrería, mobiliario y otros exponentes de las artes decorativas.

sin embargo, puesto de nuevo en movimiento con extrema seguridad, aunque con suma lentitud, para la destrucción de todos sus tesoros. Encontré vestigios de los pequeños seres en forma de raros fósiles rotos en pedazos o ensartados con fibra de cañas. Y las cajas, en algunos casos, habían sido removidas por los Morlocks, a mi juicio. Reinaba un gran silencio en aquel sitio. La capa de polvo amortiguaba nuestras pisadas. Weena, que hacía rodar un erizo de mar sobre el cristal inclinado de una caja, se acercó pronto a mí –mientras miraba yo fijamente alrededor–, me agarró muy tranquilamente la mano y permaneció a mi lado.

Al principio me dejó tan sorprendido aquel antiguo monumento de una época intelectual, que no me detuve a pensar en las posibilidades que presentaba. Hasta la preocupación por la Máquina del Tiempo se alejó un tanto de mi mente.

A juzgar por el tamaño del lugar, aquel Palacio de Porcelana Verde contenía muchas más cosas que una Galería de Paleontología; posiblemente tenía galerías históricas; ¡e incluso podía haber allí una biblioteca! Para mí, al menos en aquellas circunstancias, hubiera sido mucho más interesante que aquel espectáculo de una vieja geología en decadencia. En mi exploración encontré otra corta galería, que se extendía transversalmente a la primera. Parecía estar dedicada a los minerales, y la vista de un bloque de azufre despertó en mi mente la idea de la potencia de la pólvora. Pero no pude encontrar salitre; ni, en realidad, nitrato de ninguna clase. Sin duda se habían disuelto desde hacía muchas edades. Sin embargo, el azufre persistió en mi pensamiento e hizo surgir una serie de asociaciones de cosas. En cuanto al resto del contenido de aquella galería, aunque era, en conjunto, lo mejor conservado de todo cuanto vi, me interesaba poco. No soy especialista en mineralogía. Me dirigí hacia un ala muy ruinosa paralela al primer vestíbulo en que habíamos entrado. Evidentemente, aquella sección estaba dedicada a la

Historia Natural, pero todo resultaba allí imposible de reconocer. Unos cuantos vestigios encogidos y ennegrecidos de lo que habían sido en otro tiempo animales disecados, momias embalsamadas en frascos que habían contenido antaño alcohol, un polvo marrón de plantas desaparecidas: ¡esto era todo! Lo deploré, porque me hubiese alegrado trazar los pacientes reajustes por medio de los cuales habían conseguido hacer la conquista de la naturaleza animada. Luego, llegamos a una galería de dimensiones sencillamente colosales, pero muy mal iluminada, y cuyo suelo en suave pendiente hacía un ligero ángulo con la última galería en que yo había entrado. Globos blancos pendían, a intervalos, del techo –muchos de ellos rajados y rotos– indicando que aquel sitio había estado al principio iluminado artificialmente. Allí me encontraba más en mi esencia, pues de cada lado se levantaban las enormes masas de unas gigantescas máquinas, todas muy corroídas y muchas rotas, pero algunas aún bastante completas. Como ustedes saben, siento cierta debilidad por la mecánica, y estaba dispuesto a detenerme entre ellas; tanto más cuanto que la mayoría ofrecían el interés de un rompecabezas, y yo no podía hacer más que vagas conjeturas respecto a su utilidad. Me imaginé que si podía resolver aquellos rompecabezas me encontraría en posesión de fuerzas que podían servirme contra los Morlocks.

Weena se acercó mucho a mí. Tan repentinamente, que me estremecí. Si no hubiera sido por ella no creo que hubiese yo notado que el suelo de la galería era inclinado, en absoluto[15]. El extremo a que había llegado se hallaba por completo encima del suelo, y estaba iluminado por escasas ventanas parecidas a troneras. Al descender en su longitud, el suelo se elevaba contra aquellas ventanas, con sólo una

---

15 Puede ser, naturalmente, que el suelo no estuviese inclinado, sino que el museo estuviera construido en la ladera de la colina.

estrecha faja de luz en lo alto, delante de cada una de ellas, hasta ser al final un foso, como el sótano de una casa de Londres. Avancé despacio, intentando averiguar el uso de las máquinas, y prestándoles demasiada atención para advertir la disminución gradual de la luz del día, hasta que las crecientes inquietudes de Weena atrajeron mi atención hacia ello. Vi entonces que la galería quedaba sumida al final en densas tinieblas. Vacilé, y luego, al mirar a mi alrededor, vi que la capa de polvo era menos abundante y su superficie menos lisa. Más lejos, hacia la oscuridad, parecía marcada por varias pisadas, menudas y estrechas. Mi sensación de la inmediata presencia de los Morlocks se reanimó ante aquello. Comprendí que estaba perdiendo el tiempo en aquel examen académico de la maquinaria. Recordé que la tarde se hallaba ya muy avanzada y que yo no tenía aún ni arma, ni refugio, ni medios de hacer fuego. Y luego, viniendo del fondo, en la remota oscuridad de la galería, oí el peculiar golpe, y los mismos raros ruidos que había percibido abajo, en el pozo.

Agarré la mano de Weena. Luego, con una idea repentina, la solté y volví hacia una máquina de la cual sobresalía una palanca bastante parecida a las de las garitas de señales en las estaciones. Subiendo a la plataforma, así aquella palanca y la torcí hacia un lado con toda mi fuerza. Weena, abandonada en la nave central, empezó a gemir. Había yo calculado la resistencia de la palanca con bastante corrección, al minuto de esfuerzos se partió, y me uní a Weena con una maza en la mano, más que suficiente, creía yo, para romper el cráneo de cualquier Morlock que pudiese encontrar. Estaba impaciente por matar a un Morlock o a varios. ¡Les parecerá a ustedes muy inhumano aquel deseo de matar a mis propios descendientes! Pero era imposible, de un modo u otro, sentir ninguna piedad por aquellos seres. Tan sólo mi aversión a abandonar a Weena, y el convencimiento de que si comenzaba a apagar mi sed de matanza mi Máquina del Tiempo sufriría por ello, me contuvieron de bajar a la galería y de ir a matar a los Morlocks.

Con la maza en una mano y llevando de la otra a Weena, salí de aquella galería y entré en otra más amplia aún, que a primera vista me recordó una capilla militar con banderas desgarradas colgadas. Reconocí en los harapos oscuros y carbonizados que pendían restos averiados de libros. Desde hacía largo tiempo se habían caído a pedazos, desapareciendo en ellos toda apariencia de impresión. Pero cubiertas acartonadas y cierres metálicos decían bastante sobre aquella historia. De haber sido yo un literato, hubiese podido quizá moralizar sobre la sutileza de toda ambición. Pero tal como era, lo que me impresionó con más fuerza fue el enorme derroche de trabajo que aquella sombría miscelánea de papel podrido atestiguaba. Debo confesar que en aquel momento pensé principalmente en las Philosophical Transactions[16] y en mis propios diecisiete trabajos sobre física óptica.

Luego, subiendo una ancha escalera, llegamos a lo que debía haber sido en otro tiempo una galería de química técnica. Y allí tuve una gran esperanza de hacer descubrimientos útiles. Excepto en un extremo, donde el techo se había desplomado, aquella galería estaba bien conservada. Fui presuroso hacia las cajas que no estaban deshechas y que eran realmente herméticas. Y al fin, en una de ellas, encontré una caja de velas. Probé una a toda prisa. Estaban en perfecto estado. Ni siquiera parecían húmedas. Me volví hacia Weena. "¡Baila!", le grité en su propia lengua. Ahora poseía yo una verdadera arma contra los horribles seres a quienes temíamos. Y así, en aquel museo abandonado, sobre el espeso y suave tapiz de polvo, ante el inmenso deleite de Weena, ejecuté solemnemente una especie de danza compuesta, silbando

---

16 *Transacciones filosóficas.* Publicación de la Royal Society of London equivalente a la Real Academia de Ciencias Exactas, Físicas y Naturales

unos compases de "El país del hombre leal", tan alegremente como pude. Era en parte un modesto cancán, en parte un paso de baile, en parte una danza de faldón (hasta donde mi levita lo permitía), y en parte original. Porque, como ustedes saben, soy inventivo por naturaleza.

Aun ahora, pienso que el hecho de haber descubierto aquella caja de velas al desgaste del tiempo durante años memoriales resultaba muy extraño, y para mí la cosa más afortunada. Además, de un modo bastante singular, encontré una sustancia más inverosímil, que fue alcanfor. Lo hallé en un frasco sellado que, por casualidad, supongo, había sido en verdad herméticamente cerrado. Creí al principio que sería cera de parafina, y, en consecuencia, rompí el cristal. Pero el olor del alcanfor era evidente. En la descomposición universal aquella sustancia volátil había sobrevivido casualmente, quizá a través de muchos miles de centurias. Esto me recordó una pintura en sepia que había visto ejecutar una vez con la tinta de una belemnita[17] hacía millones de años. Estaba a punto de tirarlo, pero recordé que el alcanfor era inflamable y que ardía con una buena y brillante llama –fue, en efecto, una excelente vela– y me lo metí en el bolsillo. No encontré, sin embargo, explosivos, ni medio alguno de derribar las puertas de bronce. Todavía mi palanca de hierro era la cosa más útil que poseía yo por casualidad. A pesar de lo cual salí de aquella galería altamente exaltado.

No puedo contarles a ustedes toda la historia de aquella larga tarde. Exigiría un gran esfuerzo de memoria recordar mis exploraciones en todo su adecuado orden. Recuerdo una larga galería con panoplias de armas enmohecidas, y cómo vacilé entre mi palanca y un hacha o una espada. No podía, sin embargo, llevarme las dos, y mi barra de hierro prometía

---

17 Fósil de figura cónica o de maza. Es la extremidad de la concha interna que tenían ciertos moluscos marinos que vivieron en los períodos jurásico y cretáceo.

un mejor resultado contra las puertas de bronce. Había allí innumerables fusiles, pistolas y rifles. La mayoría eran masas de herrumbre, pero muchas estaban hechas de algún nuevo metal y se hallaban aún en bastante buen estado. Pero todo lo que pudo haber sido en otro tiempo cartuchos estaba convertido en polvo. Vi que una de las esquinas de aquella galería estaba carbonizada y derruida; quizá –me figuro yo– por la explosión de alguna de las muestras. En otro sitio había una amplia exposición de ídolos –polinésicos, mexicanos, griegos, fenicios–, creo que de todos los países de la Tierra. Y allí, cediendo a un impulso irresistible, escribí mi nombre sobre la nariz de un monstruo de esteatita procedente de Sudamérica, que impresionó en especial mi imaginación.

A medida que caía la tarde, mi interés disminuía. Recorrí galerías polvorientas, silenciosas, con frecuencia ruinosas; los objetos allí expuestos eran a veces meros montones de herrumbre y de lignito, en algunos casos recientes. En un lugar me encontré cerca del modelo de una mina de estaño, y entonces por el más simple azar descubrí dentro de una caja hermética dos cartuchos de dinamita. Lancé un "¡Eureka!" y rompí aquella caja con alegría. Entonces surgió en mí una duda. Vacilé. Luego, escogiendo una pequeña galería lateral, hice la prueba. No he experimentado nunca desengaño igual al que sentí esperando cinco, diez, quince minutos a que se produjese una explosión. Naturalmente, aquello era simulado, como debía haberlo supuesto por su sola presencia allí. Creo, en realidad, que, de no haber sido así, me hubiese precipitado inmediatamente y hecho saltar la Esfinge, las puertas de bronce y (como quedó probado) mis probabilidades de encontrar la Máquina del Tiempo, acabando con todo.

Creo que fue después de aquello cuando llegué a un pequeño patio abierto del palacio. Estaba tapizado de césped. Y habían crecido tres árboles frutales en su centro. De modo que descansamos y nos refrescamos. Hacia el ocaso empecé a pensar en nuestra situación. La noche se arrastraba a nuestro alrededor y aún tenía que encontrar nuestro inaccesible escondite. Pero aquello me inquietaba ahora muy poco. Tenía en mi poder una cosa que era, quizá, la mejor de todas las defensas contra los Morlocks: ¡tenía velas! Llevaba también el alcanfor en el bolsillo, por si era necesaria una llamarada. Me parecía que lo mejor que podíamos hacer era pasar la noche al aire libre, protegidos por el fuego. Por la mañana recuperaría la Máquina del Tiempo. Para ello, hasta entonces, tenía yo solamente mi maza de hierro. Pero ahora, con mi creciente conocimiento, mis sentimientos respecto a aquellas puertas de bronce eran muy diferentes. Hasta aquel momento, me había abstenido de forzarlas, en gran parte a causa del misterio del otro lado. No me habían causado nunca la impresión de ser muy resistentes, y esperaba que mi barra de hierro no sería del todo inadecuada para el objetivo que me proponía.

12
En las tinieblas

Salimos del palacio cuando el sol estaba aún sobre el horizonte. Había yo decidido llegar a la Esfinge Blanca a la mañana siguiente muy temprano y tenía el propósito de atravesar antes de anochecer el bosque que me había detenido en mi anterior trayecto. Mi plan era ir lo más lejos posible aquella noche, y, luego, hacer un fuego y dormir bajo la protección de su resplandor. Mientras caminábamos recogí cuantas ramas y hierbas secas vi. Así cargado, avanzábamos más lentamente de lo que había previsto –y además Weena estaba rendida y yo empezaba también a tener sueño– de modo que era noche cerrada cuando llegamos al bosque. Weena hubiera querido detenerse en una colina con arbustos que había en un lindero, temiendo que la oscuridad se nos anticipase; pero una singular sensación de calamidad inminente, que hubiera debido realmente servirme de advertencia, me impulsó hacia adelante. Había estado sin dormir durante dos días y una noche y me sentía febril e irritable. Sentía que el sueño me invadía, y que con él vendrían los Morlocks.

Mientras vacilábamos, vi entre la negra maleza, a nuestra espalda, confusas en la oscuridad, tres figuras agachadas. Había matas y altas hierbas a nuestro alrededor, y yo no me sentía a salvo de su ataque insidioso. El bosque, según mi cálculo, debía tener menos de una milla de largo. Si podíamos atravesarlo y llegar a la ladera desnudada, me parecía que encontraríamos un sitio donde descansar con plena seguridad; pensé que con mis velas y mi alcanfor lograría iluminar mi camino por el bosque. Sin embargo, era evidente que si tenía que agitar las velas con mis manos debería abandonar la leña; así, la dejé en el suelo. Y entonces se me ocurrió la idea de prenderle fuego para asombrar a los seres ocultos a nuestra espalda. Pronto iba a descubrir la atroz locura de aquel acto; pero entonces se presentó a mi mente como un recurso ingenioso para cubrir nuestra retirada.

No sé si han pensado ustedes alguna vez qué extraña cosa es la llama en ausencia del hombre y en un clima templado. El calor del sol es rara vez lo bastante fuerte para producir llama, aunque esté concentrado por gotas de rocío, como ocurre a veces en las comarcas más tropicales. El rayo puede destrozar y carbonizar, mas con poca frecuencia es causa de incendios extensos. La vegetación que se descompone puede casualmente arder con el calor de su fermentación, pero es raro que produzca llama. En aquella época de decadencia, además, el arte de hacer fuego había sido olvidado en la tierra. Las rojas lenguas que subían lamiendo mi montón de leña eran para Weena algo nuevo y extraño por completo.

Quería jugar con ellas. Creo que se hubiese arrojado dentro de no haberla yo contenido. Pero la levanté y, pese a sus esfuerzos, me adentré osadamente en el bosque. Durante un breve rato, el resplandor de aquel fuego iluminó mi camino. Al mirar luego hacia atrás, pude ver, entre los apiñados troncos, que de mi montón de ramaje la llama se había extendido a algunas matas contiguas y que una línea curva de fuego se arrastraba por la hierba de la colina. Aquello me hizo reír y volví de nuevo a caminar avanzando entre los árboles oscuros. La oscuridad era completa, y Weena se aferraba a mí convulsivamente; pero como mis ojos se iban acostumbrando a las tinieblas, había aún la suficiente luz para permitirme evitar los troncos. Sobre mi cabeza todo estaba negro, excepto algún resquicio de cielo azul que brillaba sobre nosotros. No encendí ninguna de mis velas, porque no tenía las manos libres. Con mi brazo izquierdo sostenía a mi amiguita, y en la mano derecha llevaba mi barra de hierro.

Durante un momento, no oí más que los crujidos de las ramitas bajo mis pies, el débil susurro de la brisa sobre mí, mi propia respiración y los latidos de los vasos sanguíneos en mis oídos. Luego me pareció percibir unos leves ruidos a mi alrededor. Apresuré el paso, ceñudo. Los ruidos se hicieron más claros, y capté los mismos extraños sonidos y las voces que había oído en el Mundo Subterráneo. Debían estar allí evidentemente varios Morlocks, y me iban rodeando. En efecto, un minuto después sentí un tirón de mi chaqueta, y luego de mi brazo. Y Weena se estremeció violentamente, quedando inmóvil.

Era el momento de encender una vela. Pero tuve que dejar a Weena en el suelo. Así lo hice, y mientras registraba mi bolsillo, se inició una lucha en la oscuridad cerca de mis rodillas, completamente silenciosa por parte de ella y con los mismos peculiares sonidos arrulladores por parte de los Morlocks. Unas suaves manos se deslizaban también sobre mi chaqueta y mi espalda, incluso mi cuello. Entonces encendí la vela. La levanté flameante, y vi las blancas espaldas de los Morlocks que huían entre los árboles. Agarré presuroso un trozo de alcanfor de mi bolsillo. Y me preparé a encenderlo tan pronto como la vela se apagase. Luego examiné a Weena. Yacía en tierra, agarrada a mis pies, completamente inanimada. Con un terror repentino me incliné hacia ella. Parecía respirar apenas.

Encendí el trozo de alcanfor y lo puse sobre el suelo; y mientras estallaba y llameaba, alejando los Morlocks y las sombras, me arrodillé y la incorporé. ¡El bosque, a mi espalda, parecía lleno de la agitación y del murmullo de una gran multitud!

Weena parecía estar desmayada. La coloqué con cuidado sobre mi hombro y me levanté para caminar. Y entonces se me apareció la horrible realidad. Al maniobrar con mis velas y con Weena, había yo dado varias vueltas sobre mí mismo, y ahora no tenía ni la más leve idea de la dirección en que estaba mi camino. Todo lo que pude saber es que debía estar cerca del Palacio de Porcelana Verde. Sentí un sudor frío por mi cuerpo. Era preciso pensar rápidamente qué debía hacer. Decidí encender un fuego y acampar donde estábamos. Apoyé a Weena, todavía inanimada, sobre un tronco cubierto de musgo, y a toda prisa, cuando mi primer trozo de alcanfor iba a apagarse, empecé a amontonar ramas y hojas. En las tinieblas, a mi alrededor, los ojos de los Morlocks brillaban.

El alcanfor vaciló y se extinguió. Encendí una vela, y mientras lo hacía, dos formas blancas que se habían acercado a Weena, huyeron apresuradamente. Una de ellas quedó tan cegada por la luz que vino directo hacia mí, y sentí sus huesos partirse bajo mi violento puñetazo. Lanzó un grito de espanto, se tambaleó un momento y se desplomó. Encendí otro trozo de alcanfor y seguí acumulando la leña de mi hoguera. Pronto noté lo seco que estaba el follaje encima de mí, pues desde mi llegada en la Máquina del Tiempo, una semana antes, no había llovido. Por eso, en lugar de buscar entre los árboles caídos, empecé a partir ramas. Conseguí enseguida un fuego sofocante de leña verde y de ramas secas, y pude economizar mi alcanfor. Entonces volví donde Weena yacía junto a mi maza de hierro. Intenté todo cuanto pude para reanimarla, pero estaba como muerta. No logré siquiera comprobar si respiraba o no.

Ahora el humo del fuego me envolvía y debió dejarme como embotado. Además, los vapores del alcanfor flotaban en el aire. Mi fuego podía durar aún una hora, aproximadamente. Me sentía muy débil después de aquellos esfuerzos, y me senté. El bosque también estaba lleno de un soñoliento murmullo que no podía yo comprender. Me pareció realmente que dormitaba y abrí los ojos. Pero todo estaba oscuro, y los Morlocks tenían sus manos sobre mí. Rechazando sus dedos que me asían, busqué apresuradamente la caja de velas de mi bolsillo, y... ¡había desaparecido! Entonces me agarraron y cayeron sobre mí de nuevo. En un instante supe lo sucedido. Me había dormido, y mi fuego se extinguió; la amargura de la muerte invadió mi alma. La selva parecía llena del olor a madera quemada. Fui atrapado del cuello, del pelo, de los brazos y derribado. Era de un horror indecible sentir en las tinieblas todos aquellos seres amontonados sobre mí. Tuve la sensación de hallarme apresado en una monstruosa telaraña. Estaba vencido y me abandoné. Sentí que unos dientes me mordían en el cuello. Rodé hacia un lado y mi mano tocó por casualidad la palanca de hierro. Esto me dio nuevas fuerzas. Luché, apartando de mí aquellas ratas humanas, y sujetando la barra con fuerza, la hundí donde juzgué que debían estar sus caras. Sentía bajo mis golpes el magnífico aplastamiento de la carne y de los huesos y por un instante estuve libre.

La extraña exultación que con tanta frecuencia parece acompañar una lucha encarnizada me invadió. Sabía que Weena y yo estábamos perdidos, pero decidí hacerles pagar caro su alimento a los Morlocks. Me levanté, y apoyándome contra un árbol, blandí la barra de hierro ante mí. El bosque entero estaba lleno de la agitación y del griterío de aquellos seres. Pasó un minuto. Sus voces parecieron elevarse hasta un alto grado de excitación y sus movimientos se hicieron más rápidos. Sin embargo, ninguno se puso a mi alcance. Permanecí mirando fijamente en las tinieblas. Luego tuve una esperanza. ¿Qué era lo que podía espantar a los Morlocks? Y pisándole los talones a esta pregunta sucedió una extraña cosa. Las tinieblas parecieron tomarse luminosas. Muy confusamente comencé a ver a los Morlocks a mi alrededor –tres de ellos derribados a mis pies– y entonces reconocí con una sorpresa incrédula que los otros huían, en una oleada incesante, al parecer, por detrás de mí y que desaparecían en el bosque. Sus espaldas no eran ya blancas sino rojizas. Mientras permanecía con la boca abierta, vi una chispita roja revolotear y disiparse, en un retazo de cielo estrellado, a través de las ramas. Y entonces comprendí el olor a madera quemada, el murmullo monótono que se había convertido ahora en un borrascoso estruendo, el resplandor rojizo y la huida de los Morlocks.

Separándome del tronco de mi árbol y mirando hacia atrás, vi entre las negras columnas de los árboles más cercanos las llamas del bosque incendiado. Era el primer fuego que me seguía. Por eso busqué a Weena, pero había desaparecido. Detrás de mí los silbidos y las crepitaciones, el ruido estallante de cada árbol que se prendía me dejaban poco tiempo para reflexionar. Con mi barra de hierro asida aún seguí la trayectoria de los Morlocks. Fue una carrera precipitada. En una ocasión las llamas avanzaron tan rápidamente a mi derecha, mientras corría, que fui adelantado y tuve que desviarme hacia la izquierda. Pero al fin salí a un pequeño espacio de claridad, y en el mismo momento un Morlock vino equivocado hacia mí, me pasó, ¡y se precipitó directamente en el fuego!

Ahora iba yo a contemplar la cosa más fantasmagórica y horripilante, creo, de todas las que había visto en aquella edad futura. Todo el espacio descubierto estaba tan iluminado como si fuese de día, por el reflejo del incendio. En el centro había un montículo, coronado por un espino abrasado.

Detrás, otra parte del bosque incendiado, con lenguas amarillas que se retorcían, cercando por completo el espacio con una barrera de fuego. Sobre la ladera de la colina estaban treinta o cuarenta Morlocks, cegados por la luz y el calor, corriendo desatinadamente de un lado para otro, chocando entre ellos.

Al principio no pensé que estuvieran cegados, y cuando se acercaron los golpeé furiosamente con mi barra, en un frenesí de pavor, matando a uno y lisiando a varios más. Pero cuando hube observado los gestos de uno de ellos, yendo a tientas entre el espino bajo el rojo cielo, y oí sus quejidos, me convencí de su absoluta y desdichada impotencia en aquel resplandor, y no los golpeé más.

Sin embargo, de vez en cuando uno de ellos venía directamente hacia mí, causándome un estremecimiento de horror que hacía que le rehuyese con toda premura. En un momento dado las llamas descendieron su intensidad, y temí que aquellos inmundos seres consiguieran verme. Pensé incluso entablar la lucha matando a algunos de ellos antes de que sucediese aquello; pero el fuego volvió a brillar voraz, y contuve mi mano. Me paseé alrededor de la colina, rehuyéndolos, buscando alguna huella de Weena. Pero Weena había desaparecido.

Me senté en la cima del montículo y contemplé aquel increíble tropel de seres ciegos arrastrándose, y lanzando pavorosos gritos mientras el resplandor del incendio los envolvía. Las densas volutas de humo ascendían hacia el cielo, y a través de los raros resquicios de aquel rojo dosel, lejanas como si perteneciesen a otro universo, brillaban menudas las estrellas. Dos o tres Morlocks vinieron a tropezar conmigo; los rechacé a puñetazos, temblando al hacerlo.

Durante la mayor parte de aquella noche tuve el convencimiento de que sufría una pesadilla. Me mordí a mí mismo y grité con el ardiente deseo de despertarme. Golpeé la tierra con mis manos, me levanté y volví a sentarme, vagué de un lado a otro y me senté de nuevo. Luego llegué a frotarme los ojos y a pedir a Dios que me despertase. Por tres veces vi a unos Morlocks lanzarse dentro de las llamas en una especie de agonía. Pero al final, por encima de las encalmadas llamas del incendio, por encima de las flotantes masas de humo negro, el blancor y la negrura de los troncos, y el número decreciente de aquellos seres indistintos, se difundió la blanca luz del día.

Busqué de nuevo las huellas de Weena, pero allí no encontré ninguna. Era evidente que ellos habían abandonado su pobre cuerpo en el bosque. No puedo describir hasta qué punto alivió mi dolor el pensar que ella se había librado del horrible destino que parecía estarle reservado. Pensando en esto, sentí casi impulsos de comenzar la matanza de las impotentes abominaciones que estaban a mi alrededor, pero me contuve. Aquel montículo, como ya he dicho, era una especie de isla en el bosque. Desde su cumbre, podía ahora descubrir a través de una niebla de humo el Palacio de Porcelana Verde, y desde allí orientarme hacia la Esfinge Blanca. Y así, abandonando el resto de aquellas almas malditas, que se movían aún gimiendo, mientras el día iba clareando, até algunas hierbas alrededor de mis pies y avancé rengueando —entre las cenizas humeantes y los troncos negruzcos, agitados aún por el fuego en conmoción interna—, hacia el escondite de la Máquina del Tiempo. Caminaba despacio, estaba casi agotado, y asimismo rengo, y me sentía hondamente desdichado con la horrible muerte de la pequeña Weena. Me parecía una calamidad abrumadora. Ahora, en esta vieja habitación familiar, aquello se me antoja más la pena de un sueño que una pérdida real. Pero aquella mañana su pérdida me dejó otra vez solo por completo, terriblemente solo. Empecé a pensar en esta casa, en este rincón junto al fuego, en algunos de ustedes, y con tales pensamientos se apoderó de mí un anhelo que era un sufrimiento.

Al caminar, sobre las cenizas humeantes bajo el brillante cielo matinal, hice un descubrimiento. En el bolsillo del pantalón quedaban algunas velas. Debían haberse caído de la caja antes de perderse.

13
La trampa de la
Esfinge Blanca

Alrededor de las ocho o las nueve de la mañana llegué al mismo asiento de metal amarillo desde el cual había contemplado el mundo la noche de mi llegada. Pensé en las conclusiones precipitadas que hice aquella noche, y no pude dejar de reírme amargamente de mi presunción. Allí había aún el mismo bello paisaje, el mismo abundante follaje; los mismos espléndidos palacios y magníficas ruinas, el mismo río plateado corriendo entre sus fértiles orillas. Los alegres vestidos de aquellos delicados seres se movían entre los árboles. Algunos se bañaban en el sitio preciso en que había salvado a Weena, y esto me produjo de repente una aguda puñalada de dolor. Como manchas sobre el paisaje, se elevaban las cúpulas por encima de los caminos hacia el Mundo Subterráneo. Sabía ahora lo que ocultaba toda la belleza del Mundo Superior. Sus días eran muy agradables, como lo son los días que pasa el ganado en el campo. Como el ganado, ellos ignoraban que tuviesen enemigos, y no prevenían sus necesidades. Y su fin era el mismo.

Me afligió pensar cuán breve había sido el sueño de la inteligencia humana. Se había suicidado. Se había puesto con firmeza en busca de la comodidad y el bienestar de una sociedad equilibrada con seguridad y estabilidad, como lema; había realizado sus esperanzas, para llegar a esto al final. Alguna vez, la vida y la propiedad debieron alcanzar una casi absoluta seguridad. Al rico le habían garantizado su riqueza y su bienestar, al trabajador su vida y su trabajo. Sin duda en aquel mundo perfecto no había existido ningún problema de desempleo, ninguna cuestión social dejada sin resolver. Y esto había sido seguido de una gran calma.

Una ley natural que olvidamos es que la versatilidad intelectual es la compensación por el cambio, el peligro y la inquietud. Un animal en perfecta armonía con su medio ambiente es un perfecto mecanismo. La naturaleza no hace nunca un llamamiento a la inteligencia, como el hábito y el instinto no sean inútiles. No hay inteligencia allí donde no hay cambio ni necesidad de cambio. Sólo los animales que cuentan con inteligencia tienen que hacer frente a una enorme variedad de necesidades y de peligros.

El hombre del Mundo Superior había derivado hacia su blanda belleza, y el del Mundo Subterráneo hacia la simple industria mecánica. Pero aquel perfecto estado carecía aún de una cosa para alcanzar la perfección mecánica: la estabilidad absoluta. Evidentemente, a medida que transcurría el tiempo, la subsistencia del Mundo Subterráneo, como quiera que se efectuase, se había alterado. La Madre Necesidad, que había sido rechazada durante algunos milenios, volvió otra vez y comenzó de nuevo su obra, abajo. El Mundo Subterráneo, al estar en contacto con una maquinaria que, aun siendo perfecta, necesitaba sin embargo un poco de pensamiento además del hábito, había probablemente conservado, por fuerza, bastante más iniciativa, pero menos carácter humano que el Superior. Y cuando les faltó algún alimento, acudieron a lo que una antigua costumbre les había prohibido hasta entonces. De esta manera, vi en mi última mirada el mundo del año 802.701. Esta es tal vez la explicación más errónea que puede inventar un mortal. Esta es, sin embargo, la forma que tomó para mí la experiencia de vida y así se la ofrezco a ustedes.

Después de las debilidades, las excitaciones y los terrores de los pasados días, y pese a mi dolor, aquel asiento, la tranquila vista y el calor del sol eran muy agradables. Estaba muy cansado y soñoliento y pronto mis especulaciones se convirtieron en adormecimiento. Comprendiéndolo, acepté mi propia sugerencia y tendiéndome sobre el césped gocé de un sueño vivificador.

Me desperté un poco antes de ponerse el sol. Me sentía ahora a salvo de ser sorprendido por los Morlocks y, desperezándome, bajé por la colina hacia la Esfinge Blanca. Llevaba mi palanca en una mano, y la otra jugaba con las velas en mi bolsillo.

Y ahora viene lo más inesperado. Al acercarme al pedestal de la esfinge, encontré las hojas de bronce abiertas. Habían resbalado hacia abajo sobre unas ranuras.

Ante esto, me detuve vacilando en entrar.

Dentro había un pequeño aposento, y en un rincón elevado estaba la Máquina del Tiempo. Tenía las pequeñas palancas en mi bolsillo. Después de todos mis estudiados preparativos para el asedio de la Esfinge Blanca, me encontraba con una humilde rendición. Tiré mi barra de hierro, sintiendo casi no haberla usado.

Me vino a la mente un repentino pensamiento cuando me agachaba hacia la entrada. Por una vez al menos capté las operaciones mentales de los Morlocks. Conteniendo un enorme deseo de reír, pasé bajo el marco de bronce y avancé hacia la Máquina del Tiempo. Me sorprendió observar que había sido cuidadosamente engrasada y limpiada. He sospechado que los Morlocks la habían desmontado en parte, intentando averiguar para qué servía.

Ahora, mientras la examinaba, encontrando un placer en el simple contacto con el aparato, sucedió lo que yo esperaba. Los paneles de bronce resbalaron de repente y cerraron el marco con un ruido metálico. Me hallé en la oscuridad, alcanzado en la trampa. Lo pensaban los Morlocks. Me reí entre dientes gozosamente.

Oía ya su risueño murmullo mientras avanzaban hacia mí. Con toda tranquilidad intenté encender una vela. No tenía más que tirar de las palancas y partiría como un fantasma. Pero había olvidado una cosa insignificante. Los fósforos eran de esa clase abominable que sólo se encienden raspándolos sobre la caja.

Pueden ustedes imaginar cómo desapareció toda mi calma. Los pequeños brutos estaban muy cerca de mí. Uno de ellos me tocó. Con la ayuda de las palancas barrí de un golpe la oscuridad y empecé a subir al asiento de la máquina. Entonces una mano se posó sobre mí y luego otra. Tenía, por tanto, simplemente que luchar contra sus dedos persistentes para defender mis palancas y al mismo tiempo encontrar a tientas los pernos sobre los cuales encajaban. Casi consiguieron apartar una de mí. Pero cuando sentí que me escurría de la mano, no tuve más opción que chocar mi cabeza en la oscuridad –pude oír retumbar el cráneo del Morlock– para recuperarla. Creo que aquel último esfuerzo representaba algo más inmediato que la lucha en la selva.

Finalmente, la palanca quedó encajada en el movimiento de la puesta en marcha. Las manos que me asían se desprendieron de mí. Las tinieblas se disiparon ante mis ojos. Y me encontré en la misma luz grisácea, entre el idéntico tumulto que ya he descrito.

14
La visión más distante

Ya les he narrado las náuseas y la confusión que produce el viajar a través del tiempo. Y ahora no estaba yo bien sentado, sino puesto de lado y de un modo inestable. Durante un tiempo indefinido me agarre a la máquina que oscilaba y vibraba sin preocuparme en absoluto cómo iba, y cuando quise mirar los cuadrantes de nuevo, me dejó asombrado ver adónde había llegado. Uno de los cuadrantes señala los días; otro, los millares de días; otro, los millones de días, y otro, los miles de millones. Ahora, en lugar de poner las palancas en marcha atrás las había puesto en posición de marcha hacia delante, y cuando consulté aquellos indicadores vi que la aguja de los millares (tan de prisa como la del segundero de un reloj) giraba hacia el futuro.

Mientras, un cambio peculiar se efectuaba en el aspecto de las cosas. La palpitación grisácea se tornó oscura; entonces —aunque estaba yo viajando todavía a una velocidad prodigiosa— la sucesión parpadeante del día y de la noche, que indicaba por lo general una marcha aminorada, volvió cada vez más incriminada. Esto me desconcertó mucho al principio. Las alternativas de día y de noche se hicieron más y más lentas, así como también el paso del sol por el cielo, aunque parecían extenderse a través de las centurias. Al final, un constante crepúsculo envolvió la tierra, un crepúsculo interrumpido tan sólo de vez en cuando por el resplandor de un cometa en el cielo entenebrecido. La franja de luz que señalaba el sol había desaparecido hacía largo rato, el sol no se escondía; simplemente se levantaba y descendía por el oeste, mostrándose más grande y más rojo. Todo vestigio de la luna se había desvanecido. Las revoluciones de las estrellas, cada vez más lentas, fueron sustituidas por puntos de luz que ascendían despacio. Poco antes de detenerme, el sol rojo e inmenso se quedó inmóvil sobre el horizonte: una amplia cúpula que brillaba con un resplandor esmerilado, y que sufría de vez en cuando una extinción momentánea. Una vez se reanimó un poco mientras brillaba con más fulgor nuevamente, pero recobró enseguida su rojo y sombrío resplandor. Comprendí que por aquel aminoramiento de su salida y de su puesta se realizaba la obra de las mareas. La tierra reposaba con una de sus caras vuelta hacia el sol, del mismo modo que en nuestra propia época la luna presenta su cara a la Tierra. Muy cautelosamente, ya que recordé mi anterior caída de bruces, empecé a invertir el movimiento. Giraron cada vez más despacio las agujas hasta que la de los millares pareció inmovilizarse y la de los días dejó de ser una simple nube sobre su cuadrante. Más despacio aún, hasta que los imprecisos contornos de una playa desolada se hicieron visibles.

Me detuve muy delicadamente y, sentado en la Máquina del Tiempo, miré alrededor. El cielo ya no era azul.

Hacia el nordeste era negro como tinta, y en aquellas tinieblas brillaban con gran fulgor, incesantemente, las pálidas estrellas. Sobre mí era de un almagre intenso y sin estrellas, y al sudeste se hacía brillante, llegando a un escarlata resplandeciente, hasta donde, cortado por el horizonte, estaba el inmenso disco del sol, rojo e inmóvil. Las rocas a mi alrededor eran de un áspero color rojizo, y el único vestigio de vida que pude ver al principio fue la vegetación intensamente verde que cubría cada punto saliente sobre el sudeste. Era ese mismo verde opulento que se ve en el musgo de la selva o en el liquen de las cuevas: plantas que, como estas, crecen en un perpetuo crepúsculo.

La máquina se había parado sobre una playa en pendiente. El mar se extendía hacia el sudeste, levantándose claro y brillante sobre el cielo pálido. No había allí ni rompientes ni olas, no soplaba ni una ráfaga de viento. Sólo una ligera y oleosa ondulación mostraba que el mar eterno aún se agitaba y vivía. Y a lo largo de la orilla, donde el agua rompía a veces, había una gruesa capa de sal rosada bajo el cielo espeluznante. Sentía una opresión en mi cabeza, y observé que tenía la respiración muy agitada. Aquella sensación me recordó mi único ensayo de montañismo, y por ello juzgué que el aire debía estar más enrarecido que ahora.

Muy lejos, en lo alto de la desolada pendiente, oí un áspero grito y vi algo parecido a una inmensa mariposa blanca inclinarse revoloteando por el cielo. Y, dando vueltas, luego desapareció detrás de unas lomas bajas. Su zumbido era tan lúgubre, que me estremecí, asentándome con más firmeza en la máquina. Mirando nuevamente a mi alrededor vi que, muy cerca, lo que había tomado por una rojiza masa de rocas se movía lentamente hacia mí. Percibí entonces que era en realidad un ser monstruoso parecido a un cangrejo. ¿Pueden ustedes imaginar un cangrejo tan grande como aquella masa, moviendo lentamente sus numerosas patas, bamboleándose, cimbreando sus enormes pinzas, sus largas antenas, como látigos, ondulantes tentáculos, con sus ojos acechándoles centelleantes a cada lado de su frente metálica? Su lomo era rugoso y adornado de

332 | H. G. Wells

protuberancias desiguales, y unas verdosas incrustaciones lo recubrían. Veía yo, mientras se movía, los numerosos palpos de su complicada boca agitarse y tantear.

Mientras miraba con asombro aquella siniestra aparición que se arrastraba hacia mí, sentí sobre mi mejilla un cosquilleo, como si una mosca se posase en ella. Intenté apartarla con la mano, pero al momento volvió, y casi inmediatamente sentí otra sobre mi oreja. La apresé y agarré algo parecido a un hilo. Se me escapó rápidamente de la mano. Con una náusea atroz me volví y pude ver que había atrapado la antena de otro monstruoso cangrejo que estaba detrás de mí. Sus ojos malignos ondulaban sus pedúnculos, su boca estaba animada de voracidad, y sus recias pinzas torpes, untadas de un limo algáceo, iban a caer sobre mí. En un instante mi mano asió la palanca y puse un mes de intervalo entre aquellos monstruos y yo. Pero me encontré aún en la misma playa, y los vi claramente en cuanto paré. Docenas de ellos parecían arrastrarse en la sombría luz, entre las capas superpuestas de un verde intenso.

No puedo describir la sensación de abominable desolación que pesaba sobre el mundo. El cielo rojo al oriente, el norte entenebrecido, el salobre mar muerto, la playa cubierta de guijarros donde se arrastraban aquellos inmundos, lentos y excitados monstruos; el verde uniforme de aspecto venenoso de las plantas de liquen, aquel aire enrarecido que desgarraba los pulmones: todo contribuía a crear un aspecto aterrador. Hice que la máquina me llevase cien años hacia delante; y había allí el mismo sol rojo —un poco más grande, un poco más empañado—, el mismo mar moribundo, el mismo aire helado y el mismo amontonamiento de los crustáceos entre la verde hierba y las rojas rocas. Y en el cielo occidental vi una pálida línea curva como una enorme luna nueva.

Viajé así, deteniéndome de vez en cuando, a grandes distancias de mil años o más, arrastrado por el misterio del destino de la Tierra, viendo con una extraña fascinación cómo el sol se tornaba más grande y más empañado en el cielo de occidente, y la vida de la antigua Tierra iba decayendo. Al final, a más de treinta millones de años de aquí, la inmensa e intensamente roja cúpula del sol acabó por oscurecer cerca de una décima parte de los cielos sombríos. Entonces me detuve una vez más, la multitud de cangrejos había desaparecido, y la rojiza playa, salvo por sus plantas hepáticas y sus líquenes de un verde lívido, parecía sin vida. Y ahora estaba cubierta de una capa blanca. Un frío penetrante me asaltó. Escasos copos blancos caían, remolineando. Hacia el nordeste, el relumbrar de la nieve se extendía bajo la luz de las estrellas de un cielo negro, y pude ver las cumbres ondulantes de unas lomas de un blanco rosado. Había allí flecos de hielo a lo largo de la orilla del mar, con masas flotantes más lejos; pero la mayor extensión de aquel océano salado, todo sangriento bajo el eterno sol poniente, no estaba helada aún.

Miré para ver si quedaban rastros de alguna vida animal. Cierta indefinible aprensión me mantenía en la silla de la máquina. Pero no vi moverse nada, ni en la tierra, ni en el cielo, ni en el mar. Sólo el légamo verde sobre las rocas atestiguaba que la vida no se había extinguido. Un banco de arena apareció en el mar y el agua se había retirado de la costa. Creí ver algún objeto negro aleteando sobre aquel banco, pero cuando lo observé permaneció inmóvil. Juzgué que mis ojos se habían engañado y que el negro objeto era simplemente una roca. Las estrellas en el cielo brillaban con intensidad, y me pareció que centelleaban muy levemente.

Noté que el contorno occidental del sol había cambiado; que una concavidad, una bahía, aparecía en la curva. Vi que se ensanchaba. Durante un minuto, quizá, contemplé horrorizado aquellas tinieblas que invadían lentamente el día, y entonces comprendí que comenzaba un eclipse. La luna o el planeta Mercurio pasaban ante el disco solar. Naturalmente, al principio me pareció que era la luna, pero me inclino grandemente a creer que lo que vi en realidad era la traslación de un planeta interior que pasaba muy próximo a la Tierra.

La oscuridad aumentaba rápidamente; un viento frío comenzó a soplar en ráfagas refrescantes del este, y la caída de los copos blancos en el aire creció. De la orilla del mar vinieron una agitación y un murmullo. Fuera de estos ruidos inanimados el mundo estaba silencioso. ¿Silencioso? Sería difícil describir aquella calma. Todos los ruidos humanos, el balido del rebaño, los sonidos de los pájaros, el zumbido de los insectos, el bullicio que forma el fondo de nuestras vidas, todo eso había desaparecido. Cuando las tinieblas se adensaron, los copos remolinantes cayeron más abundantes, danzando ante mis ojos. Al final, rápidamente, uno tras otro, los blancos picos de las lejanas colinas se desvanecieron en la oscuridad. La brisa se convirtió en un viento quejumbroso. Vi la negra sombra central del eclipse difundirse hacia mí. En otro momento, sólo las pálidas estrellas fueron visibles. Todo lo demás estaba sumido en las tinieblas. El cielo era completamente negro.

Me invadió el horror de aquellas grandes tinieblas. El frío que me penetraba y el dolor que sentía al respirar me vencieron. Me estremecí, y una náusea mortal se apoderó de mí. Entonces, como un arco candente en el cielo, apareció el borde del sol. Bajé de la máquina para reanimarme. Me sentía aturdido e incapaz de afrontar el viaje de vuelta. Mientras permanecía así, angustiado y confuso, vi de nuevo aquella cosa movible sobre el banco —no había ahora equivocación posible de que la cosa se movía— resaltar contra el agua roja del mar. Era redonda, del tamaño de un balón de fútbol, quizá, o acaso mayor, con unos tentáculos que le arrastraban por detrás; parecía negra contra las agitadas aguas rojo sangre, y brincaba torpemente. Entonces sentí que me iba a desmayar. Pero un terror espantoso a quedar tendido e impotente en aquel crepúsculo remoto y tremendo me sostuvo mientras trepaba sobre la silla.

15
El regreso del Viajero
a través del Tiempo

Y así he vuelto. Debí permanecer largo tiempo insensible sobre la máquina. La sucesión intermitente de los días y las noches se reanudó, el sol salió dorado de nuevo, el cielo volvió a ser azul. Respiré con mayor facilidad. Los contornos fluctuantes de la Tierra fluyeron y refluyeron. Las agujas giraron hacia atrás sobre los cuadrantes. Al final, vi otra vez vagas sombras de casas, los testimonios de la Humanidad decadente. Estas también cambiaron y pasaron; aparecieron otras. Luego, cuando el cuadrante del millón estuvo a cero, aminoré la velocidad. Empecé a reconocer nuestra mezquina y familiar arquitectura, la aguja de los millares volvió rápidamente a su punto de partida, la noche y el día alternaban cada vez más despacio. Luego los viejos muros del laboratorio me rodearon. Muy suavemente, ahora, fui deteniendo el mecanismo.

Observé una cosa insignificante que me pareció rara. Creo haberles dicho a ustedes que, cuando partí, antes de que mi velocidad llegase a ser muy grande, la señora Watchets, mi ama de llaves, había cruzado la habitación, moviéndose, eso me pareció a mí, como un cohete. A mi regreso pasé de nuevo en el minuto en que ella cruzaba el laboratorio. Pero ahora cada movimiento suyo pareció ser exactamente la inversa de los que había ella realizado antes. La puerta del extremo inferior se abrió, y ella se deslizó tranquilamente en el laboratorio, de espaldas, y desapareció detrás de la puerta por donde había entrado antes. Exactamente en el minuto precedente me pareció ver un momento a Hilleter; pero él pasó como un relámpago.

Entonces detuve la máquina, y vi otra vez a mi alrededor el viejo laboratorio familiar, mis instrumentos, mis aparatos exactamente como los dejé. Bajé de la máquina todo trémulo, y me senté en mi banco. Durante varios minutos estuve temblando. Luego me calmé. A mi alrededor estaba de nuevo mi antiguo taller exactamente como se hallaba antes. Debí haberme dormido allí, y todo esto había sido un sueño.

¡Y, sin embargo, no era así exactamente! La máquina había partido del rincón sudeste del laboratorio. Estaba arrimada de nuevo al noroeste, contra la pared donde la han visto ustedes. Esto les indicará la distancia exacta que había desde la pradera hasta el pedestal de la Esfinge Blanca, donde en el interior habían trasladado mi máquina los Morlocks.

Mi mente quedó paralizada. Luego me levanté y vine aquí por el pasadizo, rengueando, ya que me sigue doliendo el talón, y sintiéndome desagradablemente indecente. Vi la *Pall Mall Gazette* sobre la mesa, junto a la puerta. Descubrí que la fecha era, en efecto, la de hoy, y mirando el reloj vi que marcaba casi las ocho. Oí las voces de ustedes y el ruido de los platos. Vacilé. ¡Me sentía tan extenuado y débil! Entonces olí una buena y sana comida, abrí la puerta y aparecí ante ustedes. Ya conocen el resto. Me lavé, comí, y ahora les he contado la aventura.

16
Después del relato

—Sé —dijo el Viajero a través del Tiempo después de una pausa— que todo esto les parecerá completamente increíble. Para mí la única cosa increíble es estar aquí esta noche, en esta vieja y familiar habitación, viendo sus caras amigas y contándoles estas extrañas aventuras.

Miró al Doctor.

—No. No puedo esperar que usted crea esto. Tome mi relato como una calumnia o como una profecía. Diga usted que he soñado en mi taller. Piense que he meditado sobre los destinos de nuestra raza hasta haber tramado esta ficción. Considere mi afirmación de su autenticidad como una simple pincelada artística para aumentar su interés. Y tomando así el relato, ¿qué piensa usted de él?

Agarró su pipa y comenzó, de acuerdo con su antigua manera, a dar con ella nerviosamente sobre las barras de la parrilla. Hubo silencio. Luego las sillas empezaron a crujir y los pies a restregarse sobre la alfombra. Aparté los ojos de la cara del Viajero a través del Tiempo y miré a los oyentes a mi alrededor. Estaban en la oscuridad, y pequeñas manchas de color flotaban ante ellos. El Doctor parecía absorto en la contemplación de nuestro anfitrión. El director del periódico miraba con obstinación la punta de su cigarro, el sexto. El periodista sacó su reloj. Los otros, si mal no recuerdo, estaban inmóviles.

El director se puso en pie con un suspiro y dijo:

—¡Lástima que no sea usted escritor de cuentos! —dijo y puso su mano en el hombro del Viajero a través del Tiempo.

—¿No cree usted esto?

—Yo...

—Me lo figuraba.

El Viajero a través del Tiempo se volvió hacia nosotros

—¿Dónde están los fósforos? —dijo. Encendió uno entre bocanadas de humo de su pipa, habló—: Si he de decirles la verdad, apenas creo yo mismo en ello. Y sin embargo...

Sus ojos cayeron con una muda interrogación sobre las flores blancas marchitas que había sobre la mesita. Luego volvió la mano con que asía la pipa, y vi que examinaba unas cicatrices, a medio curar, sobre sus nudillos.

El Doctor se levantó, fue hacia la lámpara, y examinó las flores.

—El gineceo es raro —dijo.

El Psicólogo se inclinó para ver y tendió la mano para recoger una de ellas.

—¡Que me cuelguen! ¡Es la una menos cuarto! —exclamó el Periodista—. ¿Cómo voy a volver a mi casa?

—Hay muchos taxis en la estación —dijo el Psicólogo.

—Es una cosa curiosísima —dijo el Doctor—, pero no sé realmente a qué género pertenecen estas flores. ¿Puedo llevármelas?

El Viajero a través del Tiempo titubeó. Y luego:

—¡De ningún modo! —contestó.

—¿Dónde las ha encontrado usted en realidad? —preguntó el Doctor.

El Viajero a través del Tiempo se llevó la mano a la cabeza. Habló como quien intenta mantener atrapada una idea que se le escapa.

—Me las metió en el bolsillo Weena, cuando viajé a través del tiempo.

Miró desconcertado a su alrededor.

—¡Desdichado de mí si todo esto no se borra! Esta habitación, ustedes y esta atmósfera de la vida diaria son demasiado para mi memoria. ¿He construido yo alguna vez una Máquina del Tiempo, o un modelo de ella? ¿O es esto solamente un sueño? Dicen que la vida es un sueño, un pobre sueño a veces precioso, pero no puedo hallar otro que encaje. Es una locura. ¿Y de dónde me ha venido este sueño? Tengo que ir a ver esa máquina ¡Si es que la hay!

Agarró presuroso la lámpara, franqueó la puerta y la llevó, con su luz roja, a lo largo del corredor. Le seguimos. Allí, bajo la vacilante luz de la lámpara, estaba en toda su realidad la máquina, deslucida y sesgada; un artefacto de bronce, ébano, marfil y cuarzo translúcido y reluciente. Sólida al tacto —pues alargué la mano y palpé sus barras—, con manchas y tiznes color marrón sobre el marfil, y briznas de hierba y greñas de musgo adheridos a su parte inferior, y una de las barras torcida oblicuamente.

El Viajero a través del Tiempo dejó la lámpara sobre el banco y recorrió con su mano la barra averiada.

—Ahora está muy bien —dijo—. El relato que les he hecho era cierto. Siento haberles traído aquí, al frío.

Tomó la lámpara y, en medio de un silencio absoluto, volvimos a la sala de fumar.

Nos acompañó al vestíbulo y ayudó al Director a ponerse el gabán. El Doctor le miraba a la cara, y, con cierta vacilación, le dijo que debía alterarle el trabajo excesivo, lo cual le hizo reír a carcajadas. Lo recuerdo de pie en el umbral, gritándonos buenas noches.

Tomé un taxi con el Director del periódico. Creía este que el relato era una "brillante mentira". Por mi parte, me sentía incapaz de llegar a una conclusión. ¡Aquel relato era tan fantástico e increíble, y la manera de narrarlo tan creíble y serena! Permanecí desvelado la mayor parte de la noche pensando. Decidí volver al día siguiente y ver de nuevo al Viajero a través del Tiempo. Me dijeron que se encontraba en el laboratorio, y como me consideraban de toda confianza en la casa, fui a buscarle. El laboratorio, sin embargo, estaba vacío. Fijé la mirada un momento en la Máquina del Tiempo, alargué la mano y moví la palanca. Osciló como una rama sacudida por el viento. Su inestabilidad me impresionó, y tuve el extraño recuerdo de los días de mi infancia cuando me prohibían tocar las cosas. Volví por el corredor. Me encontré al Viajero a través del Tiempo en la sala de fumar. Venía de la casa. Llevaba un pequeño aparato fotográfico debajo de un brazo y un saco de viaje debajo del otro. Se rio al verme y me ofreció su codo para que lo estrechase, ya que no podía tenderme su mano.

—Estoy atrozmente ocupado —dijo.

—Pero, ¿no es broma? —dije—. ¿Viajaba usted realmente a través del tiempo?

—Así es, real y verdaderamente.

Clavó francamente sus ojos en los míos. Vaciló. Su mirada vagó por la habitación.

—Necesito sólo media hora —continuó—. Sé por qué ha venido usted y es sumamente amable por su parte. Aquí hay unas revistas. Si quiere usted quedarse a comer, le probaré que viajé a través del tiempo a mi arbitrariedad, con muestras y todo. ¿Me perdona usted que le deje ahora?

Accedí, comprendiendo apenas entonces toda la importancia de sus palabras; y haciéndome unas señas con la cabeza se marchó por el corredor. Oí la puerta cerrarse de golpe, me senté en un sillón y agarré un diario. ¿Qué iba a hacer hasta la hora de comer? Luego, de pronto, recordé por un anuncio que estaba citado con Richardson, el editor, a las dos. Consulté mi reloj y vi que no podía eludir aquel compromiso. Me levanté y fui por el pasadizo a decírselo al Viajero a través del Tiempo.

Cuando así el picaporte oí una exclamación, extrañamente interrumpida al final, y un golpe seco, seguido de un choque. Una ráfaga de aire se arremolinó a mi alrededor cuando abría la puerta, y sonó dentro un ruido de cristales rotos cayendo sobre el suelo. El Viajero a través del Tiempo no estaba allí. Me pareció ver durante un momento una forma fantasmal, confusa, sentada en una masa remolineante –negra y cobriza–, una forma tan transparente que el banco que estaba detrás con sus hojas de dibujos era absolutamente diáfano; pero aquel fantasma se desvaneció mientras me frotaba los ojos. La Máquina del Tiempo había partido. Salvo un rastro de polvo en movimiento, el extremo más alejado del laboratorio estaba vacío. Una de las hojas de la ventana acababa, al parecer, de ser arrancada.

Sentí un asombro irrazonable. Comprendí que algo extraño había ocurrido, y durante un momento no pude percibir de qué se trataba. Mientras permanecía allí, mirando aturdido, se abrió la puerta del jardín, y apareció el criado.

Nos miramos. Después volvieron las ideas a mi mente.

–¿Ha salido su amo por ahí? –dije.

–No, señor. Nadie ha salido por ahí. Esperaba encontrarle aquí.

Ante esto, comprendí. A riesgo de disgustar a Richardson, me quedé allí, esperando la vuelta del Viajero a través del Tiempo; esperando el segundo relato, quizá más extraño aún, y las muestras y las fotografías que traería. Pero empiezo ahora a temer que habré de esperar toda la vida. El Viajero a través del Tiempo desapareció hace tres años. Y, como todo el mundo sabe, no ha regresado nunca.

Epílogo

No puede uno escoger, sino hacerse preguntas. ¿Regresará alguna vez? Puede que se haya deslizado en el pasado y caído entre los salvajes y cabelludos bebedores de sangre de la Edad de Piedra sin pulimentar; en los abismos del Mar Cretáceo; o entre los grotescos saurios, los inmensos animales reptadores de la época jurásica. Puede estar ahora —si me permite emplear la frase— vagando sobre algún arrecife de coral Oolítico, frecuentado por los plesiosaurios, o cerca de los solitarios lagos salinos de la Edad Triásica. ¿O salió hacia el futuro, hacia las edades próximas, en las cuales los hombres son hombres todavía, pero en las que los enigmas de nuestro tiempo están aclarados y sus problemas fastidiosos resueltos? Hacia la virilidad de la raza: yo, por mi parte, no puedo creer que esos días recientes de tímida experimentación de teorías incompletas y de discordias mutuas sean realmente la época culminante del hombre. Digo, por mi propia parte. Él, lo sé —porque la cuestión había sido discutida entre nosotros mucho antes de ser construida la Máquina del Tiempo—, pensaba, aunque poco alegremente acerca del Progreso de la Humanidad, y veía tan sólo en el creciente acopio de civilización una necia acumulación que debía inevitablemente destruirse y destrozar a sus artífices. Si esto es así, no nos queda sino vivir como si no lo fuera. Pero, para mí, el porvenir aparece aún oscuro y vacío; es una gran ignorancia, iluminada en algunos sitios casuales por el recuerdo de su relato. Y tengo, para consuelo mío, dos extrañas flores blancas –encogidas ahora, ennegrecidas, aplastadas y frágiles– para atestiguar que aun cuando la inteligencia y la fuerza hayan desaparecido, la gratitud y una mutua ternura todavía vivirán en el corazón del hombre.

Índice